D0908494

RETOUR À KILLYBEGS

DU MÊME AUTEUR

LE PETIT BONZI, Grasset, 2005.
UNE PROMESSE, Grasset, 2006 (prix Médicis 2006).
MON TRAÎTRE, Grasset, 2008.
LA LÉGENDE DE NOS PÈRES, Grasset, 2009.

SORJ CHALANDON

RETOUR À KILLYBEGS

roman

BERNARD GRASSET

PARIS

A ceux qui ont aimé un traître.

« Savez-vous ce que disent les arbres lorsque la hache entre dans la forêt ? Regardez ! Le manche est l'un des nôtres ! »

Un mur de Belfast

Prologue

« Maintenant que tout est découvert, ils vont parler à ma place. L'IRA, les Britanniques, ma famille, mes proches, des journalistes que je n'ai même jamais rencontrés. Certains oseront vous expliquer pourquoi et comment j'en suis venu à trahir. Des livres seront peut-être écrits sur moi, et j'enrage. N'écoutez rien de ce qu'ils prétendront. Ne vous fiez pas à mes ennemis, encore moins à mes amis. Détournez-vous de ceux qui diront m'avoir connu. Personne n'a jamais été dans mon ventre, personne. Si je parle aujourd'hui, c'est parce que je suis le seul à pouvoir dire la vérité. Parce qu'après moi, j'espère le silence. »

Killybegs, le 24 décembre 2006
Tyrone Meehan

1

Quand mon père me battait il criait en anglais, comme s'il ne voulait pas mêler notre langue à ça. Il frappait bouche tordue, en hurlant des mots de soldat. Quand mon père me battait il n'était plus mon père, seulement Patraig Meehan. Gueule cassée, regard glace, Meehan vent mauvais qu'on évitait en changeant de trottoir. Quand mon père avait bu il cognait le sol, déchirait l'air, blessait les mots. Lorsqu'il entrait dans ma chambre, la nuit sursautait. Il n'allumait pas la bougie. Il soufflait en vieil animal et j'attendais ses poings.

Quand mon père avait bu, il occupait l'Irlande comme le faisait notre ennemi. Il était partout hostile. Sous notre toit, sur son seuil, dans les chemins de Killybegs, dans la lande, en lisière de forêt, le jour, la nuit. Partout, il s'emparait des lieux avec des mouvements brusques. On le voyait de loin. On l'entendait de loin. Il titubait des phrases et des gestes. Au *Mullin's*, le pub de notre village, il glissait de son tabouret, s'approchait des tables et claquait ses mains à plat entre les verres. Il n'était pas d'accord ? Il répondait comme ça. Sans un mot, les doigts dans la bière et son regard. Les autres se taisaient, casquettes basses et les yeux dérobés. Alors il se redressait, défiait la salle, bras croisés. Il attendait la réplique. Quand mon père avait bu, il faisait peur.

Un jour, sur le chemin du port, il a donné un coup de poing à George, l'âne du vieux McGarrigle. Le charbonnier avait appelé son animal comme le roi d'Angleterre pour pouvoir lui botter les fesses. J'étais là, je suivais mon père. Il marchait à pas heurtés, chancelant de griserie matinale, et moi je trottais derrière. A un angle de rue, face à l'église, le vieux McGarrigle peinait. Il tirait son baudet immobile, une main sur le bât, l'autre sur le licol, en le menaçant de tous les saints. Mon père s'est arrêté. Il a regardé le vieil homme, son animal cabré, le désarroi de l'un, l'entêtement de l'autre, et il a traversé la rue. Il a poussé McGarrigle, s'est mis face à l'âne, l'a menacé rudement, comme s'il parlait au souverain britannique. Il lui a demandé s'il savait qui était Patraig Meehan. S'il imaginait seulement à quel homme il tenait tête. Il était penché sur lui, front contre front, menaçant, attendant une réponse de l'animal, un geste, sa reddition. Et puis il l'a frappé, un coup terrible entre l'œil et le naseau. George a vacillé, s'est couché sur le flanc et la charrette a versé ses galets de houille.

— *Éirinn go Brách !* a crié mon père.

14

Puis il m'a tiré par le bras.

— Parler gaélique, c'est résister, a-t-il encore murmuré.

Et nous avons continué notre chemin.

*

Enfant, ma mère m'envoyait le chercher au pub. Il faisait nuit. Je n'osais pas entrer. Je repassais devant la porte opaque du *Mullin's* et ses fenêtres aux rideaux tirés. J'attendais qu'un homme sorte pour me glisser dans l'aigre de bière, la sueur, l'humide des manteaux et le tabac froid.

— Pat ? Je crois que c'est l'heure de la soupe, riaient les amis de mon père.

Il levait la main sur moi en secret mais quand j'entrais dans son monde, il ouvrait les bras pour m'accueillir. J'avais sept ans. Je baissais la tête. Je restais debout contre le bar pendant qu'il finissait sa chanson. Il avait les yeux fermés, une main sur le cœur, il pleurait son pays déchiré, ses héros morts, sa guerre perdue, il appelait au secours les Grands Anciens, les insurgés de 1916, la cohorte funèbre de nos vaincus et tous ceux d'avant, les chefs de clans gaëls et saint Patrick en plus, avec sa crosse à volute pour chasser le serpent anglais. Moi, je le regardais par-dessous. Je l'écoutais. J'observais le silence des autres et j'étais fier de lui. Quand même, et malgré tout. Fier de Pat Meehan, fier de ce père-là, malgré mon dos lacéré de brun et mes cheveux arrachés par poignées. Lorsqu'il chantait notre terre, les fronts étaient levés et les yeux pleins de larmes. Avant d'être méchant, mon père était un poète irlandais et j'étais accueilli comme le fils de cet homme. Dès la porte passée, j'avais de la chaleur en plus. Des mains dans le dos, des bourrades d'épaules, un clin d'œil d'homme à homme moi qui étais enfant. Quelqu'un laissait tremper mes lèvres dans la mousse ocre brun d'une bière. Mon amertume vient de là. Et je goûtais. Je buvais ce mélange de terre et de sang, ce noir épais qui serait mon eau de vie.

— Nous buvons notre sol. Nous ne sommes plus des hommes. Nous sommes des arbres, chantait mon père lorsqu'il était heureux.

Les autres quittaient le pub comme ça, le verre reposé et la casquette sur la tête. Mais pas lui. Avant de franchir la porte, il racontait toujours une histoire. Il capturait une dernière fois l'attention. Il se levait, enfilait son manteau.

Puis, nous rentrions, lui et moi. Lui titubant, moi croyant le soutenir. Il montrait la lune, sa clarté sur le chemin.

— C'est la lumière des morts, disait-il.

Sous ses reflets, nous avions déjà des manières de fantômes. Une nuit de brumes, il m'a pris par l'épaule. Devant les collines mouvantes, il m'a promis qu'après la vie, tout serait ainsi, tranquille et beau. Il m'a juré que je n'aurais plus rien à craindre de rien. Passant devant le panneau barré NA CEALLA BEAGA qui annonçait la fin de notre village, il m'a assuré qu'on parlait gaélique au paradis. Et que la pluie y était fine comme ce soir, mais tiède avec un goût de miel. Et il riait. Et il remontait mon col de veste pour me protéger du froid. Une fois même, sur le chemin du retour, il a pris ma main. Et moi, j'ai eu mal. Je savais que cette main redeviendrait poing, qu'elle passerait bientôt du tendre au métal. Dans une heure ou demain et sans que je sache pourquoi. Par méchanceté, par orgueil, par colère, par habitude. J'étais prisonnier de la main de mon père. Mais cette nuit-là, mes doigts mêlés aux siens, j'avais profité de sa chaleur.

*

Mon père a appartenu à l'Armée républicaine irlandaise. Il était *volunteer, óglach* en gaélique, un simple soldat de la brigade du Donegal de l'IRA. En 1921, lui et quelques camarades se sont opposés au cessez-le-feu négocié avec les Britanniques. Il a refusé l'édification de la frontière, la création de l'Irlande du Nord, le déchirement de notre patrie en deux. Il a voulu chasser l'Anglais du pays tout entier, se battre jusqu'à la dernière cartouche. Après la guerre d'indépendance contre les Britanniques, ce fut la guerre civile entre nous.

— Les traîtres, les lâches, les vendus ! crachait mon père en parlant des anciens frères d'armes rangés derrière la trêve.

Ces félons étaient armés par les Anglais, habillés par les Anglais, ils ouvraient le feu sur leurs camarades. Ils n'avaient d'irlandais que notre sang sur les mains.

Mon père avait été interné sans jugement par les Britanniques, condamné à mort et gracié. En 1922, il fut arrêté une nouvelle fois, par les Irlandais qui avaient choisi le camp du compromis. Jamais il ne m'a raconté, mais je l'ai su. A six ans d'intervalle, il s'est retrouvé dans la même prison, la même cellule. Après avoir été malmené par l'ennemi, il l'a été par ses anciens compagnons. Il a été frappé pendant une semaine. Les soldats du nouvel État libre d'Irlande voulaient savoir où étaient les derniers combattants de l'IRA, les réfractaires, les insoumis. Ils voulaient découvrir les caches d'armes rebelles. Pendant ces heures, ces jours et ces nuits de violence, ces salauds torturaient mon père en anglais. Ils donnaient à leur voix l'acier de l'ennemi. C'est comme s'ils ne voulaient pas mêler notre langue à ça.

— Etes-vous anglais ? lui avait demandé un jour une vieille Américaine.

— Non, au contraire, avait répondu mon père.

Quand mon père me battait, il était son contraire.

Au mois de mai 1923, les derniers *óglachs* de l'IRA ont déposé les armes et papa a vieilli. Notre peuple était divisé. L'Irlande était coupée en deux. Pat Meehan avait perdu la guerre. Il n'était plus un homme mais une défaite. Il a commencé à boire beaucoup, à hurler beaucoup, à se battre. A battre ses enfants. Il en avait trois lorsque son armée s'est rendue. Le 8 mars 1925, j'ai rejoint Séanna, Róisín, Mary, tassés tête-bêche dans le grand lit. Sept autres sortiraient encore du ventre de ma mère. Deux ne survivraient pas.

*

J'ai croisé le courage de mon père une dernière fois en novembre 1936. Il revenait de Sligo. Avec des anciens de l'IRA, il avait attaqué une réunion publique des « chemises bleues », les fascistes irlandais, qui allaient lutter en Espagne aux côtés du général Franco. Après la bataille rangée, à coups de poing et de chaises, mon père et ses camarades avaient décidé de rejoindre la République espagnole. Pendant plusieurs jours, il n'a parlé que de repartir au combat. Il était beau, debout, fiévreux, il marchait dans notre cuisine à grands pas de soldat. Il voulait rallier les hommes de la colonne Connolly, des Brigades internationales. Il disait que l'Irlande avait perdu une bataille et que la guerre se jouait désormais là-bas. Mon père n'était pas seulement un républicain. Catholique par nonchalance, il avait combattu toute sa vie pour la révolution sociale. Pour lui, l'IRA devait être une armée révolutionnaire. Il vénérait notre drapeau national mais admirait le rouge des combats ouvriers.

Il avait quarante et un ans, j'en avais onze. Il avait fait son sac pour Madrid. Je me souviens de ce matin-là. Ma mère était dans la cuisine, elle et lui avaient parlé toute la nuit. Elle avait pleuré. Il avait son visage de pierre. Elle épluchait des pommes de terre. Elle prononçait nos noms les uns après les autres. Elle les murmurait. C'était une prière, une litanie douloureuse. Elle était là, à table, bougeant légèrement son corps d'avant en arrière, nous récitant comme les grains d'un rosaire. « Tyrone…

Kevin… Áine… Brian… Niall… » Mon père lui tournait le dos, debout contre la porte d'entrée, le front collé au bois. Elle lui disait que s'il partait, nous aurions faim. Que jamais elle ne pourrait s'occuper de nous tous. Elle lui disait que sans son homme, la terre ne nous nourrirait plus. Les regards se détourneraient sur notre passage. Elle lui disait que les sœurs de Notre-Dame de la Compassion nous enlèveraient. Que nous serions envoyés au Québec ou en Australie par les bateaux du père Nugent, avec les enfants des rues. Elle lui disait qu'elle serait seule, à se laisser mourir. Et que lui serait mort. Et qu'il ne reviendrait jamais. Et que l'Espagne, c'était encore plus loin que l'enfer. Je me souviens du mouvement de mon père. Il a frappé du poing sur la porte. Violemment, une seule fois, comme s'il demandait audience à l'ange déchu. Il s'est retourné lentement. Il a regardé ma mère lèvres closes, la table encombrée d'épluchures. Il a pris son sac, prêt pour le lendemain. Il l'a jeté à travers la pièce, dans la cheminée. Le feu lui-même a eu l'air surpris. Il a reculé sous le souffle. Et puis les flammes bleues ont enveloppé la besace de toile, odeur de tourbe et de tissu. Mon père était pétrifié. Il faisait parfois des gestes comme ça, sans en saisir le sens. Un jour, il m'a donné un coup de pied dans les reins. Et il m'a regardé, couché sur le ventre, les bras repliés sous moi, sans comprendre ce que je faisais à terre. Alors il m'a relevé, a brossé mes jambes entaillées de gravier. Il m'a pris dans ses bras en disant qu'il s'excusait, mais que tout était ma faute, quand même, que je n'aurais pas dû le regarder du défi dans les yeux et ce sourire aux lèvres. Mais qu'il m'aimait. Qu'il m'aimait comme il le pouvait. Une autre fois, il a vu du sang dans ma bouche. Je savais ce goût âcre et je l'ai laissé couler exprès sur mon menton en faisant les yeux blancs de celui qui s'en va. Je crois qu'il a eu peur. Il a essuyé mes lèvres, mon cou avec sa main ouverte. Il répétait « Mon Dieu ! » « Mon Dieu ! » comme si un autre que lui venait de me frapper. Parfois, dans l'obscurité, après m'avoir giflé, il passait ses doigts sous mes yeux. Il voulait savoir si je pleurais. Je savais qu'il aurait ce geste. Dès les premiers coups, je le savais. Il terminait toujours ses punitions en vérifiant ma douleur. Mais je ne pleurais pas. Jamais je n'ai pleuré. « Mais pleure donc ! », suppliait ma mère. Pendant que je protégeais mon visage, je glissais les doigts dans ma bouche. Je les mouillais de salive et barbouillais mes joues. Alors il prenait ma bave pour des larmes, certain que son diable de fils avait enfin compris la leçon.

Ce matin-là, devant l'âtre, il a eu ce même regard étonné. Il n'avait pas compris ce qu'il venait de faire. Il regardait son sac, toutes ses affaires, sa vie. Ses pantalons, ses chemises sans col, ses deux gilets, sa paire de chaussures, sa pipe de rechange. Ce fut un brasier soudain. Le sac fut éventré par les flammes. L'Espagne brûlait, et ses espoirs de revanche, et ses rêves d'honneur. Ma mère ne bougeait pas, ne disait plus rien. Silence. Juste les chaussures de mon père qui craquaient comme du bois. Et sa bible, qui donnait une flamme très bleue.

Mon père a pris mon bras. Il m'a sorti de la maison de force. Il m'a traîné comme ça, jusqu'au chemin. Et puis il m'a lâché. Il marchait et je le suivais en silence. Nous avions pris le chemin du port. Ses yeux étaient presque clos. Quand nous avons croisé McGarrigle et George le baudet, mon père a craché par terre. L'animal criait sous les poussées du vieux charbonnier.

— *Éirinn go Brách !* a hurlé mon père après avoir frappé la bête.

« Irlande pour toujours ! » Le cri de guerre des « Irlandais unis », la phrase sacrée qui ornait leur drapeau vert à harpe d'or. Nous étions le vendredi 9 novembre 1936. Patraig Meehan venait de lever la main sur un âne. Moi je perdais à la fois un père et un héros.

A Killybegs, mon père a fini « *bastard* », un surnom chuchoté lorsqu'il tournait le dos. Je l'appelais « mon méchant homme ». Lui, l'ancien de l'IRA, le vétéran légendaire, la grande gueule magnifique, le conteur de veillée, le chanteur de pub, lui le joueur de hurling, le plus grand buveur de stout jamais né sur cette terre du Donegal. Lui, Patraig Meehan, était devenu un être craint, redouté dans la rue, ignoré dans son pub, abandonné dans son coin d'indifférence, entre le jeu de fléchettes et les toilettes pour hommes. Il était devenu un salaud, c'est-à-dire, finalement, un homme sans importance.

*

Pat Meehan est mort des cailloux plein les poches. C'est comme ça qu'on a su qu'il avait voulu en finir avec la vie. Il nous a laissés seuls en décembre 1940. Il s'est habillé en dimanche au milieu des silences de ma mère. Il a quitté la maison un matin pour retrouver sa place au Mullin's. Il a bu comme chaque jour, beaucoup, et a refusé qu'on débarrasse ses verres. Il les voulait empilés, serrés en bord de table pour montrer de quoi il était capable. Il buvait seul, ne lisait pas, ne parlait à personne. Cette nuit-là, nous l'avons attendu.

A l'aube, ma mère s'est enveloppée dans son châle, pour protéger bébé Sara qui dormait dans son ventre. Elle a cherché son mari dans le village désert. Je suis allé au pub. Le serveur roulait les fûts de bière à la main sur le trottoir. Mon père avait quitté son bar vers une heure. L'un des derniers à sortir. Juste avant la fermeture, il a erré entre les tables, il cherchait un regard. Personne n'a croisé le sien. Le patron lui a montré la porte d'un geste du menton. Lorsqu'il est sorti, il a pris à gauche. C'était la direction du port. Il a marché en heurtant les murs de son village. Deux témoins l'ont vu se baisser près de la carrière, et ramasser quelque chose sur le bas-côté. Il faisait très froid. On l'a retrouvé au petit jour à la sortie du bourg, sur un chemin qui menait à la mer. Il était gris, couché sur la terre gelée, du glacé à la place du sang. Son bras gauche était levé, poing fermé comme s'il s'était battu avec un ange. Avant de le déplacer, la police a cru qu'il était mort par surprise. Ivre, tombé, ne pouvant se relever, s'endormant en attendant demain. C'est en retournant le corps que les hommes de la garda síochána ont compris. Mon père était mort en allant à la mort. Il avait rempli ses poches de pierres. Dans son pantalon, son gilet, sa veste, son manteau de laine bleue.

Il avait même glissé des cailloux dans sa casquette. Ce sont ces éclats de roche qu'il ramassait, la nuit dans la carrière. Il marchait vers sa fin quand son cœur a lâché. Il voulait partir comme meurent les paysans d'ici. Entrer dans la mer jusqu'à ce que l'eau le prenne. Dans ses poches, il emportait un peu de son pays. Il partait lesté de sa terre, sans mot, sans pleur. Juste le vent, les vagues et la lumière des morts. Patraig Meehan voulait cette fin de légende. Mon père est parti en pauvre, le visage écrasé sur le givre et ses cailloux pour rien.

2

A la mort de mon père, les regards se sont détournés.
La misère était contagieuse. Nous regarder passer portait
malheur. Nous n'étions plus une famille, à peine un
troupeau blême. Ma mère, mes frères, mes sœurs, nous
formions une harde pitoyable, menée par une louve au
bord de la folie. Nous marchions en file, nous tenant les
uns les autres par un pan du manteau. Pendant trois
mois, nous avons vécu de la charité. En échange de
choux et de patates, nous aidions au monastère. Róisín
et Mary lavaient les couloirs à genoux. Séanna, petit
Kevin et moi nous frottions les vitres par dizaines. Áine,
Brian et Niall aidaient au réfectoire et ma mère restait
assise sur un banc du couloir, bébé Sara enfouie contre
elle, dissimulée entre châle et sein. Je n'étais pas malheureux. Ni triste, ni envieux de rien. Nous vivions de ce
peu. Le soir, avec mes frères, nous faisions le coup de
poing contre la bande de Timy Gormley, qui se disait le
« roi des quais ». Une dizaine de gamins. Des cassés

comme nous, rapiécés, teigneux, rageurs, mais aussi des durs de pain d'épice tout étonnés que le nez saigne. Ils nous appelaient « le gang Meehan ». Le père Donoghue nous séparait à coups de branche de noisetier. Il n'acceptait pas nos rires sous les voûtes du monastère et encore moins nos jeux de nuit.

L'hiver 40, je suis allé à la tourbe avec Séanna. Tous les jours pendant deux mois. Nous aidions au printemps et à la Toussaint pour découper la terre à la bêche et charger les mules, mais c'était la première fois que nous travaillions au froid. Le fermier avait besoin de bras pour transporter la récolte sous le hangar. La boue n'arrachait plus nos chaussures mais l'eau et le givre en faisaient du carton. Nous étions une vingtaine de gamins dans les tranchées. Le paysan nous appelait ses « saisonniers ». C'était plus joli que ses orphelins. Nous étions gelés et tremblants, nos mottes empilées dans les bras, lourdes comme un copain mort. En échange, le patron nous donnait de la tourbe, du lard et du lait. Pas d'argent. Il disait que l'argent c'était pour les hommes et que nous n'avions besoin ni de boire ni de fumer.

Joseph « Joshe » Byrne était le plus brave d'entre nous, et le plus jeune aussi, six ans à peine. Neuf heures par jour, il empilait avec soin les briquettes glacées puis lestait la bâche qui les protégeait. Et aussi, il chantait. Il nous donnait du ciel. Avec lui, nous étions des marins, nos mains dans sa voix, à découper la terre comme nous aurions hissé la voile. Il chantait en cadence, bras croisés, sous la pluie, dans le vent, en irlandais, en anglais. Il chantait en tapant le sol du pied. Il ne savait encore ni lire ni écrire, alors ses paroles s'égaraient parfois. Il inventait des rimes, des mots, il nous faisait rire.

Père enfui, mère morte. Joshe a été élevé par ses sœurs, seul garçon au milieu des jupes terreuses et des tabliers gras. Il voulait être soldat, ou curé, quelque chose qui serait utile aux hommes. Il était frêle et avait besoin de lunettes, il serait curé.

Quand il ne chantait pas, il priait pour nous. A voix haute, en lisière de tranchée comme au bord d'une tombe. Le matin, avant les pelles, nous l'écoutions à genoux. Le soir, quand l'angélus sonnait à Sainte-Brigid, il saluait Marie en faisant les gros yeux si nos lèvres restaient closes. Le père Donoghue l'aimait bien. Il l'appelait « l'ange ». Il était son enfant de chœur. Malgré son âge, son visage disgracieux, sa peau de craie bouillie, ses cheveux de crin, ses yeux croisés et ses oreilles immenses, il était respecté. Des femmes disaient qu'un esprit s'était emparé de son corps. Maman le voyait *leprechaun*, un elfe, un lutin de nos forêts. Un jour, Tim Gormley a juré que Dieu l'avait affligé pour en faire un saint.

— Quelle pitié ! J'espère bien que non, lui avait répondu doucement Joshe.

Et Gormley s'était retrouvé avec sa méchanceté sur les bras, sans trop savoir qu'en faire, entouré de ses hyènes de frères.

27

A cause des Gormley, nous avons quitté l'Irlande. Ils ont été la cruauté de trop. Un soir de février, Timy et Brian ont coincé petit Kevin sur le chemin du presbytère. Mon frère rapportait le lait du fermier à la maison. Il a fait des moulinets avec son pot, en crachant. Petit Kevin a toujours fait ça. Lorsqu'il avait peur, lorsqu'il était en colère ou dérangé dans son silence, il se hérissait comme un félin. Ses cheveux roux dans les yeux, ses lèvres retroussées, ses dents noires, il bavait sur son menton et crachait. Cette fois, les Gormley n'ont pas reculé. Timy a frappé les jambes de mon frère avec une crosse de hurling, notre sport national. Brian a tapé son oreille, poing fermé. Petit Kevin a cabossé l'aluminium du pot à lait contre le muret en crachant sur les ombres. Lorsqu'il est rentré à la maison, mon frère boitait. Il pleurait. Il tenait serrée l'anse du pot, tombé sur le trottoir. Personne ne l'a grondé. Ma mère a regardé par la fenêtre. Elle avait peur que la bande l'ait suivi. Séanna et moi sommes sortis en courant, avec un goût de sang et de lait en bouche. Petit Kevin était couvert d'urine. Ces chiens lui avaient pissé dessus. Nous avons traversé le village en hurlant le nom maudit de Timy Gormley. Séanna a jeté une pierre dans la vitrine de l'épicerie où sa mère travaillait. Nous n'avons tué personne. Nous avons renoncé. Nous sommes rentrés.

Ma mère nous attendait à la porte, son châle sur la tête. Elle avait accepté l'offre de Lawrence Finnegan, son frère. Nous ne pouvions continuer à vivre à Killybegs, entre l'humiliation, l'humidité et les coups. Elle partait, nous suivions. Nous allions quitter notre Irlande, la terre de mon père. Nous allions ailleurs, de l'autre côté, nous allions traverser la frontière pour la guerre.

— Moi vivant, jamais mes enfants ne verront un drapeau britannique, disait mon père quand la bière l'emportait.

Il était mort. Sa parole était morte avec lui.

Maman avait décidé de vendre la maison de mon père. Pendant des semaines, l'écriteau jaune et bleu est resté planté dans le gravier de notre allée. Mais cette tristesse de pierres n'intéressait personne. Trop exiguë, trop éloignée de tout. Et puis la mort rôdait par là, la misère, la douleur de cette veuve à chapelet qui parlait à Jésus comme on rabroue son homme.

Un matin, au petit jour, oncle Lawrence est venu avec son camion de ramoneur. Nous étions le 15 avril 1941, deux jours après Pâques. Ma mère avait dit que nous irions à la messe à Belfast, le lendemain.

Belfast. Je tremblais de cette grande ville, de cet autre pays. Lawrence ressemblait à maman, avec du rugueux dans la voix. Un regard plus dur, aussi. Mais surtout, il vivait silencieux. Il parlait rarement, ne jurait jamais, ne chantait pas. Les lèvres étaient pour lui le seuil de la prière.

Il a compté mes frères et mes sœurs, comme on donne à l'acheteur de la ville le nom de nos moutons. Il faisait beau. C'est-à-dire sans pluie, sans même une menace. Le vent de mer entrait dans la maison à pleines claques. Nous n'avons presque rien emporté. Ni la table, ni le banc, ni le buffet. Mais quand même, la soupière de

Galway que ma grand-mère avait offerte à sa fille. Les matelas ont été empilés sous la bâche. Séanna, ma mère et bébé Sara se sont installés à côté de Lawrence et nous tous, entassés derrière dans la chamaille. J'ai le souvenir d'un instant étrange, drôle et énervé. Maman pleurait. Elle avait refermé la porte puis donné un coup de pied dedans. Puis elle a demandé de faire un détour pour dire adieu à son mari.

Nous avons traversé le village. Une femme s'est signée sur notre passage. Tellement d'autres ont continué leur chemin. Ni ennemis, ni amis, personne pour nous pleurer ou nous maudire. Nous quittions notre terre et la terre s'en foutait.

Au cimetière, notre oncle a baissé le hayon du camion. Nous avons marché vers la tombe, ensemble, sauf bébé Sara qu'on a laissée dormir et Lawrence, resté au volant. Devant la croix, maman nous a fait mettre à genoux. Et puis elle a dit à mon père que tout était sa faute. Que nous n'aurions plus jamais de toit, ni de pain. Qu'elle tomberait malade et que nous allions mourir les uns après les autres, sous les bombes allemandes ou les baïonnettes anglaises. Qu'elle avait bien de la peine, que nos joues étaient creuses et le bord de nos yeux presque noir. Elle a pris une dame à témoin, qui lissait le gravier de son homme.

— Hein ? Vous avez vu ça ? Vous les avez comptés ? Neuf ! Ils sont neuf et moi je suis seule avec les neuf sans plus personne pour m'aider !

La dame a jeté un regard sur notre troupe et puis elle a hoché la tête en silence. Je me souviens de cet instant parce qu'une mouette a ri. Elle balançait dans le vent, au-dessus de nos têtes, et elle a ri de nous.

*

Je n'avais jamais vu d'uniforme anglais autrement que dans les regards haineux de mon père. Le nombre de ces soldats qu'il disait avoir pris par le col ! A l'entendre, la moitié de l'armée du roi était repartie au pays avec au cul la boue de sa semelle.

A la frontière avec l'Irlande du Nord, les Britanniques nous ont fait descendre du camion. Je ne savais pas encore distinguer les Volontaires pour la Défense de l'Ulster, la Police Royale ou les Brigades Spéciales, ces « B-Specials » que mon peuple vomissait. Lawrence n'a pas dit un mot. Ma mère non plus. Comme si un ordre secret interdisait à un Meehan ou à un Finnegan d'adresser la parole à ces gens. Ils étaient casqués, le pantalon tire-bouchonné sur leurs souliers de guerre. Celui qui nous a fouillés avait le bouton de col fermé, un casque plat, un sac sur le torse, son fusil dans le dos et la baïonnette que craignait maman. C'était la deuxième fois de ma vie que je voyais un drapeau britannique.

La première, ce fut le 12 juin 1930, dans le port de Killybegs. Le *Go Ahead*, un chalutier anglais à vapeur, faisait escale pour réparer une avarie de moteur. Il avait deux mâts, des voiles rouge sombre et sa cheminée crachait une fumée noire. En moins d'une heure, la moitié du village était sur la jetée. J'avais cinq ans. Je tenais la main de Séanna, et mon père était là aussi. Pendant que les marins installaient l'échelle de coupée, mon frère me faisait lire l'immatriculation du bateau, peinte en blanc sur la poupe. Je reconnaissais les chiffres, j'étais fier. J'ai même gardé longtemps le numéro – LT 534 – que j'ai recopié avec maman en rentrant à la maison. Deux policiers du port sont montés à bord, un drapeau irlandais à la main. Le pavillon de courtoisie que le capitaine avait envoyé était taché et déchiré. Alors Killybegs leur a offert un drapeau irlandais tout neuf. Il a été hissé à tribord, sur le mât de devant. Les policiers ont salué la montée des couleurs. La foule a applaudi bruyamment. Accoudés au bastingage, les marins anglais fumaient sans un mot. Leur drapeau sommeillait à l'arrière, immense, enroulé par notre vent autour de son mât.

Il y a longtemps, mon père et ses copains avaient brûlé l'Union Jack sur la place de notre village pour célébrer l'insurrection de 1916. En l'honneur de James Connolly, Patrick Pearse et tous les fusillés, ils s'étaient rassemblés devant le Mullin's un jour de Pâques. Il avait cessé de pleuvoir. Mon père avait fait un discours, debout sur un fût de bière, sourcils froncés et bras levés d'orateur. Il a rappelé le sacrifice de nos patriotes et a demandé une minute de silence. Après, un gars est sorti de la foule. Il a tiré un drapeau britannique de sa veste et mon père y a mis le feu avec son briquet. Ce n'était pas un vrai drapeau. Pas un drapeau fabriqué en Angleterre par les Anglais. Le nôtre avait été mal peint, au dos d'une blouse blanche. La couleur bavait et dépassait des croix mais on le reconnaissait quand même. Quand il s'est enflammé, les gens ont applaudi. J'étais là. J'étais fier. J'ai tapé dans mes mains comme les autres. Nous étions une cinquantaine. Et deux policiers irlandais surveillaient le rassemblement.

— Et merde ! Fais pas ça, Pat Meehan ! Pas leur putain de drapeau ! a crié le plus vieux lorsque mon père y a mis le feu.

— La ville va avoir des emmerdes ! a supplié l'autre.

L'Irlande était un Etat libre depuis quinze ans, mais les gens pensaient encore que l'armée britannique pouvait repasser la frontière pour se venger.

Les deux flics ont traversé la place en courant. Mon père et ses copains ont crié « Aux traîtres ! ». Ils étaient prêts à se battre pour défendre la flambée. Les femmes ont hurlé en serrant leurs gosses. Et puis Cathy Malone a eu une belle idée. Elle a enlevé son châle, levé la tête, offert son front, fermé les yeux et entonné *La Chanson du soldat*, les poings contre sa robe. Papa et les autres ont alors ôté leurs casquettes, garde à vous, vieux soldats. Les policiers ont été sidérés. Happés dans leur course par les premières notes, ils se sont ressaisis comme on obéit au sifflet. A l'arrêt, côte à côte, ils ont rectifié leur ceinturon d'un coup de pouce et porté les doigts à leur visière. Plus un bruit. Seul notre hymne national, notre fierté de cristal et Cathy Malone qui pleurait à verse. Le drapeau ennemi brûlait, tombé sur la rue humide, défié par une poignée de patriotes, quelques femmes enveloppées de leur châle, dix enfants aux genoux écorchés et deux policiers irlandais en uniforme. Jamais, vraiment, de toute ma vie, de commémorations immenses en célébrations grandioses, je ne retrouverai la beauté brute et la joie de cet instant.

A la frontière, leur drapeau était tout petit, abîmé. Il pendait à mi-mât comme un linge qui sèche. Mais cette fois, c'était un vrai. Et de vrais Britanniques. J'ai eu l'impression qu'ils étaient mieux habillés que nos soldats. Peut-être parce qu'ils me faisaient peur. Maman nous avait dit de baisser les yeux quand ils nous parleraient, mais moi je les ai regardés en face.

— Tu viens te battre contre les Jerrys ? a demandé le militaire qui me fouillait.

— Les quoi ?

Le gars m'a regardé bizarrement. Il avait un drôle d'accent, le même que Lawrence. C'était un Irlandais du Nord glissé dans un uniforme britannique. Sur sa vareuse, il y avait un insigne, une harpe surmontée d'une couronne.

— Les Jerrys ? ben… Les Krauts, les Fritz, faut te réveiller petit !

— Les Allemands, a soufflé mon oncle.

Il fouillait mon dos, entre mes cuisses, sous mes bras levés à l'horizontal.

— Tu ne sais pas qu'on est en guerre ?

— Si, je le sais.

Il a ouvert mon sac, plongeant la main dedans comme si c'était le sien.

— Mais non. Tu ne sais rien, l'Irlandais. Rien de rien ! a lancé le soldat qui fouillait le camion.

Lui, c'était un vrai. Un Anglais d'Angleterre. Mon père imitait souvent leur façon de parler, lèvre supérieure collée aux dents avec l'intonation ridicule des gens de la radio.

— Ne me regarde pas dans les yeux, l'Irlandais ! Tourne-toi ! Tournez-vous tous, mains en l'air et la gueule contre la bâche !

Mon oncle m'a retourné de force. Nous avons tous levé les mains.

— Votre truc à vous c'est de nous tirer dans le dos hein ?

Je le sentais derrière moi.

— Tu as applaudi quand ces salopards de l'IRA nous ont déclaré la guerre l'année dernière ?

Je ne répondrais pas.

— Tu sais qu'ils posent des bombes dans les cinémas à Londres, à Manchester ? Dans les postes ? Dans les gares ? Dans le métro ? T'as entendu parler de ça ? T'en penses quoi, l'Irlandais ?

— Il n'a que seize ans, a lâché ma mère.

— Ta gueule, toi ! C'est au morveux que je parle.

— Laisse tomber, a murmuré tranquillement l'autre soldat.

Il m'a fait me retourner, baisser les bras. Il m'a rendu le sac en désordre.

— Tu viens nous aider à gagner la guerre, c'est ça morveux ?

Je regardais ses chaussures boueuses. Je pensais fort à mon père.

— Parce qu'autrement, y a rien à voir, par ici.

J'ai relevé les yeux.

— Les traîtres, on les pend. On a assez à faire avec Hitler, c'est clair ?

Il a haussé la voix.

— Bon ! Ecoutez-moi. Vous entrez au Royaume-Uni. Ici, pas de De Valera, de neutralité, toutes vos conneries de papistes. Si vous n'êtes pas d'accord, vous faites demi-tour maintenant !

J'ai croisé le regard silencieux de Lawrence. Il disait de me taire, le front contre la bâche, les mains toujours levées.

Alors j'ai baissé la tête, comme lui, comme maman, comme mes frères et mes sœurs. Comme tous les Irlandais qui attendaient sur le bas-côté.

Mon oncle vivait près de Cliftonville, dans le nord de Belfast. Un ghetto catholique, un bastion nationaliste cerné par les quartiers protestants loyaux à la Couronne britannique. Il était veuf, sans enfant, et possédait deux maisons, l'une à côté de l'autre avec une cour commune. La première était son atelier de ramonage et il vivait dans la deuxième. Je n'avais jamais vu des rues aussi étroites, des alignements de briques aussi sinistres, rectilignes, à l'infini. A chaque famille son clapier. Rigoureusement le même. Une porte d'entrée, deux fenêtres en rez-de-chaussée, deux fenêtres à l'étage, un toit d'ardoises et une longue cheminée. Pas de façades colorées, de ces verts, ces jaunes ou ces bleus claquants de chez nous. Juste la brique de Belfast, rouge sale, noiraude, et les rideaux aux fenêtres qui souriaient un peu. Même les Vierges en prières contre les vitres étaient partout les mêmes, en plâtre bleu et blanc, achetées chez Hanlon's le maraîcher.

Nous habitions au 19 Sandy Street. Ma mère s'est installée avec Róisín, Mary, Áine et bébé Sara dans une chambre du haut. Petit Kevin, Brian et Niall avaient pris l'autre, avec fenêtre sur la cour. Séanna et moi avions posé notre matelas au rez-de-chaussée, dans le salon. Nous courions dans l'escalier étroit en riant, monter, descendre, nous occupions l'espace. Il manquait une vitre à la fenêtre de la cuisine, remplacée par une plaque de bois. Tout était humide, le papier peint se décollait, la cheminée tirait mal mais nous avions un toit.

Pour notre première soirée à Belfast, Lawrence avait préparé un ragoût de mouton et de chou. Il vivrait désormais dans son atelier mais garderait notre clef. A Belfast, on ferme sa porte à clef. Nous nous sommes assis par terre, sur les matelas, dans le fauteuil et le canapé, les assiettes sur nos genoux. J'avais faim. Mon oncle a dit le bénédicité à sa manière.

— Mon Dieu, faites que notre assiette soit toujours pleine, que notre verre soit toujours rempli. Faites que le toit sur nos têtes soit suffisamment solide. Et que nous arrivions au paradis une petite demi-heure avant que le diable apprenne notre mort. Amen.

Maman a levé les yeux au ciel. Elle n'aimait pas qu'on plaisante avec l'enfer. Nous nous sommes signés. J'ai tout de suite aimé cet homme-là. Il a coupé le pain et l'a distribué honnêtement.

— Remerciez oncle Lawrence ! a dit ma mère en débarrassant nos assiettes.

— Merci, oncle Lawrence !

Il n'a pas répondu. Rarement, il répondait. Petit Kevin lui a demandé un jour si sa bouche était collée. Je crois qu'il a souri.

Séanna voulait sortir mais maman lui a demandé de rester devant la maison. Je suis allé avec lui. Il faisait presque doux, une pluie sans importance. Un peu partout dans la rue, des hommes parlaient, adossés aux murs. Chaque fois que quelqu'un passait, les autres le saluaient. Tous s'appelaient par leur prénom. C'était comme dans notre village.

Je venais d'avoir seize ans. Et ce soir-là, le premier de ma nouvelle vie, dans une Irlande qui n'était pas encore la mienne, j'ai rencontré Sheila Costello. Elle avait quatorze ans, c'était ma voisine de gauche en remontant la rue. Elle était grande. Elle avait les cheveux noirs, courts, les yeux vert étang et son sourire. Contre un peu d'argent, Mary ma sœur garderait bientôt la sienne le soir, quand leurs parents iraient au pub. J'ai embrassé Sheila quelques jours plus tard, un dimanche, dans l'obscurité, juste après l'angélus. Elle s'était baissée légèrement pour que nos lèvres se rejoignent. Elle m'a dit qu'un baiser n'était rien, qu'il ne fallait ni recommencer ni aller plus loin. Et puis elle m'a appelé « *weeman* », « petit homme ». C'est comme ça qu'elle est devenue ma femme.

38

*

— Tu ne sais pas qu'on est en guerre ? m'avait dit l'Anglais.

Ce soir-là, 15 avril 1941, nous l'avons su.

Nous venions de nous coucher. J'avais des éclats de Sheila sous les paupières. Elle avait trouvé mon accent « campagnard ». Je voulais m'appliquer à imiter le sien. Je sombrais dans ma nuit, le dos de Séanna contre le mien, repoussant sa jambe froide. Brusquement, tout a tremblé. Un vacarme inhumain, un fracas d'acier, de tôle fracassée, très bas au-dessus des maisons.

— Putain, des avions ! a dit mon frère.

Il s'est levé, a regardé au plafond. Il a allumé la lumière. Déchirements de sirènes. Affolement dans les escaliers. Un troupeau d'épouvante. Maman grise, bébé Sara en larmes, mes sœurs et leurs visages de nuit. Petit Kevin bouche ouverte, Niall avec un regard fou. Oncle Lawrence est entré en nous demandant de nous habiller vite. La première bombe a jeté Brian sur le sol. Juste le bruit. Mon frère est tombé sur le dos, la tête en arrière et les yeux retournés. Lawrence l'a pris dans ses bras. Il parlait fort et vite. Il disait que nous n'avions rien à craindre. Que les avions allemands étaient déjà venus mais qu'ils ne bombardaient pas nos quartiers, qu'ils frappaient le centre-ville, le port, la gare, les casernes, les riches mais pas les miséreux.

— Pas les pauvres ! Ne tuez pas les pauvres ! priait ma mère en sortant dans la rue.

39

Nous avions reformé notre chenille malheureuse, agrippés les uns aux autres par un pan de vêtement. Lawrence ouvrait la marche. Des familles surgissaient, laissant les portes ouvertes. La peur grimaçait les regards. Presque minuit. La lune était pleine, le ciel clair avait déshabillé la ville. Les avions étaient là, au-dessus, au-dessous, partout en nous, ils grondaient jusque dans nos ventres. Nous n'osions regarder. Nous baissions la tête de peur d'être heurtés par leurs ailes. La ville brûlait au loin, mais aucune de nos maisons.

— Mon Dieu épargne-nous ! pleurait maman, joue de bébé Sara contre la sienne.

Au bout de la rue, une explosion immense, un bouquet blanc a éventré la chapelle où nous allions nous réfugier. Le bruit de la guerre. Le vrai, le sidérant. L'orage des hommes. Un désordre de foule, assise brutalement, jetée, couchée, tassée pêle-mêle en hurlant le long des murs. Certains sont morts debout, stupéfaits. D'autres retombés sans forces.

Nous avons formé un cercle de peur, dos au danger. Lawrence s'est agenouillé. Maman et les plus jeunes au centre. Séanna, Róisín, Mary, mon oncle et moi les protégeant. Nous étions enlacés, tête contre tête et les yeux fermés.

— Ne regardez pas les éclairs, ça rend aveugle ! avait hurlé une femme.

Nous répétions « Je vous salue Marie », de plus en plus vite, en lacérant les mots. Nous faisions pénitence. Maman ne priait plus, elle avait quitté cette paix familière. Chapelet au poignet, bracelet de perles, elle hurlait

40

à Marie comme on hurle à la mort. Elle l'appelait à l'aide au milieu du brasier.

Nous n'avons jamais pu rejoindre la fabrique O'Neill et son immense sous-sol. Nous sommes restés là jusqu'à ce que la guerre se lasse. Les avions sont repartis, ils ont disparu derrière les montagnes noires. Et nous sommes rentrés au milieu des gravats. Notre rue était intacte. Des maisons brûlaient juste derrière. Tout le nord de la ville avait été broyé.

— Les protestants ont ce qu'ils méritent ! a grogné un type en regardant le ciel rouge et noir au-dessus de York Street.

— Tu crois que les Jerrys font la différence ? a demandé une voisine.

Le gars l'a regardée avec colère.

— Ce qui est mauvais pour les Brits est bon pour nous !

Il était 4 heures. Tout empestait l'âcre et le feu. Aidée de la Sainte Vierge, Maman a couché ses petits. Elle lui parlait, la remerciait tout bas. Le visage de ma mère. Effrayant de larmes, barbouillé de morve, de salive mousse, de cheveux tombés sur le regard. Elle la suppliait. Il ne fallait plus qu'elle détourne les yeux de notre famille, Marie. Il fallait qu'elle soit là, toujours. D'accord ? Promis ? Promets-moi, Marie ! Promets-moi !

Lawrence a pris sa sœur tremblante par les épaules et l'a enfouie contre lui.

Au matin, avec Séanna et mon oncle, j'ai marché dans Belfast pour la première fois de ma vie. Le silence était en ruine, la ville retournée. Partout le bruit du verre, de l'acier bousculé, des gravats éboulés. Nos trébuchions dans les blocs, les briques en tas, le bois arraché aux charpentes. Des madriers barraient les avenues, couchés entre les poteaux électriques et les câbles du tram. Partout, la poussière d'après drame. Des fumées blanches et grises, le feu qui paressait sous les décombres. Au milieu des terrains vagues, les bombes avaient creusé des cratères remplis d'eau boueuse. Devant nous, une voiture, engloutie par une gerbe de rue. Des hommes erraient, mains noires, visages de suie, pantalons et manteaux couverts de cendres. D'autres se tenaient aux carrefours, seul à seul, sans un mot, le regard en débris. Peu de femmes. Le pas heurté d'un cheval, une charrette à bras. Les habitants choquaient leurs vélos au rythme des éclats de trottoirs. Devant une maison sans façade, des étudiants, pelles à la main. Quatre d'entre eux, en blouse de faculté, enlevaient un blessé.

Et puis j'ai vu mon premier mort de guerre, à quelques mètres de là. Un bras qui dépassait d'une couverture, brancard posé sur le trottoir. Le bras d'une femme, avec sa chemise de nuit soudée à la chair. Séanna a posé une main sur mes yeux. Je me suis dégagé.

— Laisse-le regarder, a lâché mon oncle.

D'un geste, j'ai repoussé mon frère. J'ai regardé. Le bras de la femme, sa main aux ongles faits, sa peau qui pendait du coude jusqu'au poignet comme une manche arrachée. Nous sommes passés tout près. La forme de sa tête sous l'étoffe, sa poitrine et puis rien, la couverture affaissée au niveau de sa taille. Plus de jambes. Dans la rue, un crieur de journaux vendait le *Belfast Telegraph*. Il hurlait des centaines de morts, un millier de blessés. Moi, j'ai vu un bras. Je n'ai pas pleuré. J'ai fait comme tous ceux qui passaient. Mon index et mon majeur sur mon front, ma poitrine, mon épaule gauche, mon épaule droite. Au nom du père et de tous les autres. J'avais décidé de ne plus être un enfant.

Jennymount Street, un homme jouait du piano, assis sur une chaise en bois. L'instrument avait été sauvé du brasier et tiré dehors, avec sa pellicule de cendres et de débris. Quelques enfants s'étaient approchés. Et leurs mères. Et aussi des soldats. Je connaissais cette chanson. Je l'avais entendue souvent à la radio irlandaise. *Guilty*, une histoire d'amour.

« *Je suis coupable, coupable de t'aimer et de rêver à toi...* »
Le musicien faisait des mines. Des œillades. Il imitait Al Bowlly, le chanteur préféré des filles de Killybegs.

— Dommage qu'il ne soit pas irlandais, avait dit ma mère, un jour.

— Heureusement qu'il ne l'est pas, avait répondu mon père.

Et il tournait le bouton du poste de radio posé sur le comptoir du Mullin's. C'était un jeu entre eux. Il l'aurait bien défié au chant. Lui avec sa rocaille, l'Anglais avec son miel.

— Une voix de châtré, disait Patraig Meehan.

Il avait tort, il le savait. Mais rien de britannique ne devait heurter nos oreilles. Ni ordre, ni chanson.

Le 17 avril, deux jours après Belfast, Londres était bombardé à son tour. Al Bowlly est mort chez lui, soufflé par l'explosion d'une « mine-parachute ». La semaine suivante, sa ballade passait à la BBC comme une hymne funèbre.

Devant une maison éventrée de Crumlin Road, quelques pompiers entourés par la foule. Ils ne portaient pas de chaussures de feu, leurs manteaux étaient détrempés par l'eau des lances.

— Ce sont des Irlandais d'Irlande ! a crié un homme.

Leur capitaine donnait des ordres brefs. Tout de suite, j'ai reconnu la voix de mon pays. J'ai vu le camion Dublin Fire Brigade. Des Irlandais. Treize brigades de pompiers avaient traversé la frontière au matin. Elles venaient aussi de Dundalk et de Drogheda. Des habitants leur offraient du café et du pain. Des Irlandais. Je me suis rapproché. Je voulais que tous sachent qu'ils étaient de ce pays et que j'en étais aussi. Chaque fois qu'un passant se mêlait au groupe, je lui annonçais la grande nouvelle. Des Irlandais étaient venus aider. Je voyais le soldat à la frontière, avec sa moustache blonde et ses lèvres minces. Je rejouais la scène.

— Tu viens te battre contre les Jerrys ?

— Et comment !

Une vieille femme arrivait bras levés, comme une prisonnière. Elle prenait l'accent de Dublin pour de l'allemand. Elle sortait des décombres de sa maison. Elle était sonnée, couverte de suie et d'éclats de plâtre. Lorsqu'on lui a montré le camion irlandais, elle s'est assise sur le trottoir en secouant la tête, maintenant persuadée que le souffle des bombes l'avait expédiée à l'autre bout du pays.

Le rassemblement débordait sur la rue. Des soldats nous ont dispersés. Ils ont repoussé un journaliste du *Belfast Telegraph* et lui ont confisqué ses photos. Lawrence m'a expliqué. L'Irlande était neutre et sa présence aux côtés d'un belligérant, même en soldat du feu, pouvait embarrasser le gouvernement irlandais. Nos pompiers ont repassé la frontière le jour même.

Nous allions de tristesse en colère. J'écoutais la ville hachée. Les mots en fragments. « Je n'ai jamais aimé laver les vitres. Maintenant, j'ai une bonne raison pour ne plus le faire », avait écrit un commerçant, sur la devanture brisée de son magasin. A l'angle de Victoria Street et d'Ann Street, juché sur un parpaing, un homme criait que l'Irlande du Nord n'était pas protégée. Que n'importe quelle ville anglaise avait des abris, une défense antiaérienne, des troupes, des vrais pompiers.

— Savez-vous combien nous avons de canons antiaériens, le savez-vous ? hurlait l'homme.

Il attendait une réponse. Mais beaucoup continuaient leur chemin, honteux de prêter l'oreille.

— Une vingtaine dans tout l'Ulster ! Et des abris antiaériens ? Quatre ! Seulement quatre en comptant les toilettes publiques de Victoria Street ! Et des projecteurs ? Combien ? Hein ? Combien de faisceaux pour traquer les avions ? Une douzaine ! Il y avait plus de deux cents bombardiers, cette nuit au-dessus de nos têtes. Et le meilleur des Fritz, hein ! Des Junker ! Des Dornier ! Et nous, on avait quoi, nous ?

— Saleté de papiste ! a gueulé sans se retourner un type qui passait.

L'orateur lui a montré le poing.

— Imbécile ! Je suis un protestant loyal ! Britannique comme toi ! Membre de l'Ordre d'Orange de Coleraine alors ne vient pas me faire la leçon !

Et puis il est descendu de son moellon. Il a remonté son col de veste et remis son chapeau mou en marmonnant une nouvelle fois :

— Imbécile !

Un protestant. C'était la première fois de ma vie que j'en voyais un.

3

Killybegs, dimanche 24 décembre 2006

Je suis retourné souvent à Killybegs, dans la maison de mon père. Aujourd'hui encore, il n'y a pas l'électricité, ni l'eau. J'ai laissé le cottage comme ça, pour garder sa part de traces et d'ombre. Pour maman ranimant la cendre, accroupie devant la cheminée, mains en cornet sur ses lèvres. Pour mon père, assis à table, poings sous le menton en attendant que la pluie cesse.

Sheila, ma femme, n'a jamais aimé me suivre ici. Elle disait que c'était un caveau. Que l'ombre mauvaise de Patraig Meehan passait dans mon regard quand j'étais sous son toit. Mes frères et mes sœurs n'y sont jamais revenus. Etats-Unis, Angleterre, Australie, Nouvelle-Zélande. A part bébé Sara, tous ont choisi l'exil. Alors, j'ai gardé la clef. Moi seul. Comme on protège un lambeau de mémoire. Depuis les années 60, c'est ici que

47

je me suis toujours réfugié. Quitter Belfast, la ville, la peur, les Britanniques. Passer la frontière. Retrouver l'Irlande de notre drapeau. De temps en temps, pour quelques jours ou quelques semaines, tirer l'eau du puits, frissonner devant la cheminée noire. Marcher dans la forêt, ramasser le bois pour la brassée de nuit. Ne sursauter à rien d'autre qu'au craquement du feu. J'ai refait la chaux blanche des murs épais. J'ai réparé le toit d'ardoises. J'ai abattu le vieil orme malade, mais gardé le grand sapin. Toutes ces années, je venais ici pour me guérir de la guerre. Obligé en rien, pressé par rien, ne redoutant personne. J'étais en retraite. Un ermite, un moine de nos couvents, un reclus.

Je suis souvent retourné dans la maison de mon père, mais c'est pour mourir que j'y suis revenu, il y a quatre jours. Sans ma femme, sans mon fils. Seul, arrivé en car de Dublin. Sheila m'a rejoint deux jours plus tard, pour une heure. Elle m'a apporté des vivres, de la bière, de la vodka, la crosse de hurling de Séanna, et elle est repartie pour Belfast. Je ne voulais pas qu'elle reste. Trop dangereux. Jack devrait venir me voir aux premières heures de janvier.

Sur le mur de la cuisine, j'ai dessiné au crayon noir une sorte de calendrier, comme ceux que nous faisions en prison pour ne pas perdre le temps. *24 décembre 2006*. Une barre par jour, une botte par semaine. J'ai tenu les trois premiers jours sans sortir. La chaumière était devenue mon terrier. Je fermais la porte de l'intérieur, bloquant la poignée avec un madrier. Sheila avait cousu des rideaux opaques. A la nuit, je les ai tirés avec soin avant d'allumer mes bougies.

Ma femme et mon fils m'avaient supplié d'éviter le Mullin's. Ils craignent pour ma vie. Ils ont sans doute raison. Après trois jours, cloîtré dans la maison de mon père, j'ai pourtant renoncé à me cacher.

Ce matin, je suis allé au village, acheter un cahier et quelques stylos. Je veux écrire. Pas avouer, encore moins expliquer mais raconter, laisser une trace. Puis j'ai marché sur le port, dans la lande, en lisière de la forêt d'hiver. J'étais juste un vieil homme, casquette sur les yeux et veste en fin de vie. Personne ne reconnaîtrait en moi Meehan, le traître. Pas même ce salaud de Timy Gormley, qui n'avait jamais quitté sa rue depuis l'enfance, et qui mourrait certainement un jour en la traversant à petits pas.

J'ai appelé Sheila avec mon portable.

— Quelqu'un va te reconnaître. Rentre au cottage, a supplié ma femme.

Elle voulait vivre ici avec moi, quand même et malgré tout. Mais j'ai refusé. Trop de risques. Belfast était devenu irrespirable pour elle. Alors elle s'est installée à Strabane, chez une amie, à une heure de route.

— Ils viendront, soufflait-elle.

Bien sûr, ils viendront. Ils étaient déjà venus, d'ailleurs. Lorsque je suis arrivé ici, j'ai nettoyé le mot « traître ! » barbouillé au goudron noir sur la chaux du mur. Et puis quoi ? Attendre à Belfast, ici, derrière les rideaux de la maison ou devant mon verre au pub, quelle différence ? Ils viendront, je le sais.

J'avais décidé. Chaque soir, je passerai la porte du Mullin's. Boire la bière de mon père, occuper sa table ronde adossée au mur ocre, entre les fléchettes et les toilettes pour hommes. Sa fenêtre, son seuil, son perron d'ivresse. Aujourd'hui, ma première pinte a même été pour lui. Je l'ai bue les yeux clos. Et puis j'ai regardé le pub. Tout avait changé, rien n'avait changé. Il était plus petit que dans ma mémoire écolière. Les odeurs avaient perdu leur patine. Sur les murs, les affiches avaient remplacé les gravures sous verre. Les voix étaient plus douces, les rires absents. Mais sur le sol, près de la table, il restait l'empreinte du vieux poêle que l'on gavait de tourbe. Le parquet gardait les traces des pas anciens, des bières renversées, des brûlures de tabac. Il traînait partout des éclats de nous.

Je me suis senti bien. J'ai sorti le *sliotar* de ma poche, la balle de hurling que Tom Williams m'avait offerte il y a soixante ans. Lorsqu'il me l'a lancée, une nuit en pleine rue, elle était blanche, presque neuve. Il s'en était servi une fois, dans un match amical contre une équipe d'Armagh. Le capitaine adverse avait quinze ans. Lui et ses gars avaient écrasé Belfast. En hommage au perdant, ils avaient signé le *sliotar* et en avaient fait cadeau à Tom. Aujourd'hui, les noms étaient effacés. La balle avait une couleur d'ardoise sous la pluie. Peau écaillée, couture déchirée, cuir ridé de vieil homme. A l'intérieur, le liège était noir, dur comme une compression de tourbe. Elle n'était même plus ronde, même plus lisse, même plus balle. Un pruneau éventré. L'amulette du condamné.

Et puis j'ai posé le cahier sur la table ronde. Un cahier d'enfant, avec une couverture vert pays. Je l'ai lissé longtemps du plat de la main, avant même de l'ouvrir. J'ai hésité. Je voulais écrire *Le journal de Tyrone Meehan* sur la couverture, mais j'ai trouvé ça trop prétentieux. *Confessions*, non plus, ne me plaisait pas. Ni *Révélations*. Alors je n'ai rien noté du tout. J'ai ouvert le cahier, écrasant la pliure du poing.

A la sixième pinte, j'ai écrit quelques mots sur la première page de droite :

« *Maintenant que tout est découvert, ils vont parler à ma place. L'IRA, les Britanniques, ma famille, mes proches, des journalistes que je n'ai même jamais rencontrés. Certains oseront vous expliquer pourquoi et comment j'en suis venu à trahir. Des livres seront peut-être écrits sur moi, et j'enrage. N'écoutez rien de ce qu'ils prétendront. Ne vous fiez pas à mes ennemis, encore moins à mes amis. Détournez-vous de ceux qui diront m'avoir connu. Personne n'a jamais été dans mon ventre, personne. Si je parle aujourd'hui, c'est parce que je suis le seul à pouvoir dire la vérité. Parce qu'après moi, j'espère le silence.* »

J'ai daté : *Killybegs, le 24 décembre 2006.* J'ai signé. Et puis je suis rentré.

J'ai remonté la rue, dépassé les frontières du village. Je suis retourné dans la maison humide et noire, le *sliotar* de Tom serré dans la poche. Je n'étais pas ivre, j'étais vertigineux, soulagé, inquiet. Je venais de commencer mon Journal.

4

Avec la guerre, nous savions que vivre dans le nord de Belfast deviendrait difficile. Ça a commencé en août 1941, par quelques pierres, jetées contre la porte. L'inscription « salauds d'Irlandais » tracée au noir sur l'atelier de Lawrence. Une nuit de septembre, nous avons éteint une bouteille incendiaire, lancée à travers le salon. Plus haut, dans Sandy Street, une famille catholique a décidé de partir pour la République. Et puis deux autres aussi, qui habitaient Mills Terrace. Chaque nuit, des protestants se faufilaient dans notre quartier et barbouillaient les façades. « Dehors les traîtres papistes ! », « Catholique = IRA ». Lawrence gardait un gourdin près de son lit. Séanna glissait sa crosse de hurling sous le matelas. Mais nous n'étions pas prêts pour la bataille.

La famille Costello s'est repliée sur le quartier de Beechmount juste après Noël. En trois voyages. Ils ont pris leur temps. J'ai embrassé Sheila pour la deuxième fois. Leur maison a brûlé la nuit même.

Les loyalistes nettoyaient leurs rues. Ils étaient protestants, britanniques, en guerre. Nous étions catholiques, irlandais, neutres. Des pleutres ou des espions. Ils disaient qu'en République d'Irlande, les villes restaient éclairées la nuit pour indiquer à la Luftwaffe le chemin de Belfast. Ils disaient qu'en Irlande du Nord, nous étions la Cinquième colonne, les artisans de l'invasion allemande. Accusés de préparer des terrains d'atterrissage secrets pour leurs avions et leurs paras. Nous étions des étrangers. Des ennemis. Nous n'avions qu'à repasser la frontière ou nous entasser dans nos ghettos.

Mais Lawrence refusait de partir. En 1923, ses parents avaient tenu bon, peu à peu entourés de maisons désertes aux fenêtres aveugles. Un soir, le frère de maman a parlé plus que de raison. Il a dit que nous étions partout chez nous en Irlande, de Dublin à Belfast, de Killybegs au 19 Sandy Street. Il a dit que les étrangers, c'étaient eux. Les protestants, les unionistes, ces descendants de colons, installés dans nos maisons et sur nos terres par l'épée de Cromwell. Il a dit que nous avions droit aux mêmes droits qu'eux, et aux mêmes égards. Il a dit que c'était une question de dignité. Et moi je l'ai écouté. Et j'ai entendu mon père. Et j'ai aimé mon père dans la colère de mon oncle. Lawrence Finnegan, c'était Patraig Meehan moins l'alcool et les coups.

Mon oncle ne buvait plus depuis dix ans. Un soir, en rentrant de Derry, il avait renversé sa voiture, heurtant un poteau, puis un arbre et roulant dans le fossé. Hilda et lui revenaient de chez le médecin. Les analyses de sa femme n'étaient pas bonnes. Ils n'auraient pas d'enfant, jamais. Rien d'autre qu'elle et lui, chaque matin, chaque soir, tous les jours de la vie. Et il en serait ainsi jusqu'à ce que l'un parte et que l'autre le suive. En chemin, ils avaient bu pour oublier. Ils avaient traversé la frontière en criant, hurlant adieu aux Brits par la fenêtre ouverte. Et vive la république ! Et revoilà enfin le pays ! Et il a dérapé sur son sol. La voiture s'est retournée. Lawrence a vécu. Hilda est morte. Depuis, mon oncle avait remplacé l'ivresse par le silence.

*

Nous étions en train de faire nos prières du soir lorsque les protestants sont entrés dans Sandy Street, le dimanche 4 janvier 1942. Ils ont fracassé notre porte à coups de hache et jeté des torches dans l'entrée. Lawrence a basculé le canapé pour nous protéger. Les filles sont descendues du premier étage en hurlant. Maman tenait bébé Sara par une jambe, tête en bas. Séanna avait sa crosse de hurling en main, mon oncle a crié. Qu'il ne bouge pas, qu'il ne tente rien, qu'il se cache avec nous derrière les coussins de velours.

— Demain, vous dégagez les lieux ! a hurlé un homme.

Je ne l'ai pas vu. Je n'ai vu personne. J'avais la tête entre les genoux et les yeux fermés. Mes sœurs, mes frères, ma mère à mes côtés, assis par terre, bras et jambes emmêlés. Ils sont entrés. Ils ont brisé les fenêtres, déchirant les croisillons de papier collant qui nous protégeaient des bombes allemandes. Ils ont cassé la soupière de Galway. Ils ont déchiré la photo du pape

Pie XII. Ils ont tout abîmé, tout piétiné. Ils sont montés à l'étage en nous évitant, courant à gauche et à droite de notre abri. Nous étions onze, les uns sur les autres, réfugiés entre un canapé renversé et le mur. C'est-à-dire nus, exposés et sans force. Ils auraient pu nous tuer, ils ne l'ont pas fait. Ils nous ont enjambés, ignorés. Ils ne parlaient pas. Ils saccageaient le familier sans un mot. Ils n'étaient que le bruit de leurs pas et de leurs souffles. Ils ont même arraché la tête de Dodie Dum', le doudou de bébé Sara. Ils ont tout désolé, et puis ils sont partis.

— Demain ! a encore hurlé la voix.

Séanna est sorti le premier, sa crosse à la main et les larmes aux yeux. Il était le plus vieux des Meehan, le chef de famille, et il avait failli. Il ne restait que lui pour remplacer le père et il ne l'avait pas fait. Il était dans la rue déserte et hurlait aux salauds, son bâton de bois pour rien. Lawrence jetait des seaux d'eau sur les flammes qui léchaient les rideaux du salon. Le feu grondait dans la chambre des filles. Nous n'avions plus le choix. Il était l'heure. Nous avions tenu jusque-là, quelques mois, quelques jours en plus. La plupart de nos voisins avaient renoncé. Nous étions les derniers, presque. Je revois mon oncle ramener Séanna dans notre maison hostile, la main sur sa nuque. Lui dire qu'il fallait maintenant sauver ce qui pouvait l'être. Et aussi que lui, Séanna, nous avait protégés. Que protéger était mieux que tuer. Que tous, nous lui devions la vie. Je me souviens du visage de mon frère. Il regardait mon oncle. Essayait de comprendre ce qui venait de lui être dit. Et puis il s'est rué au premier étage pour arracher des vêtements au brasier.

56

Plus tard, alors que le toit brûlait, Séanna est ressorti dans la rue avec les derniers sacs. Áine, petit Kevin et Brian l'ont entouré lentement. Mon frère s'est accroupi. Il les a serrés contre lui, enlacés tous ensemble, une brassée d'enfants effrayés qui lui disait je t'aime.

*

Lorsque le camion de Lawrence est arrivé dans Dholpur Lane, les habitants sont venus à notre rencontre.

— Les familles de Sandy Street ! a crié un gamin.

Il était 4 heures du matin, le 6 janvier. Les portes se sont ouvertes presque ensemble, comme si le quartier nous attendait. Les femmes avaient enfilé un manteau sur leurs vêtements de nuit. Des hommes ont baissé le hayon arrière pour sortir ce qui restait de nous. Nous avions pu sauver deux matelas, quatre chaises, la table de la cuisine et des vêtements.

Je portais un matelas sur la tête. Il pliait derrière, devant, oscillant à chacun de mes pas et cachait mes yeux. Brian, Niall et Séanna transportaient la table. Róisín, Mary et Áine étaient chargées des sacs d'habits. Petit Kevin tirait une chaise sur la rue. Maman avait bébé Sara pour fardeau, et aussi notre Vierge en plâtre, qu'elle tenait serrée contre son enfant. Une femme les a enveloppées dans une couverture.

Une vingtaine de jeunes garçons se sont précipités vers nous avec des charrettes à bras. Ils ont empilé les sacs, la table, les chaises. Un jeune homme leur donnait des ordres brefs. Ils l'appelaient Tom. J'ai pensé à un officier déployant ses soldats.

— Tu veux de l'aide ?

J'ai regardé Tom sans répondre. Un grand type brun, à peine plus âgé que moi. Il a soulevé le matelas de ma tête et nous l'avons porté ensemble jusqu'au numéro 17, une porte noire et rouge qui avait été ouverte pour nous.

Mon oncle était défait. Je ne l'avais jamais vu comme ça. Adossé au lampadaire orangé, il regardait son ombre sur le trottoir. Il semblait indifférent à tout. Quelques hommes l'entouraient. L'un d'eux avait mis une main sur son épaule. Lawrence nous avait sortis du brasier. Et maintenant que nous étions sauvés, il reprenait son souffle. Il avait froid et peur. Son visage était couvert de fumée et de suie, comme lorsqu'il rentrait du travail après avoir combattu les cheminées. Il était seul. Il avait tout perdu.

Tom a déposé le matelas dans un coin de la pièce. Il l'avait porté seul, et je l'avais suivi. Je regardais notre nouvelle rue, les visages des voisins, les Vierges rassurantes contre les fenêtres glacées.

— Ce n'est pas grand, mais ça vous permettra de souffler, a dit Tom.

Le garçon avait les poings sur les hanches. Il regardait partout à la fois, comme s'il surveillait le quartier.

— On ne craint rien ici, n'est-ce pas ? lui a demandé ma mère.

Il a souri. Ici ? Jamais rien ne nous arrivera. Nous étions chez nous, au cœur du ghetto. Protégés par notre nombre et notre colère.

— Et aussi par l'IRA, a encore souri notre hôte.

L'IRA. J'ai frémi. Lawrence l'a remarqué. Il a eu un haussement d'épaules et m'a demandé de l'aider à porter la table au lieu de rester les bras morts.

L'IRA. Ce n'était plus trois lettres noires, bavées sur notre mur à la peinture haineuse. Ce n'était plus une condamnation entendue à la radio. Ce n'était plus une crainte, une insulte, l'autre nom du démon. Mais c'était un espoir, une promesse. C'était la chair de mon père, sa vie entière, sa mémoire et sa légende. C'était sa douleur, sa défaite, l'armée vaincue de notre pays. Jamais je n'avais entendu ces trois lettres prononcées par d'autres lèvres que les siennes. Et voilà qu'un gaillard de mon âge osait les sourire en pleine rue.

L'IRA. Soudain, je l'ai vue partout. Dans ce fumeur de pipe chargé de couvertures. Ces femmes en châle, qui nous entouraient de leur silence. Ce vieil homme, accroupi sur le trottoir, qui réparait notre lampe à huile. Je l'ai vue dans les gamins qui aidaient à notre exil. Je l'ai vue derrière chaque fenêtre, chaque rideau tiré pour tromper les avions. Je l'ai vue dans l'air épais de tourbe. Dans le jour qui se levait. Je l'ai sentie en moi. En moi, Tyrone Meehan, seize ans, fils de Patraig et de la terre d'Irlande. Chassé de mon village par la misère, banni de mon quartier par l'ennemi. L'IRA, moi.

J'ai tendu la main à Tom. Comme deux hommes qui concluent un marché. Il l'a regardée, m'a regardé, a hésité. Et puis il a souri une fois encore. Sa paume était glacée, ses doigts fermes.

— Tyrone Meehan, j'ai dit.

Nous étions au milieu de la rue. J'aurais aimé me voir à cet instant. J'ai eu la certitude que cette main tendue était mon premier geste d'homme.

— Tom Williams, a dit Tom.

Il m'a regardé un instant et il a ajouté :

— Lieutenant Thomas Joseph Williams, compagnie C, 2ᵉ bataillon de la brigade de Belfast de l'Armée républicaine irlandaise.

Il a ri de mes yeux immenses.

— J'ai dix-neuf ans. Appelle-moi simplement Tom.

*

J'ai rejoint l'IRA le 10 janvier 1942, quatre jours après notre arrivée à Dholpur Lane. Enfin, pas l'IRA. Pas tout à fait. J'étais trop jeune. Personne dans le quartier ne nous connaissait. Etre chassé par les loyalistes n'était pas suffisant pour instaurer la confiance. Comme Tom avant moi, comme de nombreux *volunteers* de l'IRA, j'ai d'abord rallié les *Na Fianna hÉireann*, les scouts de la République. Depuis 1939, les Fianna étaient très affaiblis. Interdits en République et en Irlande du Nord, pourchassés, internés des deux côtés de la frontière. Ceux qui avaient goûté aux prisons britanniques disaient que les geôles irlandaises n'avaient rien à leur envier.

Chaque quartier républicain avait sa propre unité de jeunes. L'IRA était divisée en brigades et en bataillons, nous étions rassemblés en *cumann*.

Notre local de Kane Street était minuscule et sombre. Une table, quelques chaises et un ring de boxe. Cela ressemblait à une salle de sport, pas à un quartier général républicain. Je passais mon temps entre les cordes, poings levés à hauteur des yeux. Nous apprenions à cogner sans hésiter et à recevoir sans gémir. Notre chef s'appelait Daniel « Danny » Finley, un gars sans émotion, sans chaleur ni mot de trop. Il avait mon âge. Sa famille avait fui le quartier de Short Strand après le lynchage de Declan, son frère jumeau. Il rentrait du lycée, en uniforme catholique, avec sa cravate verte rayée d'ocre et le blason de St. Comgall. Le trottoir était encombré de gravats. Il avait hésité, puis traversé la rue, passé la frontière invisible qui séparait les deux communautés. Et marché en face, sur le trottoir protestant. Il ne provoquait rien ni personne. Il faisait un détour pour éviter l'éboulement d'une façade.

Un camion de transport de bois est passé dans la rue. Sur les planches empilées, une dizaine de lycéens protestants en blazer bleu. L'un d'eux a hurlé.

— Hé ! Un putain de Taig !

Taig. Catho de merde. Saleté de papiste. L'insulte préférée des loyalistes en culottes courtes. Declan a retraversé la rue en courant, il a heurté le trottoir. Il est tombé en hurlant. Les bleus se sont rués. Il s'est protégé, couché sur le côté, les yeux fermés, la tête entre ses poings, les genoux plaqués contre son torse. Un enfant dans un ventre de mère. Coups de genoux, de poings. Un jeune a sauté à pieds joints sur sa tête. Un autre a jeté un bloc de béton sur sa poitrine. Et puis ils sont partis en courant, rattrapant le camion au carrefour et sautant sur le plateau de bois en chantant.

— Chez nous ! Chez nous ! Nous sommes ici chez nous !

Un homme a timidement ouvert sa porte, d'autres se sont avancés vers la victime. Une femme est sortie avec un verre d'eau. Tous catholiques, tous de ce trottoir-ci. De l'autre côté de la rue, des adultes regardaient.

Declan Finley est mort. Le visage écrasé et les poings serrés. Lorsque les secours sont arrivés, le sang du garçon était marron, épais, mélangé à la poussière. Aidé de sa canne, un vieil homme s'est accroupi, il a trempé la main droite dans la flaque et il a traversé la rue, paume levée. Sur le trottoir d'en face, une centaine de silencieux. Ils se sont écartés. Le nationaliste a barbouillé leur trottoir avec soin. Un homme s'est avancé, deux autres l'ont retenu. Le vieux est reparti en leur tournant le dos.

Les infirmiers ont chargé Declan dans une ambulance. En face, des gamins effaçaient le sang du martyr en raclant leurs chaussures sur le goudron.

C'était juste avant guerre. La famille Finley a quitté le ghetto pour se réfugier dans l'ouest de Belfast. Comme tant d'autres. Encore, et encore, et encore. Venant du nord et de l'est de la ville, les catholiques arrivaient par centaines et s'entassaient dans les catacombes de brique.

Je respectais Daniel, mais il me faisait peur. A la boxe, il cognait sec. Un jour, il a saigné du nez, un flot. Il a enlevé ses gants, s'est essuyé à deux mains, puis il a barbouillé le visage de celui qui avait porté le coup. A pleins doigts poisseux sur le regard terrorisé. J'étais content d'être dans son camp, dans celui de la République irlandaise, de James Connolly, de Tom Williams, dans celui de mon père. Je plaignais sincèrement les gars qui nous avaient en face.

*

Un samedi de février 1942, j'ai participé à ma première opération militaire. Depuis quelques mois, le Commandement du Nord avait collecté toutes les armes disponibles, cachées en République depuis la guerre d'indépendance. Des *volunteers* passaient la frontière de nuit pour fournir le matériel aux quatre bataillons de Belfast. Nous étions des enfants. Nous ne savions pas grand-chose de ce grand déménagement national. Et c'est bien après la guerre que nous avons appris l'ampleur des transports clandestins. Près de douze tonnes d'armes, de munitions et d'explosifs avaient été déplacées à travers champs sur ordre du Conseil de l'Armée républicaine, à pied, en camion, en charrette, à dos de femmes et d'hommes, sans que les armées britannique et irlandaise s'en doutent.

Ce soir-là, Tom Williams est venu chercher deux Fianna au local.

— Tu sais siffler, Tyrone ?

J'ai dit oui, bien sûr, depuis toujours.

— Siffle.

J'ai porté les index à mes lèvres.

Mon père adorait mon sifflet, ma mère le détestait. A Killybegs, c'était le signal de la bande de Meehan, quand nous fondions sur Timy Gormley et sa troupe. Le

63

père Donoghue disait que seul le cri du diable pouvait ainsi percer l'oreille humaine.

J'ai sifflé.

Tom n'a pas eu l'air surpris. Il a simplement hoché la tête.

— En cas de danger, je veux qu'on t'entende jusqu'à Dublin.

Daniel sifflait sans doigt. Il retroussait sa lèvre supérieure et collait la langue à ses dents.

— Danny et Tyrone, a ordonné le lieutenant Williams en prenant la porte.

Lui et moi avons reçu une dizaine de tapes dans le dos. Les autres garçons étaient contents pour nous, et fiers aussi, probablement.

Dans la rue, une femme et une fille attendaient notre sortie. Je connaissais la première, une combattante de Cumann na mBan, l'organisation de femmes de l'IRA. La jeune devait appartenir aux Cumann na gCailíní, les scoutes républicaines. Tom a marché devant, nous l'avons suivi en silence. Cinq ombres dans la rue.

— Tyrone.

Le chef avait murmuré. Sans s'arrêter, d'un geste du menton, il m'a indiqué l'angle des rues O'Neill et Clonard, me lançant un *sliotar* blanc bordé de noir. Je l'ai cueilli d'une seule main. Sans réfléchir. Une balle de hurling dédicacée par l'équipe d'Armagh. Pourquoi ? Me donner contenance ? Pas de question, pas de doute. Il faut comprendre d'un regard ou rester au local. J'ai pris ma position, et j'ai jeté le *sliotar* contre le mur, le faisant rebondir dans ma paume comme un gamin qui fait passer le temps.

Tom a continué sa route.

— Danny.

Daniel Finley s'est posté face à moi, de l'autre côté de la route, regard tourné vers Odessa Street. Un vélo l'attendait, renversé contre le mur, roues en l'air et chaîne déraillée. Mon camarade s'est agenouillé, comme s'il la réparait. La jeune fille est descendue avec son officier jusqu'au coin de Falls Road, et ils sont restés là, sous un porche, comme une mère et sa fille.

Tout s'est passé trop vite. Daniel courbé sur son vélo, les rues désertes. Deux voitures se sont arrêtées. Huit hommes sont descendus en courant, les bras lourds. L'IRA. Quatre ont tourné dans Odessa, les autres sont passés devant moi.

— Salut Tyrone, m'a soufflé un gars.

Je ne l'ai pas reconnu, pas même regardé. Je surveillais mon coin d'Irlande, ma rue de brique, mon carré de petit soldat. J'ai seulement vu l'acier des canons, accroché par la lumière d'une fenêtre aux rideaux mal tirés. Des fusils. Les fusils de la guerre. Les armes de la République. Je n'avais jamais vu leur métal, jamais imaginé le bois de leur crosse et ils me passaient à portée, par brassées, enveloppés dans des couvertures grises.

Des portes se sont ouvertes. Les hommes sont entrés dans les logements, les arrière-cours, les jardins minuscules. Les voitures reparties. Tom est revenu seul. Il est passé à ma hauteur. Son visage, ses yeux baissés, son dos pressé. Il sifflait *God Save Ireland !* Il est remonté vers Clonard. J'étais presque déçu. J'avais imaginé un clin d'œil ou un mot. En face, Daniel redressait son vélo et s'en allait aussi. La onzième fois qu'il était sentinelle. Il savait comment tout cela se finissait.

— Tu peux m'appeler Danny, m'a lancé Finley sans un regard.

Alors j'ai quitté mon mur. J'ai mis le *sliotar* dans ma poche et je suis retourné à Dholpur Street. Je marchais différemment. J'étais un autre. J'ai croisé un couple, une femme et son enfant, une jeune fille, qui portait son masque à gaz en bandoulière, comme un sac à la mode. Ils ne m'ont pas remarqué. Alors que j'étais un Fianna, un guerrier irlandais. Un soldat de l'IRA, presque. Dans quelques jours, à dix-sept ans, j'irais rejoindre Tom Williams et les autres. C'est moi qui serais dans la rue, courant dans la nuit froide avec mon fardeau de bataille. Moi qui frôlerais un Fianna auxiliaire en short et bouche ouverte. Moi qui lui glisserais son prénom en confidence. Moi qu'il regarderait s'évanouir dans notre obscurité. Ce serait moi, Tyrone Meehan. Et je sifflerais *God save Ireland !*

*

Pour l'instant, assis par terre ou adossé au ring, j'étudiais. J'avais quitté l'école catholique pour rejoindre l'enseignement républicain. Des professeurs allaient de cumann en cumann pour éduquer les Fianna. J'avais tout à apprendre de l'histoire de notre pays. Je ne connaissais de notre combat que les gestes de mon père et ses mots trébuchant d'alcool. Si je savais les grandes dates et les noms glorieux, c'était sans en saisir le sens. Mon credo était enfantin : « *Brits out !* » Les Britanniques dehors. Mon père m'avait laissé cette certitude en héritage, rien de plus.

Ce jour-là, nous étions tendus, et le groupe divisé. Notre professeur était une femme. Depuis une heure, elle expliquait que notre parti, notre armée, notre peuple, n'étaient pas concernés par la guerre qui saccageait l'Europe. Mais que, peut-être, nous pouvions y gagner quelque chose. Sur le tableau improvisé – des ardoises collées sur un plateau de bois – elle avait écrit la phrase prononcée en 1916 par James Connolly, syndicaliste, soldat et martyr irlandais. « Nous ne servons ni le roi, ni le kaiser mais l'Irlande ! » Le jour de Pâques, alors que les Britanniques se battaient aux côtés des Américains et des Français dans les tranchées de la Somme, alors que les protestants d'Irlande du Nord avaient rejoint en masse l'armée du roi, hachés par milliers en première ligne, les républicains irlandais se rebellaient au cœur même de Dublin. Une poignée de braves, les armes à la main. « Trahison ! Vous nous avez planté un couteau dans le dos ! » avaient hurlé les Anglais.

— Trahir ? Mais trahir qui ? Trahir quoi ? expliquait la maîtresse.

Nous n'étions pas alliés avec les Britanniques mais occupés par leurs soldats, torturés par leurs policiers et emprisonnés par leur justice. Cette guerre les affaiblissait et nous renforçait donc.

Nous l'écoutions. La prise de la Grande Poste par les insurgés, la déclaration d'indépendance proclamée sur ses marches, la répression féroce, l'écrasement, le poteau d'exécution pour nos chefs un à un. Cet échec sanglant qui n'en était pas un. Ce feu mal éteint allait incendier le pays tout entier.

Nous avions le droit de poser des questions. Et c'est Danny Finley qui a levé le doigt. Il a demandé s'il n'y avait pas une différence entre 1916 et 1942, entre une boucherie impérialiste et une guerre mondiale, entre le kaiser Guillaume II et Adolf Hitler. Il a demandé si, comme l'Irlande tout entière, l'IRA n'aurait pas dû rester neutre. Je me souviens de cet instant. Nous étions une vingtaine dans le local de Kane Street.

— Tu veux donner des leçons à l'IRA, Finley ? a demandé un Fianna.

Et ils se sont mis à parler tous à la fois. Notre rôle n'était pas de critiquer mais d'obéir. Le Conseil de l'Armée, le Commandement du Nord, le Comité central du parti, tous ces gens savaient ce qui était bon pour l'Irlande. J'avais sorti le *sliotar* de Tom. Je le roulais entre mes paumes. Danny ne cédait pas.

— Et qu'est-ce qui se passera si un combattant de l'IRA tue un soldat américain par erreur ? Vous pouvez me dire ce qui se passera ?

— Pourquoi l'IRA tuerait un Américain ?

— Parce qu'ils sont trente mille, parce qu'ils sont partout, dans les villes, à la campagne. Vous imaginez ?

Un combattant républicain qui se trompe de cible ? Un *óglach* qui vise un soldat anglais et descend un Yankee qui distribuait du chocolat et des biscuits aux gamins ?

— Tu vois trop de films, Danny !

J'ai levé la main. Je lui venais en aide.

— Mon père était socialiste et républicain, il voulait combattre les franquistes en Espagne. Aujourd'hui, Franco et Hitler sont main dans la main et nous, nous sommes où ?

— Tu sais qui était le chef de la colonne Connolly des Brigades internationales ? m'a demandé l'enseignante.

Bien sûr, je le savais. Mon père ne l'avait jamais rencontré mais il en avait longtemps parlé comme de son futur chef.

— Avec Frank Ryan, on va écraser les fascistes irlandais, les chemises bleues, tous ces fumiers de Britanniques ! disait mon père.

Pour lui, « Britannique » était l'autre nom du salaud. Dans la rue, au pub, un gars qui le provoquait était un Britannique.

— Frank Ryan, j'ai répondu.

— Et sais-tu où est Frank Ryan aujourd'hui ?

Non. Je ne le savais pas. Emprisonné en Espagne ou mort; très probablement.

— A Berlin, a dit le professeur.

J'étais sidéré. Lui, le socialiste, l'internationaliste, le rouge, à Berlin ?

Je restai bouche ouverte.

— Un problème posé à la Grande-Bretagne est une solution apportée à l'Irlande, a encore dit notre enseignante.

Nous étions des gamins. Je regardais le visage de mes amis. Nous voulions nous battre pour la liberté de notre pays, honorer sa mémoire, préserver sa terrible beauté. Peu importaient nos pactes et nos alliances. Nous étions prêts à mourir les uns pour les autres. Mourir, vraiment. Et certains d'entre nous allaient tenir promesse.

Je n'ai plus posé de question. Et Danny a gardé les siennes.

Lui et moi allions faire la guerre aux Anglais, comme nos pères la faisaient. Et nos grands-pères aussi. Poser des questions, c'était déjà déposer les armes.

A la fin février 1942, un homme de l'IRA m'a confié mon premier pistolet.

Tom Williams nous avait postés partout dans le quartier. En signe de reconnaissance, les filles avaient un nœud vert dans les cheveux. Les garçons, l'écharpe rouge et blanche du club de foot de Cliftonville. C'était un jour de semaine. Le stade de Solitude était fermé.

— Il n'y a pas match aujourd'hui les gars ! disaient des hommes rieurs, en nous voyant remonter gravement les trottoirs.

Les soldats républicains pouvaient surgir à tout moment. Nous les attendions, postés aux carrefours. Moi, j'étais sous ce porche, adossé contre le mur d'une maison inconnue. Lorsque le gars de l'IRA est arrivé, j'ai sursauté. Il courait, main sous son manteau, cravate jetée sur son épaule. Il m'a tendu un revolver. Il venait de blesser un soldat d'une balle dans le cou. J'ai pris l'arme à deux mains, enfouie dans mon pantalon, plaquée contre la ceinture. J'ai traversé la rue. Tout mon corps palpitait. Après quelques mètres, une femme est venue à ma hauteur. Je ne la connaissais pas. Elle portait un ballon de foot dans un panier d'osier. Elle me l'a tendu sans un mot. Puis elle a pris ma main. J'ai eu un peu honte. Moi, Fianna de seize ans, en service actif, promené par cette mère comme un enfant.

— Quelqu'un vous prendra en charge. Laissez-vous conduire, avait dit Tom.

Les blindés encerclaient le quartier. Aux barrages, les policiers fouillaient les hommes, bras levés. Un militaire nous a fait signe d'avancer, elle avec son panier, moi avec mon ballon. Devant lui, la femme m'a traité de bon à rien. Une voix très aiguë, violente, désagréable. Chaque jour, elle maudissait le ciel d'avoir mis un tel idiot au monde. Le Britannique a hésité. Il m'a lancé un regard désolé, à la fois bienveillant et complice. Le geste de deux enfants malheureux qui se sont reconnus. Il nous a fait signe de passer. Et je lui ai rendu son sourire. Pas pour lui échapper, mais pour le remercier.

Cette preuve d'humanité m'a longtemps poursuivi. Et dérangé longtemps. Sous ce casque de guerre, il ne pouvait pas y avoir un homme, mais seulement un barbare. Penser le contraire, c'était faiblir, trahir. Mon père me l'avait enseigné. Tom me le répétait. J'ai marché plus vite, la main de cette femme dans la mienne, ma mère de guerre, son enfant de combat. Et je n'ai rien dit de cette rencontre, jamais. Ni raconté ce regard, ni avoué mon sourire.

Nous sommes entré au Donegal's, un pub de Falls. La salle était bondée. Dès qu'il nous a vus, le patron a ouvert la porte blindée qui donnait sur la cour où deux hommes m'attendaient, assis sur les fûts de bière. J'étais bras ballants. L'un d'eux a ouvert mon manteau. Quand il a vu la crosse de l'arme, il a pâli.

— Sale con ! a-t-il murmuré, en sortant le revolver avec précaution.

L'autre type a secoué la tête.

— Qu'est-ce que j'ai fait ?

Le premier m'a regardé. C'est comme s'il réalisait ma présence.

— Qui ? Toi, Fianna ?

— Rien bonhomme, tu as été parfait, a répondu l'autre. Puis il s'est retourné pour manœuvrer l'arme.

Je me suis retrouvé dans la rue, le ventre nu, sans ce poids mortel entre peau et chemise. Je claquais des dents. J'avais eu le temps de voir le revolver. L'homme de l'IRA me l'avait tendu chien levé, prêt à tirer. Je l'avais pris sans précaution, fourré dans mon pantalon comme une revue libertine à montrer aux copains. Mon doigt avait heurté le pontet, frôlé la détente. La moindre pression et le coup partait. J'avais marché comme ça quinze bonnes minutes, son canon écrasé sur mon sexe. La mort rôdait. Elle avait renoncé. J'avais dû la faire sourire.

5

Killybegs, lundi 25 décembre 2006

Ce matin, deux policiers irlandais sont venus me voir. Ils étaient embarrassés. J'étais ivre. Je leur ai proposé d'entrer pour une vodka, ou le thé de Noël. Ils ont refusé. Leur voiture était garée sur le chemin, en lisière de forêt.

— Vous êtes Tyrone Meehan ? a demandé le plus jeune.

J'ai dit oui.

Une maladie d'enfance avait noirci son visage. Il a sorti un carnet de sa vareuse. L'autre observait mon logement, par la porte ouverte derrière moi. La grande pièce aux murs vides, l'évier sans eau, la lampe à gaz sur la table en désordre, les bougies, le feu de cheminée, le sol en terre battue.

— De retour au pays ? a demandé le vieux en fouillant mes yeux.

J'ai hoché la tête. J'avais les mains dans les poches et juste un pull. J'ai baissé le regard.

— Vous comptez rester ?

— Je vais rester.

Le policier a écrit autre chose que ces seuls trois mots. Comme s'il notait ses impressions.

— Vous vivez seul ici ?

Même mouvement de tête. Répondre quoi ? Ils savaient cela, et tout le reste. Depuis le premier jour, la garda síochána passait sur la route et observait ma vie de reclus. Ils ont vu Sheila m'apporter des vivres et des bières. Hier, j'ai même été pris en photo alors que je sortais du pub. Je me demandais quand ils auraient le courage de prendre le chemin de terre pour frapper à ma porte. Mais maintenant qu'ils étaient face à moi, j'étais déçu. Le plus jeune évitait mon regard, écrivait à n'en plus finir. L'autre comptait les rides de mon front.

J'ai sorti le vieux *sliotar* de la poche. Il fallait occuper ma main.

— Vous… Vous prenez des précautions ?

Le gamin a demandé ça comme ça. En se mordant la lèvre. J'ai souri sans répondre.

— C'était une question, monsieur Meehan, a ajouté l'autre.

— Vous avez peur de vous retrouver avec un cadavre sur les bras ?

Le jeune a voulu protester. Le vieux a dit oui. C'était cela. Exactement. Il a expliqué que le village commençait à murmurer. On m'avait reconnu. D'abord l'épicier, puis le type de la poste. Le patron du Mullin's s'est demandé s'il n'allait pas m'interdire sa porte. Pas de jugement, selon le policier. Personne pour me condamner, ni même pour me critiquer. Juste, ils avaient peur pour eux.

— Killybegs est un village paisible, Meehan. Vous comprenez ça ? Ils n'ont pas envie d'être pris entre deux feux.

Meehan. Ni Tyrone, ni monsieur, rien d'autre que mon nom.

Je me suis raidi. Je me suis mis à trembler. La balle de cuir s'est écrasée sur le sol. Le jeune flic l'a ramassée, et puis me l'a tendue.

Depuis le 16 décembre, c'était la première fois que quelqu'un m'appelait seulement par mon nom. Cette nuit-là j'avais été arrêté par l'IRA, et emmené clandestinement en République pour y être interrogé. Pendant le trajet en voiture, j'ai d'abord eu peur qu'ils m'exécutent. Sur un chemin de terre, une décharge, quelque part derrière la frontière. Ils l'avaient fait souvent. Je l'avais fait aussi. Une balle dans chaque genou, une dernière pour la nuque.

Nous étions deux voitures en convoi. Dans la première, deux responsables du parti républicain, un membre de la brigade de Belfast et Mike O'Doyle, fils de Gráinne, un brave gars que j'avais vu naître quarante ans plus tôt. Et qui avait fait de moi le parrain de sa fille. J'étais dans le second véhicule, à l'arrière, serré entre Peter Bradley et Eugene Finnegan, un gamin de vingt-huit ans qui se prenait pour un combattant. « Pete le tueur » a gardé une main sur mon genou gauche, de

Belfast aux faubourgs de Dublin. Eugene « l'Ourson » a somnolé pendant tout le voyage. Je l'avais vu souvent dans les clubs républicains. Faire le guet dans nos rues, défiler lors des commémorations. C'était une figure familière et amicale. Un jour de Pâques, il paradait avec le 2e bataillon de la brigade de Belfast, et je lui ai demandé de rectifier sa position. Il portait l'uniforme vert de l'Armée républicaine irlandaise, un béret, des lunettes noires, un baudrier et des gants blancs. Malgré sa cagoule, je l'ai reconnu. Je l'ai appelé l'Ourson, comme un père murmure à son fils. Il a baissé les yeux, surpris par cette nudité soudaine. Il était le guerrier, moi j'étais son chef. Et bien des années après, dans cette nuit de décembre, cette voiture, moi devenu traître et lui resté soldat, il m'appelait encore par mon prénom. Il était mon fil ténu, mon dernier lien avec les vivants.

Mes gardiens n'étaient pas armés. Le cessez-le-feu me protégeait. Il y a des années, bien avant tout cela, j'avais escorté un mouchard à l'interrogatoire. Nous étions cinq, habillés de vêtements de sécurité jaunes à bandes grises réfléchissantes, entassés à bord d'une camionnette maquillée en véhicule de la voirie, avec gyrophare orange et panneaux de chantier empilés sur la galerie. On ne voyait que nous, on ne nous remarquait donc pas. Nous avons croisé deux blindés, des Land Rover de la police royale, passé un barrage en saluant de la main. Le traître était allongé sur le sol, sous une bâche de chantier, les yeux bandés, les mains liées dans le dos et nos pieds sur son corps. Pendant des kilomètres, je suis resté penché sur lui, le canon de mon revolver enfoncé dans la toile verte. Une voiture ouvrait la route. Nous étions reliés par radio. Arrivés à la frontière, une unité de Sud Armagh nous attendait. Il faisait nuit. Le type a été emmené par trois hommes. Il s'appelait Freddy, il avait dix-neuf ans. Je l'ai lu dans le journal lorsque la police a retrouvé son corps.

Arrivés à Dublin, Eugene m'a demandé si je voulais de l'eau.

— Cet homme n'a pas soif, a répondu celui qui conduisait.

— Mais Tyrone m'a dit qu'il avait...

— Tyrone est mort, a répondu l'autre.

L'Ourson a rebouché la bouteille. Je suis resté main tendue. L'Irlande me refusait son eau. Je respirais son air en contrebande. Il ne me restait rien d'elle.

Après m'avoir traîné dans une conférence de presse, le parti républicain m'a rendu à l'IRA. Pendant l'interrogatoire, je n'étais pas attaché, je n'avais pas les yeux bandés. Je pouvais les regarder en face. Ils étaient toujours sans arme, le visage découvert. Je savais qu'ils ne m'exécuteraient pas, mais je me le répétais en boucle. Face à moi, il y avait Mike O'Doyle, qui se prenait maintenant pour un juge. Un type était à ses côtés derrière la table, plus âgé, avec un accent de Dublin. Mike m'appelait Tyrone. L'autre, juste Meehan. C'est à ce moment-là que j'ai compris. Après mon pays, je venais aussi de perdre mon prénom, mon identité fraternelle. J'étais seul.

— Quels renseignements as-tu livrés à l'ennemi, Meehan ? m'a demandé l'inconnu.

Une caméra me fouillait. Et j'ai décidé de ne pas répondre. Plus un mot.

C'est comme ça que venait de me parler le vieux policier irlandais. Glacial, comme un gars de l'IRA. Mon prénom errait encore timidement sur les lèvres du jeune. Mon nom heurtait déjà celles de l'autre. Je n'étais plus de cette terre, plus de ce village non plus. Patraig Meehan avait offert un traître à Killybegs. Après le père monstrueux, le fils indigne. Notre race était maudite. Ce vieux flic fermerait les yeux quand la mort s'avancerait pour moi. Il la guiderait dans la forêt, lui ouvrirait ma porte, me désignerait d'un geste du menton. Je le dégoûtais. Il savait que je le savais. Mon silence le lui disait en face. Le plus jeune a encore posé trois questions molles, le regard du vieux ne m'a plus quitté. Il écoutait mes yeux, pas mes réponses.

— Quel est votre prénom ?

Je lui ai demandé ça comme ça. Ma peur plantée dans son mépris.

— Séanna, a répondu doucement le policier.

— C'est le prénom de mon frère.

Il a souri. Un vrai sourire, une beauté.

Puis il m'a tendu un papier plié.

— Le téléphone où vous pouvez nous joindre à tout moment.

Tout a chaviré. Son visage n'était plus le même, son front disait le tracas. Il s'inquiétait pour moi, tout simplement. Un brave gardien de la paix, un flic de campagne, sans malice, sans écœurement. Pressé de retourner auprès des siens. Je m'étais trompé. A force de mensonges, je ne savais plus lire les hommes.

— Soyez prudent Tyrone, a dit Séanna.

Tout tournait autour de moi. J'ai eu un mouvement de menton, rien du tout. Juste une feuille qui tremble sur son bout de branche.

Je suis rentré. J'ai fermé la porte à clef. Poussé le loquet, des gestes d'habitude. Le feu était mourant. Je me suis servi un grand verre de vodka. Le jour s'étirait derrière mes rideaux. J'ai regardé mes mains, je ne sais pas pourquoi. Elles étaient abîmées de trop de vie. Eclatées, déformées, rêches et raides. J'ai eu peur du temps.

— Avec des doigts comme ça, vaut mieux tenir un fusil qu'un violon !

J'ai souri. J'ai pensé à Antoine, un luthier parisien que j'avais rencontré à Belfast trente ans plus tôt. A ce Français silencieux, qui s'était un jour proclamé républicain irlandais. Qui pensait comme nous, qui vivait comme nous, qui s'habillait comme nous et qui luttait pour trouver sa place entre notre dignité et notre courage.

Samedi, Sheila m'a dit qu'il avait appelé. Il lui a demandé s'il pouvait me rencontrer. Que voulait-il le petit Français ? Me juger ? Me comprendre ? Ou réclamer sa part de trahison ?

6

Killybegs, mardi 26 décembre 2006

Le patron du Mullin's n'a jamais été bienveillant avec moi. Depuis la visite des policiers, il est devenu hostile. Hier, après mon départ, il a déplacé la table ronde de mon père et planté le portemanteau à sa place. Ce soir, il y avait du monde dans le pub lorsque je suis entré. Les têtes se sont tournées vers moi, le silence. Derrière le bar, le serveur avait une moue de chien dégoûté. Ses bras croisés disaient que cet endroit n'était plus le mien. Ma survie se jouait. Cette chapelle sombre et aigre était l'ultime étape du chemin de croix de Patraig Meehan. Son dernier repaire de vivant. C'est d'ici qu'il était parti pour s'en aller mourir en hiver. Si la mer l'avait pris, ce coin d'ombre aurait été sa tombe. Et je ne pouvais pas laisser ces gens la profaner.

J'ai traversé le pub, sans un regard pour les regards. J'ai enlevé mon imperméable, je l'ai suspendu au portemanteau puis j'ai déplacé celui-ci. Je l'ai traîné à sa place habituelle, de l'autre côté de la pièce, raclant le sol gras de ses pieds recourbés. Après, j'ai soulevé la table de mon père à deux bras de Meehan. Les mêmes que les siens, avec des poings au bout. J'ai pris une chaise, empilée avec d'autres près de la porte. Je ne l'ai pas portée. Je l'ai traînée aussi, lentement. Je l'ai calée dos au mur, comme elle l'était depuis l'enfance. Ensuite, j'ai sorti mon téléphone portable et je l'ai mis à charger. Je prenais l'électricité là où elle se trouvait. Et puis je suis allé au bar. Deux Guinness. D'un coup. Pas un mot. J'ai simplement tapoté deux fois le robinet de pression avec l'index. Le serveur a interrogé le patron d'un geste. L'autre a haussé les épaules, avant de disparaître à la cave pour changer un fût. Alors le barman a tiré mes bières, doucement, en trois fois, avec soin, verres penchés dans sa main paysanne. Il ne me quittait pas des yeux. Le liquide épais, la crème de mousse brune, nos regards prisonniers. J'avais le front levé mais ne le défiais pas. J'étais Patraig et Tyrone, la dignité de l'un, la faiblesse de l'autre. J'étais reposé. Je suis retourné à la table de mon père et j'ai bu la première d'un trait, une pleine gorgée de terre.

Le père Gibney observait mon reflet. Assis sur son tabouret, dos tourné à la salle, il m'avait suivi dans le miroir piqueté qui surplombe le bar. Séamus Gibney, un curé immense, qui faisait le tour des pubs chaque jour après l'angélus, pour rappeler aux hommes qu'il y avait messe le dimanche. Il lui suffisait de lever la voix pour qu'une bagarre s'éteigne. De gronder l'un et l'autre pour les obliger à la poignée de main.

Mais ce soir, le prêtre n'a pas eu à forcer la voix. Après mon arrivée, personne n'avait touché au portemanteau, à la table, aucun de ces hommes n'était venu me braver. Peu à peu, le pub était retourné à son habitude.

Séamus Gibney laissait mourir un whiskey sur le comptoir lorsque la porte s'est ouverte. Il a vivement pivoté sur son tabouret.

— Ça par exemple ! Joe McCann ! Ce vieux Joe !

L'autre frappait sa casquette de pluie sur sa cuisse, en maudissant le ciel d'être entré dans le pub à cette heure.

Voix forte du curé, destinée à l'assistance.

— J'en ai une bonne pour toi, Joe, écoute…

McCann savait ce qui l'attendait. Lorsqu'un déserteur de messe s'aventurait au bar, le curé l'accueillait verre levé, l'appelait par son prénom, lui racontait la blague du jour et passait aux reproches.

— Alors voilà : c'est Joe McCann qui sort de l'église et qui croise le père Gibney. « Tu as aimé mon sermon ? », lui demande le curé. « Oh oui, mon père. Grâce à vous, j'apprends de nouveaux péchés chaque dimanche ! »

Le curé a éclaté de rire. Et la salle avec.

— Allez… approche, Joe, a souri le curé.

McCann s'est avancé vers le comptoir, épaule offerte au bras du prêtre.

— J'étais inquiet Joe, tu sais ? Faut donner des nouvelles de temps en temps.

Le curé a réfléchi, mimant pour le barman le geste du serveur de pression.

— Ça fait quoi ? Deux, trois mois qu'on ne t'a pas vu à l'office, non ?

Dans un coin du pub, une voix enjouée :

— Peut-être même plus !

— Peut-être même plus, Joe McCann. Peut-être même plus… a ri le prêtre en lui tendant son verre de bière noire.

Puis il a trinqué avec lui. Le pécheur avec sa pinte d'encre, le curé avec son verre doré.

— Et si tu venais dimanche à la messe ? Si tu accompagnais Nelly et les enfants ? Hein ? Tu en dis quoi, Joe McCann ? Ce n'est pas une bonne idée ? Et puis tu te mettras au premier rang, à cause de ton oreille. D'accord ?

Le bras sur son épaule, un sourire miel, un bref regard vers le plafond.

— Et puis tu sais, je crois que tu lui as manqué à Lui aussi…

Joe a hoché la tête et souri morne, avant de porter le verre à ses lèvres.

J'ai levé le mien. Il était presque vide, et le serveur a rempli le suivant.

C'est alors que le père Gibney est descendu de son tabouret. Il a pris une chaise et s'est assis en face de moi.

— Je peux ?

— Vous pouvez.

Il avait emmené son verre. Il l'a bu d'un coup.

— Un vieil ami veut vous voir.

Il murmurait, les coudes sur la table et les mains jointes devant sa bouche. Il me dévisageait étrangement. J'étais tendu.

— Me voir ?

— Et aussi vous entendre.

J'ai pris mon temps, les lèvres dans la mousse. Je cherchais quelque chose au fond de ses yeux.

— M'entendre ?

— Si vous le souhaitez, oui.

Entendre ? Je n'aimais pas cette façon d'écouter. J'avais avoué et rien d'autre à dire. J'ai claqué ma pinte sur la table humide. J'avais compris.

— Vous parlez de Joshe ?

Mes mots sans air. Une écorchure de voix.

Le curé a cligné de l'œil.

— Oui, de Joshe. Il est franciscain. Il vit dans un couvent à Athlone.

— Joshe, j'ai répété, le cœur entre des griffes.

— Ici, on l'appelle le père Joseph Byrne. Il rentre au pays pour deux jours.

Joseph Byrne, l'ange du père Donoghue. Le gamin qui chantait pour notre petite cohorte en lambeaux dans les tourbières. Joshe, le *leprechaun*, le lutin qui disait les grâces, qui priait pour nous, qui avait tenu tête aux frères Gormley sans jamais retrousser les manches.

— Il veut vous rencontrer. Il m'a dit de vous passer le message.

— Il veut me rencontrer ? Mais pourquoi ? Pour faire quoi ?

J'avais haussé le ton. C'était de l'inquiétude.

85

Le curé a quitté ma table. Rendez-vous à Ste Mary, demain mercredi ? C'était un ordre. Le jour d'après, Joshe partirait pour Belfast. J'ai dit oui, d'accord, évidemment. Pour le voir, pas pour être entendu. Pour être tout à fait certain que Dieu ne le martyrisait pas.

7

Oncle Lawrence est mort le 17 mars 1942, jour de la Saint-Patrick. Un toit a brusquement cédé sous son poids. Il a glissé et chuté en arrière, sur la nuque, les yeux au ciel et les bras écartés. Le jour de son enterrement, j'ai eu l'impression que toute l'Irlande était là. Derrière le joueur de cornemuse en kilt safran, maman ouvrait la marche, une maigre couronne entre les mains. Ensuite allaient Róisín, Mary, Áine, petit Kevin, Brian, Niall et Séanna. Moi, je portais bébé Sara, au premier rang des hommes.

Lawrence Finnegan n'appartenait pas à l'IRA mais le Mouvement lui avait fait l'honneur du drapeau. Il était porté par un Fianna, courbé sous le vent. Nous étions des centaines. Beaucoup de visages venus d'ailleurs. Séanna et Tom Williams ont aidé à soulever le cercueil, pas moi. Il est passé d'épaules en épaules sans que personne me fasse signe. J'étais trop jeune, ou trop petit, juste bon à accompagner les morts. Je n'étais pas triste. Pourtant la tristesse, en Irlande, c'est ce qui meurt en dernier. Je marchais avec les voisins, les amis, les anciens prisonniers, je suivais les soldats de l'IRA, trois longues colonnes noires étirée sur l'avenue. J'étais fier de cette foule, heureux d'appartenir à la fois aux Meehan et aux Finnegan. Fier aussi de marcher dans les pas de l'officier Williams, mon chef.

Des mères du quartier murmuraient que Tom Williams avait trop de douleurs en lui. Des pères disaient que face à ces yeux-là, la mort reculerait. Les sourcils froncés, toujours, avec des sillons de peine. Lorsqu'une émotion le suffoquait, il devenait terne. Il était douloureux. Il respirait mal. Un asthme d'enfance qui l'étouffait. Une fois, je l'ai fait rire. J'ai su que petit Tom se cachait derrière cette mélancolie.

Le soir de l'enterrement, lui et moi avons parlé de notre mort à tous. De sa sœur, Mary, foudroyée par une méningite à trois ans. De sa mère, Mary elle aussi, partie à vingt-neuf ans en accouchant d'une fille, morte à son tour six semaines plus tard.

— C'est la faute à la misère, pas la faute à la vie, disait Tom.

Alors nous avons parlé de la misère. De la Grande Famine. Des enfants sans chaussures dans la boue. De la lèpre du pain, qui suinte au coin des bouches mal nourries. De mon père mort de givre. Nous avions une colère commune. Et de la haine, aussi. Comme nous, Tom Williams avait fui son quartier. Une bombe loyaliste jetée sur un groupe d'enfants qui jouaient dans un parc. Il y avait eu des morts. Et c'est Terry Williams, son oncle, qui avait été emprisonné pour avoir défendu sa rue. Mais pas les tueurs protestants. C'était injuste. Tout était injuste. Nous étions seuls au monde, notre guerre balayée par une autre guerre que la nôtre. Le monde entier détournait les yeux. Il fallait compter sur nous seuls, sur nous-mêmes. Tom était au chômage, comme tous les hommes de nos quartiers. Comme Séanna et moi l'aurions été si oncle Lawrence ne nous avait pas laissé sa boutique, ses balais-brosses, ses truelles, ses hérissons de ramoneur. Jamais il n'y aurait de travail pour nous dans ce pays.

Il a allumé une cigarette. M'en a tendu une entre trois doigts, la première de ma vie. Alors je l'ai prise. Pour cligner les yeux dans la fumée comme le font les adultes. Il observait la rue, assis sur un perron. Comme lui, j'avais desserré ma cravate noire et ouvert mon col. Il m'a parlé de Pâques et il était inquiet. Il n'avait que deux ans de plus que moi mais je n'arrivais pas à lui reconnaître cette jeunesse. Tom Williams avait le visage marqué et le regard d'un veuf. Jamais je n'entendrais autant de blessures dans la voix d'un autre homme.

*

Les Britanniques avaient interdit tout rassemblement le dimanche de Pâques 1942. Mais nous avions décidé de désobéir. Personne ne nous empêcherait de célébrer l'insurrection de 1916 et de rendre grâce aux héros de la République.

Le Mouvement avait prévu trois processions illégales à Belfast, protégées par les Fianna en uniformes. Quand je lui ai demandé ce que nous ferions si la police intervenait, Tom a souri.

— Ils seront bien assez occupés avec nous, a répondu mon chef.

J'ai ouvert grands les yeux. Je voulais savoir ce que l'IRA préparait.

— Tu veux notre organigramme aussi ?

J'ai rougi. Secoué la tête, aspirant une grande brûlure de fumée pour me taire.

— Chacun son rôle, Tyrone Meehan.

Et puis il s'est levé. Doigts à la tempe, il m'a salué comme un soldat. En face, deux *óglachs* ont quitté leur mur d'obscurité pour protéger ses pas.

— Salut Fianna ! a lancé Tom Williams.

Je l'ai regardé s'éloigner dans Bombay Street, avec trois ombres pour lui seul. Il a tourné au coin. Il sifflait *God save Ireland !*. J'ai serré le *sliotar* blanc. J'ai eu peur pour nous tous.

Le dimanche de Pâques, maman nous a habillés pour la messe. Je portais une vieille chemise blanche de Séanna. Et Niall, l'un de mes pantalons. Mon uniforme de Fianna était caché sous la couverture de Sara, dans la poussette. La rue était déserte et tendue. Un peu partout dans les ghettos nationalistes, les portes amies s'ouvraient aux scouts rebelles. Nous nous préparions deux par deux, dans les arrière-cours, cachés dans les penderies, les établis, les préaux d'école, les réduits de pub. Lorsque nous sommes arrivés devant l'épicerie Costello, Sheila a ouvert la porte. Ma famille s'est regroupée autour de la poussette comme pour consoler la petite. Ils me dissimulaient. Je me suis glissé chez les Costello tandis que les Meehan continuaient leur chemin vers l'église.

Danny Finley était en haut des escaliers. Il s'habillait en silence, sous le regard d'un Jésus triste. Assise sur les marches, Sheila me regardait enfiler mon short noir. Je rougissais. Je l'aimais. Les temps étaient trop timides pour oser, et la ville savait tout de ses enfants. Une main qui en prenait une autre et voilà des dizaines de doigts tendus. Ce n'était ni méchant, ni moqueur. Mais l'impression qu'il y avait toujours un jugement derrière le rideau. Les Britanniques surveillaient nos gestes, l'IRA surveillait notre engagement, les curés surveillaient notre pensée, les parents surveillaient notre enfance et les fenêtres surveillaient nos amours. Rien ne nous cachait jamais.

— Brits ! Brits ! a hurlé une jeune voix dans la rue.

Sheila s'est levée d'un coup et a dévalé les escaliers. Danny a continué d'enfiler sa chemise. Le calme était sa façon de paniquer.

— Merde, il manque un bouton à la manche, a grogné mon camarade.

Il avait raccommodé un genou de son pantalon.

Dehors, un blindé à haut-parleur répétait que tout rassemblement était illégal. Que manifester en temps de guerre était un acte de trahison. Au début des hostilités avec l'Allemagne, les camions militaires rôdaient dans nos quartiers pour appeler les jeunes catholiques sous l'uniforme anglais. Peu ont répondu à l'appel. En mai 1941, plus de deux cent mille nationalistes en âge de se battre avaient fui Belfast, des milliers d'autres couchaient dans les champs ou les collines autour de la ville pour échapper aux sergents recruteurs. Nos pères, nos mères, nos familles manifestaient dans les rues par milliers chaque jour pour refuser que leurs fils meurent pour le roi. Le 27 mai, Londres renonçait à la conscription obligatoire en Irlande du Nord. Et seuls les protestants d'Ulster partirent se battre pour leur drapeau.

Maman avait soigneusement repassé mon uniforme. Une chemise vert foncé, la veste de même couleur, avec col officier fermé, pattes d'épaules, deux rangées de boutons de cuivre, un cordon blanc pour attacher le sifflet et un foulard orange. Le ceinturon était celui de mon père, et j'avais aussi hérité de sa sangle d'épaule. Le camion ennemi s'éloignait. J'épinglai l'insigne des Fianna sur mon cœur, la pique des insurgés de 1798 sur fond de soleil brûlant. Et puis nous nous sommes assis, en haut de l'escalier, à attendre les ordres. J'avais mis mon feutre à large bord sur la tête, Danny avait posé le sien sur son genou. On piquait les « Baden-Powell » par dizaines dans les boutiques de scoutisme à Dublin et à Cork. L'Irlande et la Grande-Bretagne pourchassaient notre armée secrète mais ils ne pouvaient pas interdire nos chapeaux.

Les Fianna sont sortis dans la rue presque ensemble. Danny et moi étions debout, derrière la porte d'entrée de la maison Costello. Sheila guettait derrière le rideau écarté d'un doigt. Son père avait la main sur la poignée. Il attendait. Un coup de sifflet métallique. En face, deux portes se sont ouvertes et quatre scouts sont apparus. Nous sommes sortis à notre tour. Danny nous a fait mettre en rang sur le trottoir. Nous étions dix. Et une autre dizaine en face, qui sortaient de l'impasse. Et d'autres encore qui arrivaient par Kashmir Road.

— Gauche ! Gauche ! Gauche, droite, gauche !

La voix d'un officier. Nous nous sommes mis en marche vers Falls Road. Je tremblais. C'est idiot. Je tremblais et je claquais des dents. J'avais tant rêvé à cet instant héroïque. Moi, Tyrone Meehan, défilant en uniforme et au pas. Voilà que j'avais peur. Ou froid. Je ne savais plus. J'avais mon chapeau sur les yeux et je n'osais le relever. Les filles des Cumann na gCailíní arrivaient de Leeson Street, avec leurs jupes vertes et leurs cheveux relevés. Bras droit, bras gauche, balanciers de parade. Nous progressions au milieu de l'avenue comme une armée d'enfants.

Sheila nous suivait. Dans un sac, elle portait nos vêtements civils. Chaque scout était suivi à distance par une mère, une sœur ou une amie. Quand nos drapeaux sont apparus, j'ai eu les larmes aux yeux, un rire de joie, des cris plein le ventre. Le tricolore de notre République était immense. Je n'avais encore jamais vu le vert, le blanc et l'orange flotter librement sous ce ciel.

L'étendard des Fianna était superbe, frangé d'or, avec son soleil éclaboussé d'azur. Un garçon portait les couleurs nationales, une fille l'emblème des Fianna.

Nous occupions la rue. Nous l'avions arrachée aux soldats anglais, nous l'avions enlevée aux bombardiers allemands. Elle était irlandaise, cette rue. Reconquise par des gosses habillés en soldats. La population attendait sur les trottoirs, devant les portes. Autour, des hommes de l'IRA en civil donnaient des ordres brefs. Quand les drapeaux ont avancé, la population nationaliste est arrivée de partout. Emue, soucieuse, en fête ou en inquiétude. Une multitude belle et digne. Des femmes, des enfants par centaines, des hommes, des vieillards qui se prenaient pour des officiers, ordonnant aux gamins de mieux former les rangs. Une fanfare avait pris la tête du cortège. Quelques flûtes, trois tambours et des accordéons. Elle jouait *God save Ireland !* en cadençant le pas. J'étais sur le côté, entre rue et trottoir, comme les autres Fianna. Notre ordre était de protéger la foule. Des loyalistes de Shankill, à quelques rues de là, et des soldats britanniques s'ils se montraient. Des hommes plus âgés portaient des crosses de hurling dans des sacs de chantier, des bâtons cloutés. Pas d'armes. C'était pour nous défendre, pas pour attaquer.

Arrivés à l'angle de Conway, l'ordre de dispersion a été donné. Brutal. Nous étions encore loin du cimetière. Deux hommes sont montés sur le toit d'un camion, mains levées, et ont hurlé à la foule de quitter la marche.

— Regagnez les trottoirs ! Tout de suite ! Ne rentrez pas seul chez vous ! Mêlez-vous à un groupe si vous êtes isolé !

— Pas plus de cinq personnes à la fois ! a hurlé l'autre.

Je connaissais le plus vieux. Il nous avait enseigné la Grande Famine.

Je sifflais, bras écartés pour disperser la marche.

— Faites passer le mot ! Ne courez pas ! Marchez sur les trottoirs !

Danny Finley a escaladé le camion.

— Les Fianna se changent ici, tout de suite ! Et chacun rejoint son *cumann* !

Sheila est arrivée en courant. Elle a déversé le sac d'habits sur le trottoir. Nous lui passions nos uniformes. Chemise, veste, pantalon. J'étais en caleçon dans la rue. Je m'en fichais. Elle a fourré ce vert rebelle dans sa musette. Elle a écrasé nos chapeaux. Autour de nous, les gens s'éparpillaient en murmurant. La rue n'avait pas peur. Elle était inquiète. Que s'était-il passé ? Pourquoi arrêter la marche au milieu de la commémoration ? Une jeune femme est arrivée vivement à hauteur de Sheila. Elle lui a pris son fardeau des mains, sans un mot ni un regard. Puis l'a caché sous son manteau en s'accrochant au bras d'un homme. Ils ont traversé l'avenue. Elle marchait avec peine, une main sur son ventre comme une future mère. Et lui semblait la rassurer. Je ne connaissais pas cette femme, ni cet homme. Mais je savais que notre sac serait ce soir au local, arrivé là par des rues détournées, et de mains inconnues en mains inconnues.

Depuis mon arrivée à Belfast, ces images me rassuraient. Elles étaient simples, et belles. Comme ces portes ouvertes au passage de nos fuites. Ce thé de nuit, offert par une femme qui nous avait surpris dans son jardin. Cette confession, mimée à genoux par un curé, lorsque les policiers m'avaient poursuivi dans son église. Comme ce pull noir, jeté sur mes épaules par un voisin, alors que je faisais le guet dans une rue de novembre.

— Là où il est, mon fils n'en a plus besoin.

— *Go raibh maith agat.*

J'ai remercié en gaélique. L'homme a souri. Il m'a regardé mieux.

— Ça par exemple ! Un renfort de l'Etat libre !

Et puis il a ri, nouant les manches de laine tricotée sur mon torse.

Un avion de reconnaissance anglais survolait notre quartier. Les enfants lui ont fait des doigts d'honneur, espérant qu'il percute le barrage de ballons captifs qui dominait la ville. Falls Road était retournée à sa maigre circulation. Les trottoirs étaient encombrés de familles. En quelques minutes, plus de Fianna, de rebelles, de manifestants. Seulement des habitants se hâtant pour le thé.

*

Tom Williams venait d'être capturé par les Britanniques, et cinq hommes de la compagnie C avec lui. Le 2e bataillon de la brigade de Belfast perdait l'un de ses chefs. Nous étions rassemblés au local, autour du ring désert. Par précaution, Danny n'avait allumé qu'une veilleuse. Les nouvelles arrivaient de partout. Elles couraient le quartier, de plus en plus mauvaises.

Pour protéger notre manifestation, Tom et ses soldats avaient ouvert le feu sur une patrouille de police, dans Kashmir Road. Tom a été blessé. Il avait donné l'ordre de repli, mais les policiers les avaient poursuivis comme des chiens de meute. Dans Cawnpore Street, nos hommes ont profité des portes ouvertes. Un policier est entré de force dans une maison. Il s'appelait Patrick Murphy, c'était un catholique. Il habitait Falls Road et avait neuf enfants. Tout le monde le connaissait. Il a été abattu au milieu du salon.

— C'était un salaud de policier ! a hurlé Danny Finley.

Mais quand même, c'était un catholique.

— Un putain de traître ! a encore grogné Danny.

Nous avons hoché la tête, mais nos cœurs de Fianna étaient déroutés. L'IRA venait d'assassiner l'un des nôtres. Ou presque. Un chômeur catholique qui nourrissait sa famille comme il le pouvait.

— En nous tirant dans le dos, c'est ça ?

D'accord. Mais quand même. Il était de notre chair. La peau britannique était un cuir animal. Leur sang n'avait pas la même couleur que le nôtre. C'était un sang de soldat. Il était plus épais, plus noir, plus sale. En tirant sur Murphy, nous venions de nous ouvrir les veines.

Danny m'a secoué par les épaules. Il m'a demandé de le regarder dans les yeux. Mieux que ça ! Droit dans les yeux ! Et je voyais quoi, dans ses yeux ? Un tueur d'Irlandais ? Non ! Evidemment non ! Il fallait que je me reprenne, et que j'apprenne. Il fallait que je recommence tout depuis le début. Ce n'était pas une guerre entre protestants et catholiques ! Wolfe Tone, le père du républicanisme, était un protestant. Et alors ? Et quelle différence ? Un protestant pouvait rejoindre l'IRA, un catholique pouvait se déguiser en soldat du roi. Et donc ? Qui était notre ennemi ? Le protestant de l'IRA ou le catholique sous l'uniforme britannique ? Quel était celui que nous devions combattre ?

— Tu comprends ça, Tyrone Meehan ? Tu te bats pour la République irlandaise, pas pour Rome ! Tes curés, tu les as laissés de l'autre côté de la frontière. Alors ne mélange pas tout, s'il te plaît !

Nous étions une vingtaine de scouts dans la pièce. Danny a regardé les uns et les autres pour voir si tout avait été bien entendu.

— Dans la police royale, il y a moins de catholiques que je n'ai de doigts à cette main. Celui qui s'engage connaît les risques. Murphy sera un exemple.

Puis il a rectifié sa position, jambes écartées et mains dans le dos. Et il a pris sa voix de chef.

— *Na Fianna hÉireann*, garde à vous !

Nous avons rectifié la position, mains le long du corps et menton levé.

— *Na Fianna hÉireann*, à genoux !

Un seul mouvement, grave et digne. Tous ensemble sur le ciment.

Il s'est agenouillé à son tour. Il a fermé les yeux.

— Au nom du Père, du Fils…

Et nous avons prié à voix haute, pour l'âme grise de Patrick Murphy.

*

Les six combattants de l'IRA ont été condamnés à mort, mais seul Thomas Williams a été exécuté. Devant les juges, mon ami a revendiqué le commandement de l'opération et la paternité des tirs mortels. Alors qu'il avait été blessé, qu'il suffoquait, terrassé par une crise d'asthme, alors que son arme était tombée, il avait tout assumé. Le gouvernement irlandais a appelé à la clémence. Le Vatican a espéré en vain un geste de miséricorde. Tom a été pendu à dix-neuf ans, le 2 septembre 1942, dans la cour de la prison de Crumlin, à Belfast. Enterré comme un chien, dans l'enceinte même, en terre captive, sans croix, sans plaque, sans rien de lui. Les Britanniques nous privaient de son corps.

— J'ai rencontré le plus brave des braves. Il a marché sans une hésitation vers l'échafaud. Le seul qui tremblait, c'était Thomas Pierrepoint, le bourreau, a raconté le père Alexis aux prisonniers rassemblés dans la chapelle.

— Ne priez pas pour Tom Williams, a dit l'aumônier, mais demandez-lui de prier pour vous. Car Tom est maintenant un saint au paradis.

Alors Tom nous a guidés.

Partout dans la ville, des groupes ont attaqué la police et les Ulster guards à coups de briques. Un commissariat a été incendié. A Crossmaglen, trente *óglachs* de l'IRA ont attaqué le fort britannique pour enlever un officier et le pendre. L'opération a échoué mais un policier a été tué. Deux autres sont tombés dans le comté Tyrone. Un quatrième a été abattu à Belfast tandis qu'il poursuivait des poseurs de bombe. Nous étions perdus, fous de colère, ivres de vengeance. A la première page du *Belfast Telegraph*, un journaliste scandalisé a raconté comment deux républicaines avaient défié des soldats américains en faisant le salut nazi.

Le père Alexis a aussi raconté que Tom sifflait en allant à la mort. Il sifflait *God save Ireland !*, notre vieil hymne national ! Celui que nous chantions en famille, dans les pubs, dans les manifestations, dans les stades. Celui que nous fredonnions en croisant les patrouilles britanniques.

Celui que nous gueulions à perdre haleine, des cailloux plein les mains.

« God save Ireland ! » said the heroes !
« God save Ireland ! » said they all.
Whether on the scaffold high
Or the battlefield we die,
Oh, what matter when for Erin dear we fall !

En octobre 1942, mon frère Séanna a été interné. Pas de charge, pas de procès, pas de sentence. La mise à l'écart des fortes têtes. Le 3 janvier 1943, ça a été mon tour, et celui de Danny Finley. Pendant une semaine, j'ai eu mal aux bras. Le gauche, saisi par le policier, le droit, retenu par ma mère. Hostilité, amour, deux taches noires égales qui meurtrissaient mes chairs.

Ils sont venus en pleine nuit. J'ai roulé dans les escaliers, tiré par les cheveux et le col de ma chemise. Je dormais habillé, je les attendais. Petit Kevin pleurait, Brian et Niall pleuraient, bébé Sara hurlait dans son berceau. Un policier m'a frappé l'œil à coups de crosse de fusil. Il a cogné maman. Au bras, au visage pour lui faire lâcher prise. Elle est tombée, les mains devant la bouche. Maman à terre. Mon premier vrai cri de vengeance. Celui qui fait se lever et combattre. Qui cogne au ventre lorsque le cœur hésite. Maman à terre. Ses lèvres, mon visage, sa salive et mon sang. Elle avait arraché son chapelet, elle me le tendait à deux mains, elle hurlait à la Vierge tandis qu'ils m'emportaient. Pour la première fois, j'ai appelé la haine à mon secours.

Dans la rue, plus haut, face aux murs et mains en l'air, Danny et quelques hommes. Des ardoises étaient jetées des toits. Elles cognaient le métal des automitrailleuses. Nous sommes montés de force dans un camion. Coups de pied, coups de poing, rage. Des policiers ont tiré au fusil sur les fenêtres. C'étaient les « B-Specials », les pires de tous, les assassins de notre peuple.

*

Nous sommes arrivés à Crumlin en fin d'après-midi. Dix Irlandais, chevilles et poignets entravés, marchant les uns derrière les autres dans les couloirs.

Danny et moi étions les plus jeunes.

— Les Fianna recrutent dans les crèches ? a rigolé un détenu.

C'est dans cette prison que le corps de Tom Williams avait été profané. On m'avait décrit le lieu. Des murs de brique barbouillés de gris-blanc. La peinture malade, en lambeaux, cloquée, souillée de doigts, de semelles et d'humide. Le sol de tommettes rouges. Les coursives métalliques, les passerelles, les escaliers de fer en colimaçon, les plafonds voûtés, les couloirs étroits et infinis. Nos cellules aux portes noires. Je savais tout cela. Mais je n'avais imaginé ni le bruit ni l'odeur. Une épouvante de cris, de protestations, d'ordres, d'aboiements humains. Le métal des hautes grilles, le claquement des portes, la ferraille crissante sur les sols, les murs, les pas cloutés. On m'avait parlé de la solitude des prisons, pas de leur vacarme. J'étais sidéré. Et puis tout sentait l'homme malade. Sa sueur, son haleine, sa crasse, sa nourriture, sa merde, sa pisse. En arrivant dans l'aile B de la prison, j'ai porté les mains à mon nez, tirant la chaîne des autres.

— Ça pue le cochon d'Irlandais, hein petit rebelle ? a lâché le gardien.

102

— Ne réponds pas !

Ordre de Danny, qui marchait derrière moi.

— Ta mère, elle ne sent pas un peu comme ça entre les cuisses ?

Je regardais le jour sale par les lucarnes grillagées.

— Ça te rappelle ta porcherie non ?

— C'est un enfant ! Laisse-le respirer, a dit un autre prisonnier.

Sans un mot, les matons se sont jetés sur lui. Il est tombé. Nous sommes tombés. Ils frappaient en nous crachant dessus. Nous tentions de nous protéger. J'étais couché. Je battais l'air à coups de pied. D'autres gardiens sont arrivés en braillant. Une dizaine, ils couraient, matraques levées. Ils se sont alignés dos au mur, les uns face aux autres avec nous au milieu. Ils frappaient, tous ensemble, en même temps, comme une allée de bucherons. Ils écrasaient nos bras, nos jambes sous leurs talons. Je criais de douleur. Les autres hurlaient de rage. Des poings invisibles cognaient violemment les portes des cellules.

— IRA ! IRA ! IRA !

Je ne sentais plus l'odeur de la prison. Je n'entendais plus son métal. J'avais du sang dans la bouche, les oreilles en flammes, le nez écrasé. Le vacarme était en moi. J'ai pensé aux coups de mon père. Ma tête en pierre. Mes yeux brûlants. Mes joues barbouillées de bave pour lui faire croire à des larmes. Il y eut un coup de sifflet brusque. Deux gardiens nous ont jeté une bassine d'eau glacée. J'avais froid de peur en arrivant, maintenant j'étais gelé de douleur. Nous étions pêle-mêle au milieu du corridor aux prisonniers, un amas de chair et de cordes. Les matons étaient essoufflés. Ils nous regardaient sans un mot, leurs bâtons à bout de bras. Un officier est arrivé. Il a allumé une cigarette.

— En cellule demain. Pour l'instant, ils ne bougent pas.

Et puis il a tourné le dos.

Nous sommes restés comme ça toute la nuit, entassés sur le béton poisseux de sang et d'eau. J'étais couché sur le dos, le pied d'un gars contre la gorge, la joue d'un autre contre ma joue et le poids mort de Danny tombé sur les jambes. Quelqu'un avait vomi. J'ai fermé les yeux sans dormir. Je tremblais. C'est alors qu'il y a eu une voix, un filet minuscule.

— Tyrone ?

C'était Danny. Il chuchotait.

J'avais du sang en bouche, de la mousse brune aux lèvres.

— Si tu m'entends, bouge ton pied.

J'ai bougé légèrement.

— Tu m'écoutes ?

Même geste douloureux.

— Alors voilà. C'est une unité de l'IRA qui tend une embuscade à une patrouille anglaise dans la campagne, du côté de Crossmaglen. Les Brits passent tous les jours à 17 heures. A 17 h 10, toujours rien. Le capitaine Paddy regarde sa montre et dit : « Merde, j'espère qu'il ne leur est rien arrivé »…

J'ai eu une convulsion. Un rire. Une douleur au thorax et au ventre.

104

— *In ainm an Athair, agus an Mhic, agus an Spioraid Naoimh...*

J'ai récité dans ma tête le Notre Père en gaélique.

Et Tom Williams priait avec moi.

Le lendemain, on m'a conduit dans une cellule, seul. Dans mes trois mètres sur deux, un lit en fer, une table de chevet, une tinette et une cuvette. Deux crochets au mur pour mes habits. Un plafond voûté de briques peintes en crème, un sol sang caillé, une lucarne haute qui épuisait le jour. Mon premier cachot. Et mes premières larmes. Elles attendaient un signe de moi. Depuis mon arrivée j'étais trop occupé par la fierté et la douleur. Mais une fois la porte close et les murs refermés sur moi, je n'avais que dix-sept ans. Plus Fianna, plus républicain, pas même irlandais, soldat de rien ni personne. J'ai pleuré, couché sur mon lit, genoux relevés contre ma poitrine et mains croisées sous le menton. A cet instant, j'ai compris que ma vie suffoquerait entre ces murs captifs et ma rue barbelée. J'entrerais, je sortirais jusqu'à mon dernier souffle. Mains libres, entravées, libérées de nouveau pour porter un fusil en attendant les chaînes. Sans savoir si la mort m'attendrait dehors ou dedans.

— On ne dort pas ! Assis ou debout ! a hurlé un gardien, l'œil contre le judas.

Alors j'ai marché. Trois pas, deux pas, en long, en travers, aller, retour, changeant soudain le rythme pour me prendre de court.

J'ai eu dix-huit ans le 8 mars 1943. Je l'avais dit à quelques camarades. J'ai entendu leurs voix. Ils hurlaient depuis leurs cellules.

— *Lá Breithe shona dhuit, wee Tyrone !*

Bon anniversaire, petit Tyrone !

Des voix d'hommes, fêlées d'alcool, de fumée, épuisées de cris et de prison.

— Défense de parler irlandais ! a hurlé le gardien en frappant les portes.

Notre langue était une arme. Les matons le savaient.

Le dimanche 14 mars, pendant la messe, deux prisonniers se sont approchés de moi. Un immense, un plus petit. Le père Alan ne tenait pas son troupeau de pécheurs. Quelques-uns chantaient les cantiques et répondaient à l'aumônier, mais les autres profitaient de l'office pour échanger des nouvelles. Alors que parler entre nous était interdit, même à la promenade, Le chahut était ici toléré. Les gardiens laissaient faire. Une heure de liberté pour ne pas devenir fous.

— Tu as eu dix-huit ans lundi dernier, c'est ça ? m'a demandé le grand.

Une dizaine d'autres se sont rapprochés soudainement, nous tournant le dos et faisant rempart. J'ai été surpris par le mouvement d'encerclement. Je ne connaissais pas celui qui me parlait. J'ai hoché la tête.

— Oui, dix-huit ans lundi.

— Tu es le frère du lieutenant Séanna Meehan ?

Lieutenant ? Séanna était lieutenant ?

— Oui.

106

Un geste des yeux. J'étais saisi. J'ai joué celui qui était dans la confidence.

— Aujourd'hui Fianna, tu as le choix. Retourner chez toi quand tu sortiras ou nous rejoindre.

— Personne n'est obligé, a dit le plus petit. Il y a bien d'autres façons d'aider la République.

— Faire des études par exemple, a repris le premier.

J'ai secoué la tête. A Killybegs, j'étais mauvais élève. Je n'ai jamais compris les raisons de l'école. Ni les maths, ni la logique. J'aimais le gaélique, l'anglais, l'histoire. Rien d'autre. Les curés nous tiraient les cheveux. Mon père me frappait à chaque mauvaise note. Ma mère avait de la peine à lire son missel.

— J'étais sous les ordres de Tom Williams.

J'ai dit ça comme ça. Ce n'était ni de la vanité ni de l'insolence. Je voulais simplement que ces hommes sachent que je n'étais pas arrivé de mon village la veille. Le grand a désigné le petit de la tête.

— Joe était avec Tom lorsqu'il s'est fait arrêter.

— Joe Cahill, a murmuré l'autre en me tendant la main.

Derrière moi, le curé lisait l'épître de Paul aux Romains.

— « Ils se sont alors égarés dans leurs vains raisonnements, et leur cœur insensé s'est rempli de ténèbres… »

La paroi d'hommes s'est resserrée autour de moi. J'ai levé la main.

— Je jure fidélité à la République irlandaise et à l'IRA, son armée, m'a soufflé le premier prisonnier.

— Je jure fidélité à *Phoblacht na hÉireann* et à *Ólaigh na hÉireann.*

— Je jure fidélité à la proclamation de 1916 et fais serment de lutter pour l'édification d'une république socialiste...

L'aumônier priait doucement. Il s'est mis à nous gronder. Le père Alan n'était pas le père Alexis, qui avait accompagné le martyre de Tom. Ce curé-là nous haïssait.

— « Si l'intellect n'est pas purifié, le cœur aussi s'obscurcit. Le cœur obscurci ignore sa folie, se croit sage et devient idolâtre... »

Son sermon était tremblant, ma promesse chuchotée. J'ai su qu'il s'adressait à moi. Il connaissait ses prisonniers. Il savait nos ruses et nos manigances. Chaque dimanche, il remarquait les mots qui passaient de main en main, les objets, les signes. Il savait ce que signifiaient l'absence de l'un ou la présence de l'autre. Il avait observé le mouvement qui m'entourait. Il savait qu'au milieu de ce groupe fermé, un jeune homme prêtait allégeance. Sans bruit, un pêcheur était en train de rompre le pacte de paix. Une âme lui échappait pour toujours.

Au moment de l'eucharistie, j'étais retourné devant, à ma place.

— Que s'avancent ceux qui n'ont pas de sang sur les mains, disait le prêtre chaque dimanche.

Et chaque dimanche, j'étais le seul à m'agenouiller devant lui.

Ce jour-là, il m'a observé longuement. Je n'ai pas reconnu son visage. Il n'avait pas non plus son sourire.

J'avais les mains jointes. Il a déposé l'hostie sur ma langue.

— Corpus Christi.

J'ai soutenu son regard.

— Amen.

J'étais malheureux.

Lorsque je me suis relevé, il s'est penché à mon oreille.

— Sais-tu que tu viens de faire promesse de tuer ?

J'avais toujours les mains jointes, le goût sec du pain azyme au palais. Je ne pouvais pas dire oui. Il n'y a pas de mot pour donner la mort. Alors j'ai seulement prolongé ce regard. Je ne le défiais pas. Je laissais ouvert en grand la porte de mon cœur.

— En suivant Barabbas, tu condamnes Jésus, a murmuré le prêtre.

Il a regardé l'assemblée silencieuse. Les prisonniers étaient graves. C'est comme s'ils savaient chaque mot de notre échange.

— Dimanche prochain, au moment de la communion, ne t'avance pas vers l'autel. Reste avec tes complices.

Et puis il m'a tourné le dos.

Lorsque je suis retourné à ma place, un gars m'a donné une bourrade d'épaule.

— Mieux vaut une bonne querelle avec Dieu que la solitude.

Et puis il a ri, tandis que le curé ôtait son étole d'un geste mécontent.

Je suis resté vingt-huit mois à la prison de Crumlin. Et je ne suis jamais retourné à la chapelle J'avais fabriqué un crucifix avec de la mie de pain, du plâtre arraché au mur et de la salive. Il valait bien la grande croix d'argent que le père Alan posait sur l'autel pour la messe. Lorsque j'ai été libéré, le 26 avril 1945, les Britanniques avaient presque gagné leur guerre. Et nous étions épuisés.

Avec Séanna, nous avons repris l'entreprise de ramonage d'oncle Lawrence. Nous trouvions un peu de travail dans le ghetto mais le centre-ville et les quartiers protestants nous étaient interdits. Souvent, les clients nous payaient en troc. La cheminée contre de la nourriture. Róisín travaillait à la poste de notre quartier. Mary aidait à l'épicerie Costello. Les petits essayaient d'aimer l'école. Et maman perdait pied. Elle passait ses jours entre la cuisine et l'église. Elle priait à voix haute en nettoyant la maison. Parfois, elle ameutait la rue. A l'angle de Dholpur Lane, elle jetait des sorts aux passants en brandissant son chapelet. Alors je la prenais par le bras pour la raccompagner chez nous.

— Nous sommes isolés, m'a dit Séanna, assis un soir sur le pas de la porte.

Il ressentait ce que notre père avait vécu lorsqu'il avait perdu sa guerre. Quand son pays avait été déchiré en deux, et ses espoirs couverts de cendres. Nous étions les enfants de ce désastre. Pas vaincus, mais désemparés. Les seuls en Europe à ne pas avoir de drapeau vainqueur à accrocher à nos fenêtres, à ne pas danser dans les rues. Leur guerre était finie. La nôtre continuait.

8

Je suis revenu en courant. J'ai sauté derrière le muret sans voir les buissons d'aubépine dans l'obscurité. La violence des ronces sur mon front, mes mains. J'ai étouffé un cri. J'étais noué, nuque douloureuse. La peur. Juste après moi, Danny Finley s'est jeté tête en avant dans le massif noueux de ronces.

— Merde ! C'est quoi ça ?

— Faudra donner des cours de botanique aux gars de Belfast, a grogné notre capitaine, un déserteur de l'armée britannique.

— Ça s'appelle des épines. C'est un peu comme leurs barbelés, a répondu une voix dans l'obscurité.

— Très drôle, a grogné Danny.

Nous étions une cinquantaine, couchés derrière les haies, adossés aux arbres noirs, rampant sur la terre gelée. Danny saignait, le visage lacéré par les aiguillons vénéneux. J'ai eu un geste de pitié.

— Tu n'es pas mieux, a-t-il grogné pour éteindre mon sourire forcé.

Il était 4 heures du matin. Nous allions attaquer le baraquement de la police royale de Lisnaskea, dans le comté Fermanagh. A la tombée de la nuit, un jeune prêtre d'Enniskillen avait béni notre troupe. Rome nous menaçait d'excommunication mais nos curés nous pardonnaient nos offenses. Nous étions rassemblés autour de lui, dans la lande, sous le vent, un genou à terre et la main sur le bois glacé de nos fusils. Nous étions en civil. Pas d'uniforme, pas même un drapeau. Des manteaux, des casquettes, des imperméables, des vareuses de drap et des souliers de ville. Nous ressemblions plus à une milice qu'à une armée. Ou alors à nos pères, pendant la guerre civile de 1922.

Chaque *óglach* devait couvrir son équipier. Danny me couvrait et je couvrais Danny. Les artificiers venaient de placer quatre bombes contre le mur de la caserne. Danny et moi étions avec eux. C'est en revenant nous mettre à couvert que nous avons plongé dans les épines.

Nous étions le 14 décembre 1956. Depuis deux jours, l'IRA avait lancé la « bataille de la frontière ». Venues du Sud, des unités républicaines portaient des coups aux Britanniques puis se repliaient de l'autre côté. Pour la première fois depuis 1944, nous reprenions les armes. Et certains combattants de Belfast prêtaient main-forte.

112

— Ouvrez la bouche et baissez la tête, a ordonné notre officier.

Les explosions ont été terribles. J'étais sourd. J'ai agrippé Danny. Tout volait autour de nous. Du béton, du bois, de minuscules projectiles qui sifflaient comme des balles. Nous ne devions pas entrer dans le bâtiment, juste le heurter.

— En position !

Derrière les murs, l'alerte. Des coups de sifflet, une sirène, des cris. Je me suis couché, coudes au sol et la joue contre la crosse de mon arme. C'était une carabine Mauser 98K. Je l'avais essayée à l'entraînement, mais jamais en opération. Un combattant avait trois chargeurs de cinq balles. Il n'était pas question de tenir un siège, mais d'annoncer notre retour au combat. J'ai tiré ma première balle sur rien. Une ombre humaine, peut-être. J'étais mal assuré. Je détestais la position du tireur couché. Le ventre écrasé, le choc du tir dans mon épaule, la joue cognée, une douleur à l'oreille. Je me suis levé.

— Tu fais quoi ? a hurlé un camarade.

J'ai tiré quatre fois, bien droit, jambes écartées comme à l'exercice. Je visais le chaos mouvant. Les hésitations qui nous faisaient face. J'ai rechargé. Je ne pensais à rien. Ventre vide, tête vide. Juste la poudre et le fracas.

— Reste à terre, Meehan !

Danny s'est porté à ma hauteur. Debout, comme moi. Un troisième s'est soulevé à son tour. Je ne voyais rien. Je faisais entendre mon arme. Nous tirions en même temps, posément. Quand ils ont riposté, Danny

113

m'a entraîné à terre. Les policiers répondaient au hasard. Des guêpes de plomb au-dessus de nos têtes. J'ai enclenché mon dernier chargeur. Et brusquement, la voix terrible de la Browning. Déflagrations d'acier, saccadées, sèches, violentes.

— Attention, mitrailleuse ! On se replie, a ordonné notre capitaine.

Pas de victime chez nous. A part Danny et moi, griffés par les ronces. Notre unité est repassée au sud juste avant le lever du jour. Nous avions ordre de nous rendre sans combattre si nous étions interceptés par l'armée irlandaise. L'état-major de l'IRA avait décidé que nos balles étaient pour l'ennemi britannique, pas pour nos frères de l'Etat libre.

Derrière la frontière, à l'entrée d'un village, le camion d'un charbonnier nous attendait. Nous avons rendu nos armes. J'ai tendu la mienne à regret. Un soldat n'est rien sans son fusil, juste un vaincu. Deux hommes les enveloppaient dans des couvertures noires et les plongeaient sous les boulets de houille.

Autour de nous, les premiers habitants matinaux. Ils baissaient les yeux à notre rencontre. Pas de ferveur, pas d'hostilité non plus. Je ne retrouvais ni les clins d'œil de Belfast, ni ses portes grandes ouvertes. Pour beaucoup d'Irlandais d'ici, la guerre était finie depuis plus de trente ans. Si elle continuait au nord, « de l'autre côté », ce n'était pas leur affaire.

Des membres de l'unité sont repartis chez eux à pied, à travers champs. C'étaient des paysans, des voisins. D'autres avaient laissé leurs vélos dans le fossé. Deux sont montés dans le camion, revolver à la ceinture. L'officier nous a serré la main, à Danny et à moi. Il prenait son temps. Il tenait à nous montrer qu'il n'avait rien à craindre. Que dans cette région, la République était souveraine. C'est alors que deux policiers sont apparus au coin de l'église. Ils nous ont vus. L'un a arrêté l'autre d'un geste du bras. Sans un mot, ils nous ont tourné le dos et sont repartis tranquillement.

— Nous ne vous chassons pas, j'espère ? leur a lancé le capitaine de l'IRA.

Il a ri. Une voiture est arrivée, il est monté à bord avec quatre autres. Et pour nous, sa main par la vitre ouverte.

— *Éirinn go Brách !*

J'ai frissonné. La dernière fois que j'avais entendu ce cri, c'était lorsque Patraig Meehan avait frappé George, l'âne du vieux McGarrigle. J'étais enfant. J'avais eu honte de mon père, honte de cette « Irlande pour toujours ! » Et voilà qu'aujourd'hui elle était toute ma vie.

Danny et moi sommes rentrés en car à Belfast. Nous avons passé la frontière séparément. J'ai détesté le premier drapeau britannique aperçu sur le chemin, planté dans un jardin d'hiver. J'ai détesté les décorations de Noël, qui grimaçaient devant les rideaux blancs des maisons riches. Je regardais mon pays gelé. Sa beauté. Son malheur.

Je ne ressentais rien. J'étais épuisé. Je somnolais. Je me suis demandé si j'avais tué quelqu'un lors de l'attaque. Je m'étais préparé à mourir, mais pas à tuer. J'espérais ne jamais affronter le regard d'un mort. J'étais en sursis. Victime en sursis, assassin en sursis. Nous l'étions tellement, tous. Et je le savais tellement.

*

J'ai été interné le 16 mai 1957, à trente-deux ans. Arrêté comme des centaines d'autres nationalistes, des deux côtés de la frontière maudite. Une fois encore, sans charge, sans procès, sans même l'espoir d'une condamnation.

Dans ma cellule, à Crumlin, nous étions trois. Les prisons britanniques n'avaient plus de place pour la solitude. L'hygiène était animale, la nourriture excrémentielle. Nous ne savions pas si nous étions là pour un mois ou pour dix ans, captifs à temps ou reclus à vie. Alors les plus faibles se sont rendus, les plus vieux, les sans-espoir. Contre une libération anticipée, une centaine d'entre nous ont renoncé à la violence. Séanna l'a fait. Le capitaine Séanna Meehan, mon frère. Il avait été abîmé par les batailles, par la prison. Et il n'aimait pas les rumeurs socialistes qui couraient nos rangs depuis la fin de la guerre.

— Je suis un patriote irlandais, pas un communiste ! répondait-il quand nous rêvions d'un autre pays.

Il ne croyait plus en notre destin. Il disait que l'IRA était un moustique qui tournait vainement autour d'un lion. Il se moquait même de nos armes.

— Trois hommes pour un fusil ? On va aller loin avec ça !

Il n'avait pas peur. Ce n'était pas ça. Il refusait de lever les bras aux fouilles. Il crachait au visage de nos gardiens. Il ne leur offrait pas un cri lorsqu'il était battu. Il était simplement fatigué. Il abandonnait le fardeau de notre république. Il ne voulait plus de ce combat. Il déposait les armes. Il y avait eu Malachy Meehan, notre grand-père, membre de la Fraternité irlandaise, tué par les Britanniques en 1896. Et puis Patraig Meehan, notre père, mort d'avoir survécu à la défaite. Et moi, Tyrone Meehan, et lui, Séanna Meehan. Et qui, demain ? Qui encore pour gaver les prisons anglaises ou finir au bout de leurs fusils ? Niall Meehan ? Brian Meehan ? Petit Kevin Meehan ? Allez ! Et pourquoi ne pas offrir bébé Sara à leurs coups ?

Nous avons parlé longtemps. Des heures, ma tête entre ses grosses mains. Il allait signer le pacte. Sa reddition. Il rentrerait près de notre mère. Il emmènerait loin ceux de nous qui pourraient être sauvés. Il m'a demandé de le suivre. J'ai eu des mots de trop, des mots de morts. J'ai crié qu'un Meehan ne quittait pas sa terre. Il a ri méchamment.

— Ma terre ? Quelle terre ? Et qu'est-ce qu'elle fait pour nous, l'Irlande ? Qu'est-ce qu'elle a fait de nous, tu peux me le dire ? Ton problème, Tyrone, c'est que tu regardes le monde depuis le bas de ta rue. Quand un vieux te fait un clin d'œil au croisement, quand un gamin t'applaudit, quand une porte s'ouvre, tu penses que le peuple entier est derrière toi. Connerie, petit frère ! C'est quoi, l'Irlande républicaine, Tyrone Meehan ? Deux cents rues à Belfast, des ghettos lépreux à Derry, à Newry, à Strabane ? Des lambeaux de villages ! Les protestants sont majoritaires dans leur Ulster et ils le resteront. Dublin nous tourne le dos. Les Irlandais nous pourchassent avec la même haine que les Britanniques. Nous passons notre temps derrière des barreaux et quand nous sortons, c'est pour pleurer misère. Et quoi ? Qui pour entendre nos cris ? Quel pays pour nous défendre ? L'Allemagne d'Hitler ? Bravo ! Quelle grande leçon de politique ! Soutenir tout ce que notre ennemi combat ? C'est ça ? La danse avec le diable pour le reste des temps ?

J'ai pleuré, de détresse et de rage.

— Ouvre les yeux, Tyrone ! Réveille-toi ! Ce n'est pas une bataille que nous venons de perdre, c'est la guerre. La guerre de notre père. C'est fini, petit soldat ! Fini, tu entends ! Nous sommes des milliers d'encerclés entourés par des milliards de sourds. Il faut renoncer, Tyrone. Sauver ce qui nous reste, ta vie, nos vies. J'ai envie de voir Áine dans une robe qui ne lui fasse plus honte. Tu comprends ça, Tyrone ? Je veux des rires, des visages neufs, des rues sans soldats. Je ne veux plus de ce que nous sommes, petit frère. L'Irlande m'a épuisé. Elle m'a trop demandé, l'Irlande. Elle a trop exigé de moi. J'en ai marre de notre drapeau, de nos héros, de nos martyrs. Je ne veux plus m'éreinter à en être digne. Je renonce, Tyrone. Et je sais que tu renonceras aussi. Un jour, quand tu auras la blessure de trop. Je vais respirer. Tu entends ? Vivre comme un passant dans la rue. Un n'importe qui. Un héros d'aujourd'hui. Celui qui rapporte sa paye à la maison le samedi et communie le dimanche tête haute.

Mon frère est sorti de Crumlin en octobre 1957. Béni par maman, il a emmené Brian et Niall aux Etats-Unis, chez un oncle Finnegan.

A Pâques 1960, lorsque j'ai été libéré, il était flic à New York et marié à Déirdre McMahon, une émigrée du comté Mayo. Pour la Saint-Patrick, cette année-là, il a défilé sur la Cinquième Avenue en uniforme, avec ses collègues irlandais, derrière la banderole verte de l'Emerald Society, l'association d'entraide. Maman m'a montré une photo de lui, posant devant une harpe en bois. Du bout du doigt, elle a caressé son visage, sa casquette, son uniforme étranger. Elle n'était ni fière, ni triste, ni rien. J'ai passé mon bras autour de son épaule.

J'avais trente-six ans. J'ai été promu lieutenant de l'IRA. Je me suis marié avec Sheila Costello. Jack est né un an plus tard, le 14 août 1961, notre fils et unique enfant. Avec lui et petit Kevin, je restais le seul homme Meehan, entouré de quatre filles. Je savais que seule ma mère nous retenait ensemble. Un jour, après sa mort, Róisín partirait. Et puis Mary. Et Áine. Petit Kevin et Sara suivraient l'une d'elles comme une mère. Mais déjà, tandis que maman priait à voix folle, mes sœurs se cachaient de moi pour parler d'Australie et de Nouvelle-Zélande. Sans jamais me l'avouer, Áine rêvait déjà d'Angleterre.

119

La « bataille de la frontière » était destinée à libérer des régions du nord de l'Irlande pour y installer les fondations d'une république provisoire. Ce fut un échec. Une fois encore, tout était à reconstruire. Notre armée en déroute, notre mouvement en lambeaux, notre courage. Quand la campagne de l'IRA a officiellement cessé, en février 1962, huit des nôtres avaient été tués, six policiers avaient trouvé la mort et seules nos rivières couraient libres.

9

Killybegs, mercredi 27 décembre 2006

— Qui est assis à côté de moi, Joshe ou le père Joseph Byrne ?

— Qui voulais-tu rencontrer, Tyrone ?

J'ai souri.

— C'est toi qui voulais me parler.

— Alors ce sera le père Byrne.

— J'ai besoin d'un ami, pas d'un curé.

Joshe n'a pas répondu. Il avait changé. J'avais quitté un merle siffleur, un lutin de nos forêts, le visage tout abîmé de grêle. Je retrouvais un moine malingre et rabougri en tunique noire. Et je me suis senti encore plus vieux.

Nous étions à l'église Sainte-Marie-de-la-Visitation, sur le premier banc de bois, face à l'autel. Tout avait été refait à neuf. Je détestais le rose fuchsia qui recouvrait le chœur. Pas de recoin, rien pour échapper à la lumière. Joshe regardait devant lui. Il murmurait, jouant avec la corde blanche de son habit.

— Tu trembles, Tyrone.

— J'ai soif.

Il a regardé la voûte. Un silence.

— Jésus n'aurait rien pu entreprendre sans Judas.

— C'est à moi que tu parles ?

— A nous.

Je l'ai observé. Il avait joint les mains.

— Tu cherches quoi ?

— Je suis venu t'aider, Tyrone.

— Qui te dit que j'ai besoin d'aide ?

— Toi. C'est pour ça que tu es venu.

J'ai regardé derrière nous. Une jeune fille en prière près de la porte.

— Qui t'envoie ?

Il a souri.

— L'enfant que tu étais. C'est lui qui m'envoie.

— Arrête ça, tu veux ! Il n'y a que toi et moi, ici.

Joshe a fermé les yeux. Toujours ce sourire. Il avait le même lorsque nous étions gamins. Sans parler, il disait ainsi qu'il savait des choses en plus.

— Donne-moi ton pardon Joshe, et qu'on en finisse.

Il a eu l'air surpris.

— Ce n'est pas pour ça que tu m'as fait venir, père Byrne ?

— Tyrone ! Je ne suis pas un distributeur d'absolution.

122

— Tu es un curé. Ton boulot c'est de sauver mon âme, pas ma peau.

— Comme tu as dû souffrir, mon ami.

Il s'est agenouillé. Je l'ai imité, les genoux douloureux.

— Je ne vais pas rester comme ça. Dis ce que tu as à dire.

Il a ouvert les yeux.

— J'ai toujours su que tu étais le plus brave d'entre nous, le plus loyal aussi.

Maintenant, il me regardait.

— C'est pour éprouver cette bravoure et cette loyauté que Notre Père t'a fait don de la trahison, Tyrone.

J'ai regardé devant moi.

— Arrête ça, je t'ai dit.

— Ton pays avait besoin d'être trahi comme tu avais besoin de le trahir.

— Joshe, putain ! Arrête !

— Jésus a demandé à Judas l'Iscariote de quitter la Cène, tu te souviens ? Il lui a dit : « Ce que tu as à faire, fais-le vite. »

Je me suis levé.

— Je m'en vais, Joshe.

Il a posé une main sur mon bras.

— Comme le Christ avait besoin de l'Iscariote, ton pays avait besoin de toi.

Je me suis dégagé d'un geste.

123

— Le trahi et le traître sont pareillement douloureux, Tyrone. On peut aimer l'Irlande à en mourir, ou l'aimer à en trahir.

Je l'ai regardé.

— Mais qu'est-ce que tu racontes ?

— Tu as trahi pour abréger cette guerre, Tyrone. Pour que les souffrances de ton pays cessent.

J'avais de la colère en moi.

— Mais qu'est-ce que tu sais de ma trahison, Joshe ? Tu en sais quoi, père Byrne ? Tu as lu les journaux, c'est ça ?

— Je te connais.

— Rien ! Tu ne connais rien ! La dernière fois que tu m'as vu, je ramassais de la tourbe et j'avais quinze ans !

— Mais tu as quinze ans, Tyrone Meehan.

Je suis retombé sur le banc. Joshe radotait des sottises de cloître. J'avais eu raison d'être inquiet. Petit lutin avait été malmené par la vie, par l'Eglise, par tous les saints. Il ne ressemblait plus à rien de vivant. Sa toge était trop grande, trop noire. Ses pieds étaient nus en hiver. Il avait dans les yeux le silence des déments. Ses cheveux étaient tombés, ses dents aussi. J'ai eu l'impression que la mort le tirait par la manche.

— Tu peux me rendre un service ?

Il a hoché la tête, m'a regardé en bienheureux.

— Quand tu verras Sheila à Belfast, dis-lui que si le petit Français le veut, il est le bienvenu.

— Le petit Français ?

— Dis-lui ça. Elle comprendra.

Joshe a reposé son front sur ses mains jointes.

— Donne-moi un peu de ta douleur, Tyrone.

Il parlait de plus en plus bas.

— Partage cette épreuve. Fais-moi cette grâce. Fais de moi ton complice.

Il avait fermé les yeux une fois encore.

— Je n'ai pas parlé à l'IRA, ni à Sheila, ni à personne. Ce n'est pas pour me confier à un moine qui rentre du Zimbabwe !

— Tu n'es pas en confession, tu es en affection, Tyrone.

— Je ne veux pas de ta pitié, Joseph Byrne ! Ce n'est pas l'amitié qui me manque, c'est la dignité.

Il m'a regardé. Je me suis rapproché, j'ai saisi doucement ses poignets.

— J'ai trahi, Joshe.

Ses yeux pleuraient les miens.

— Et trahir, ça a été difficile, inhumain. Ça a été trop grand pour moi, Joshe. Alors ne me demande pas pourquoi. Ce pourquoi, c'est tout ce qui me reste.

Il a longuement observé mon visage, mon regard, mes mains qui tremblaient sur sa peau. Il a eu son sourire secret.

— Je te remercie, Tyrone.

Je l'ai lâché. Je me suis levé lentement.

— Merci ? Pourquoi, merci ?

— En m'offrant ta douleur, tu m'as demandé pardon. Alors je te pardonne.

J'ai soupiré, j'ai secoué la tête. J'ai quitté la travée sans un salut pour lui. Sans génuflexion, sans me signer. J'étais écœuré d'amour.

— Je partagerai ta tristesse, ta solitude et ta colère aussi, Tyrone Meehan.

Ses mots dans mon dos. Mes pas de fuyard. Il n'y a que dans les églises et les prisons que les voix vous poursuivent.

Je suis sorti dans la pluie de décembre. J'ai traversé le village.

J'étais triste. Et seul. Et en colère aussi.

10

Les gamins sont arrivés en hurlant, jetant leurs pierres sur les trottoirs et fracassant leurs bouteilles contre les murs.

— Les flics arrivent ! Ils entrent dans le quartier ! a crié un petit en maillot de footballeur.

Il était barbouillé de suie et de sueur. Je l'ai arrêté. Il tremblait.

— Lâche ça, vite !

Il a regardé la brique qu'il tenait dans sa main et l'a laissé tomber.

— Et cours ! Rentre chez ton père !

— Il est en taule, mon père ! a gueulé le fils en s'enfuyant.

On entendait les explosions toutes proches. La police tirait des gaz lacrymogènes. Et aussi des balles traçantes vers le ciel. Les jeunes refluaient, de plus en plus nombreux. Des centaines, désordonnés, emmenés par quelques Fianna à bout de souffle. Ils venaient de lapider un fort de la police et quelques véhicules blindés. Ils étaient poursuivis. Habituellement, la police arrêtait sa course au seuil du ghetto, mais ce 14 août 1969, elle enfonçait notre porte.

— Bogside ! Bogside ! Bogside !

La foule scandait le nom d'un quartier de Derry, où les nationalistes affrontaient la police depuis quatre jours.

— Rentrez chez vous ! Pour l'amour de Dieu, mettez-vous à couvert !

J'avais quarante-quatre ans, bras en croix au milieu de la rue, demandant aux enfants de cesser de courir, de marcher, de se mettre à l'abri derrière les portes.

— Et l'IRA ? Elle est où l'IRA ? Pourquoi elle ne défend pas notre rue ?

Une dame, en robe de chambre sur le pas de sa porte.

— Qu'est-ce que tu fais au milieu comme ça ? Tu joues les épouvantails ? a crié un jeune en me bousculant.

— Ils arrivent ! Les flics sont là !

Des habitants accouraient de partout pour protéger leurs enfants. Certains avaient des manches de pioche, des crosses de hurling, des tuyaux de métal. Une femme agitait une louche dans l'obscurité. En quelques minutes, Dholpur Lane a été barrée. Une charrette, des matelas, un fauteuil, des gravats arrachés à une ruine, une cuisinière en fonte traînée par des hommes. La première barricade de la nuit. Juste avant celle de Kashmir Road, plus haut, et d'autres après, dans d'autres rues encore. Partout, le bruit de l'émeute. Ce fracas de ferraille, de verre brisé, de coups sourds et de cris.

— Tyrone !

Danny Finley arrivait en courant, une couverture sous le bras, avec six gars de la compagnie C. Il m'a appelé d'un geste. Il était essoufflé. Il s'est agenouillé.

— On tient la rue, Tyrone ! On sécurise et on tient !

Il ne parlait pas, il criait. Il articulait chaque mot à cause du tumulte. Un capitaine de navire, sur un pont balayé par le vent. Il a déroulé le plaid sur le trottoir, juste derrière la barricade.

Un pistolet-mitrailleur Thompson 1921, deux carabines M1, deux revolvers Webley, une grenade et des munitions dans un sac en papier.

— L'IRA ! L'IRA est revenue ! a crié un homme.

Il était debout sur un tonneau, il a sauté à terre, il m'a enlacé en riant.

— L'IRA ! Bon Dieu ! Protégez-nous ! Montrez-leur qui nous sommes !

IRA ! Le cri parcourait la rue. Les gens ne refluaient plus. Ils revenaient à la charge les poings nus.

— Rentrez ! Laissez la rue libre pour les combattants ! a ordonné Danny.

— IRA ! IRA !

Le quartier se foutait de nos ordres. Des femmes ressortaient des maisons, leurs bébés dans les bras. D'autres frappaient des casseroles sur le sol, des poêles, des couvercles de poubelle en fer. Un prêtre courait des unes aux autres, ses prières à la main. Les jeunes ramassaient leurs pierres abandonnées. Une fille a jeté une bouteille enflammée de l'autre côté de la barricade. Nous n'étions que six *volunteers* mais le ghetto nous fêtait comme une armée de libération. A quelques rues de là, le ciel était embrasé. Des maisons brûlaient dans Bombay Street. Lorsque les gaz sont tombés, la foule s'est précipitée pour étouffer la fumée. Des bassines d'eau passaient de main en main. Brusquement, nous nous sommes retrouvés en plein jour. Le premier blindé venait de tourner le coin, un phare blanc braqué sur notre rue. Le chlore des grenades, la fumée des incendies, un brouillard opaque. J'étais agenouillé, le visage protégé par un torchon. Une fillette découpait une chemise en lanières qu'elle donnait aux insurgés pour se couvrir la bouche. Surgi derrière moi, un gamin a plongé la main sur notre grenade. Je la lui ai arrachée. Il a haussé les épaules et il est reparti en courant.

— Les Fianna ! On évacue les civils ! a crié Danny.

Les scouts ont formé une chaîne famélique. Ils étaient une petite quinzaine, remontant la rue pas à pas en suppliant les gens de rentrer.

Alors Danny a tiré deux coups de revolver vers le ciel.

— L'IRA vous ordonne de vous disperser !

L'IRA vous ordonne ! Nous reprenions la rue ! Nous allions enfin nous battre.

En face, sur un mur gris, un vieux slogan barbouillé de noir grimaçait.

I.R.A. = I-RAN-AWAY !

« IRA = Je me suis enfui ! »

Cela faisait des semaines que la population nous suppliait de réagir. Et nous en étions incapables. Plus désorganisés, plus isolés que jamais. La police et les loyalistes étaient maîtres dans nos rues. Depuis le début de la campagne pour les droits civiques, les catholiques étaient malmenés. Ce que nous demandions ? Des logements décents, un travail, ne plus être des citoyens de second rang. Un homme ? Un vote ! L'égalité avec les protestants. Nous avions les mains nues et des banderoles de draps déchirés. Pour les Britanniques, cette colère était insurrectionnelle. Pour les loyalistes, chacune de nos plaintes était un cri de guerre. Jamais ils ne partageraient le pouvoir. Ils appelaient à la confrontation finale, la grande bataille. Ils allaient enfin chasser les papistes. Nous jeter un par un de l'autre côté de la frontière. Ils avaient nettoyé leurs quartiers. Cette fois, ils s'attaquaient à nos bastions, nos maisons, nos écoles, nos églises.

— Un Etat protestant pour le peuple protestant !
Leurs cris dans la nuit.

Surprise par les tirs de Danny, la foule a reculé. Le blindé aussi. Une marche arrière stridente et le retour brusque à notre obscurité.

C'est alors que le premier coup de feu est parti d'en face. Puis le deuxième.

— Balles réelles ! Les flics tirent à balles réelles !
J'ai pris la thompson. Je me suis accroupi derrière la barricade. Les cartouches tremblaient entre mes doigts, elles dérapaient sur l'acier du chargeur. Je l'ai

approvisionné jusqu'à ce que le ressort se cabre. Vingt balles. J'ai compté le restant dans le sac, neuf autres. Pas même de quoi recharger jusqu'à la garde.

Ils tiraient toujours. Danny s'est assis lourdement à côté de moi.

— Ça ne colle pas ! Quelque chose ne va pas !

Il roulait son barillet, remplaçait les deux munitions percutées.

— Ils tirent avec quoi ? C'est pas leurs flingues, ça ! Ecoute ! On dirait du fusil de chasse !

La rue était presque déserte. Des centaines d'habitants avaient pris la route de Ballymurphy et d'Andytown à pied pour se mettre à l'abri. D'autres s'étaient terrés chez eux. Un *óglach* de l'IRA est arrivé à notre hauteur, courbé en deux.

— Ce sont les loyalistes ! Les flics chassent les gens et ces fumiers passent derrière. Ils nous tirent dessus et brûlent les maisons !

Devant nous, à deux rues, la détonation d'un pistolet. Danny s'est couché entre la charrette et un matelas. Il a tiré deux coups. Puis il s'est retourné. D'un geste, il m'a indiqué l'angle de la rue derrière. Et il a positionné les autres combattants d'un mouvement de doigt.

— Tirs de semonce ! Pas dans le tas ! a crié Danny.

Nous étions sous les pierres et les boulons d'acier. En face ils avaient des frondes. Leurs bouteilles incendiaires frappaient nos façades. Je me suis levé. J'ai calé le *Tommy gun* contre ma hanche. J'ai tiré à mon tour. Rien. Le choc de l'acier. Je me suis couché sur le dos. Sécurité oubliée. J'ai levé le cran sur « feu ». Je suais. Je tremblais encore. J'étais un bloc de peur et de haine. Ils étaient en face. Je les voyais. Une petite foule, des torches, leurs cris. Les brûleurs de sorcières, les diables de catéchisme. Une ombre semblait danser au milieu de la rue, un fusil à bout de bras. Ils brisaient les vitres, les portes. La police laissait faire. J'ai tiré pour tuer. Quatre balles sèches presque une rafale. Tiré dans ce tas d'ombres vives. J'ai été surpris par la violence de l'arme. Elle avait glissé contre ma cuisse. Je l'ai reprise en main. De l'autre côté de la rue, nos hommes ouvraient le feu à la carabine. Danny était sur la barricade, il visait la nuit au-dessus des têtes. Soudain, des capsules de gaz sont tombées tout autour. J'ai reculé dans la fumée blanche, les yeux brûlants, le ventre retourné, la gorge écrasée. Plus d'air. Plus rien. Le fond de l'eau. J'avais la bouche grande ouverte, la poitrine frappée à coups de poing. Je mourais. C'est ça, mourir. J'aurais dû garder de l'air dans un coin de ma joue, de mon nez, dans ma poche. Et puis le choc. Un coup violent à la tempe. Un autre à l'épaule. Balles, cailloux, je n'ai pas su. J'avais baissé mon pistolet-mitrailleur. Je l'ai relevé. J'ai voulu l'assurer contre ma hanche. J'ai toussé. J'avais du sang dans les yeux. J'ai pressé la détente. Je crois. Je ne sais plus. J'ai entendu mes tirs. J'ai vu le feu de l'arme. Danny est tombé. J'étais derrière lui. A vingt mètres. J'ai tiré trois fois et Danny est tombé en avant. Il s'est relevé. Il s'est retourné, m'a regardé bouche ouverte. Il a eu un geste. Il ne comprenait pas. Il était stupéfait. Il a lâché son revolver. Il a porté les mains à sa poitrine. Il a glissé le long du matelas sur le ventre, heurtant le sol de son front. La lumière blanche du blindé a éclaboussé la rue. J'étais debout. Danny était couché. Je suis tombé à genoux.

— Ils ont eu Danny !

La voix de l'un des nôtres. Je ne sais plus qui.

— Et Tyrone est touché !

Des bras m'ont relevé. Je n'ai rien. Je suis vivant. Je n'ai rien. Je murmurais pour moi. Une main m'a enlevé l'arme. Derrière la barricade, le blindé reculait en hurlant du moteur. Plus un tir. Plus une pierre. Juste le souffle coupé. L'odeur de l'incendie. Les cendres grises qui volaient dans le ciel. Les cris des femmes et des hommes.

— Assassins ! Assassins !

Des pierres d'enfants pour rien, qui picoraient l'acier de l'automitrailleuse.

— Tyrone ? Tu m'entends Tyrone ?

Je n'ai rien. Rien du tout. J'ai tué Danny Finley. J'avais fermé les yeux. Je me laissais emmener. Je n'étais pas blessé. Pas pour de vrai. Ce n'était que des pierres. L'air m'était revenu. J'ai été traîné sur le sol, porté par les bras et les jambes, puis hissé sur un dos d'homme. Une porte. Un salon. Un canapé. J'avais quelque chose sous les reins, comme un jouet d'enfant oublié. Quelqu'un a installé un coussin sous ma tête. Une main derrière ma nuque. Un linge tiède sur mon visage, l'eau d'un verre contre mes dents closes. Le liquide glacé dans le cou, qui file jusqu'à l'épaule comme un serpent. J'ai tué Danny Finley. La fièvre. Je me suis remis à trembler. Dans la rue, un haut-parleur policier crachait ses ordres.

J'ai revu le regard étonné de Danny. Il est tombé en avant. Il a été touché dans le dos. Son frère a été tué par les loyalistes, il a été tué par un républicain. Le 14 août 1969, j'ai assassiné Danny Finley.

C'était la fin de nous. Et aussi la fin de moi.

*

Je suis resté presque une semaine au lit. Des Fianna et des hommes de la brigade de Belfast se relayaient au coin de la rue pour faire le guet. A mon chevet, jour et nuit, Jim O'Leary, un ingénieur artificier du 2e bataillon. Lorsque j'ai ouvert les yeux, il m'a souhaité la bienvenue, comme sur le seuil de sa maison. Jim était un proche. Sa femme, Cathy, aimait Sheila comme une mère.

Le troisième jour, j'ai bu une tasse de thé et mangé un demi-toast. Je n'étais pas chez moi. Je ne connaissais ni la chambre, ni Lise, la dame âgée qui me soignait. Le quatrième jour, j'ai su que maman, mon frère et mes sœurs avaient pris la route de l'exil. Sheila les avait emmenés chez une tante à Drogheda, de l'autre côté de la frontière. Róisín, Mary et Áine pleuraient. Elles ont dit qu'elles ne voulaient plus s'enfuir comme ça. Sara a vomi pendant tout le trajet, petit Kevin s'est caché dans l'atelier pour ne pas s'en aller. Maman leur a dit qu'ils n'iraient pas plus loin. Juré. Ils avaient quitté Killybegs, ils avaient été chassés de Sandy Street, de Dholpur Lane, leur chemin de croix s'arrêterait à Drogheda. Lorsque Sheila lui a demandé si elle reviendrait à Belfast un jour, lorsque tout serait calmé, ma mère s'est signée en disant

135

qu'elle n'y retournerait que lorsque le Christ-Roi y entrerait en Majesté.

Seule Sheila a alors repassé la frontière.

Il y avait eu des émeutes partout dans les villes. Pour la première fois depuis la guerre, Londres avait déployé l'armée britannique en Irlande du Nord. Pas la police, pas les « B-Specials », pas les supplétifs armés nord-irlandais, mais les Britanniques, les vrais. Le régiment royal du pays de Galles avait pris position dans Falls Road, m'a expliqué mon hôte. Les habitants du quartier offraient du thé et des biscuits aux soldats. J'ai levé les yeux.

— Du thé et des biscuits ?

Elle a souri.

— Ils n'ont rien à voir avec des tueurs.

En arrangeant ma couverture, elle a dit qu'ils avaient évité le pire. Que sans eux, les loyalistes nous chassaient ou nous tuaient tous.

J'avais la bouche sèche, la gorge en carton. J'ai demandé.

— Et Danny ?

La femme a levé sur moi des yeux magnifiques. Un regard de fierté et de compassion.

— Il sera enterré mercredi.

Elle s'est assise sur le rebord du lit. Elle souriait tristement.

— Bombay Street n'existe plus. Tout a brûlé. Si notre rue est intacte, c'est grâce à lui et grâce à toi.

La porte s'est ouverte. Deux hommes. Je connaissais le plus grand, un officier de notre état-major. Jim s'est mis au garde-à-vous.

— Laisse-nous, Lise. Et toi aussi, O'Leary.

Il a attendu que la porte soit refermée. J'avais le ventre en plomb. Je manquais de vent marin. J'ai pensé à Tom et à son asthme. L'officier s'est assis à son tour sur le lit. Je l'ai regardé. Il fouillait mes yeux. Il a inspiré longuement.

— Je sais ce que tu ressens, Tyrone.

Je n'ai pas répondu. J'ai laissé le silence prendre ma place.

— Quand l'un des nôtres tombe, celui qui était à ses côtés se demande toujours pourquoi il est vivant.

Il regardait la petite pièce. Les rameaux séchés derrière le crucifix, le portrait d'un chat blanc dans une corbeille de laine.

— Il n'y a pas de justice dans la mort, Tyrone. Danny est tombé, cela aurait pu être toi.

Il m'a regardé de nouveau. Sa main sur la mienne.

— Et tes questions seraient les siennes.

Puis il s'est levé, lentement. Il est allé à la fenêtre, soulevant le rideau d'un doigt. Il me tournait le dos.

— Tu sais ce qu'il s'est passé, dans Dholpur Lane ce jeudi 14 août 1969 ?

J'ai tué Danny Finley de deux balles dans le dos.

— Tu ne sais pas ? Cette nuit-là, l'IRA a montré qu'elle était capable de défendre un quartier. Qu'il faudrait à nouveau compter sur notre résistance.

137

J'ai tué Danny. C'est moi. Je toussais, je ne voyais rien. J'ai tiré. Mal à la tête. Mes yeux avouaient. Mon visiteur n'écoutait que sa voix.

— Vis avec son courage, pas avec sa mort.

Tais-toi. Sors, toi et l'autre. Sortez de la pièce.

— Ton combat sera ta revanche, Tyrone.

Il m'a tendu la main. Il ne savait pas. Personne ne savait. Dans l'obscurité, dans la fumée, dans le tumulte, seuls Danny et moi étions face à face. Personne n'a vu son regard au moment de la mort. J'ai inspiré tout l'air de la pièce, et aussi celui de la rue, du quartier, de mon pays jusqu'aux bruines salées du quai de Killybegs. Il m'a fait un signe de la main, un salut élégant. Cordial et fraternel. Quelque chose qui me disait vivant. Il ne saurait jamais. Ni lui, ni l'autre, qui levait la main à son tour.

— Tu as sauvé ton quartier, Tyrone, a dit le deuxième visiteur.

— Danny est un martyr ?

Qu'est-ce qui m'a pris ? Pourquoi j'ai demandé ça ? Des mots trop vite. Je suis resté bouche ouverte.

— C'est un martyr de la liberté irlandaise, oui.

L'officier m'a regardé doucement, tandis que l'autre sortait.

— Et toi, tu es un héros.

*

J'ai d'abord refusé. Je voulais simplement être dans la foule, simplement, un parmi tous les autres. Porter le

138

cercueil. Ne pas aller au-delà. Pendant la procession, des hommes de l'unité sont venus me voir. Leurs mains sur mon épaule, leurs voix comme des prières.

— C'est lui ! C'est Tyrone Meehan !

Des murmures de trottoirs. Des regards éperdus. Des gestes de reconnaissance. A mon passage, deux vieux nationalistes ont rectifié la position pour me présenter les honneurs, doigts à la tempe. Une jeune fille m'a offert le baiser de la survivante. Une autre, un bouquet de nivéoles. Sur les trottoirs, un groupe d'enfants imitait le pas cadencé des Fianna. Pas de Britanniques sur le parcours. Ils étaient postés dans les rues autour, derrière les chevaux de frise, avec leurs « plats à barbe » couverts de feuillage sur la tête.

J'ai d'abord refusé de prendre la parole, et puis j'ai accepté.

Lorsque je me suis avancé au micro, j'ai été applaudi. Longuement, comme on remercie. J'ai tué Danny. Je tremblais. Je n'ai plus cessé de trembler depuis ce jour. La foule était dense et recueillie. J'ai approché mes lèvres du métal.

Des centaines de regards. Sa femme au premier rang. Sheila. Jim. Les autres.

— Danny Finley n'est pas mort !

Applaudissements.

— Danny Finley n'est pas mort, parce que vous êtes vivants !

J'ai regardé les larmes qui me faisaient face.

— Danny Finley n'est pas mort parce que, lundi matin, Mary Mulgreevy est née dans Clonard Street.

Parce que, mardi, Declan Curran est né dans Crocus Street. Parce que, ce matin même, Siobhan McDevitt est née à Dunville.

Frissons. Des femmes, les mains jointes. Au premier rang, l'officier qui m'avait visité avait les yeux brouillés.

— Danny Finley n'est pas mort. Il s'appelle Mary, Declan, Siobhan !

Nos drapeaux claquaient au pied de la tribune. Je regardais les visages radieux.

J'ai tué Danny Finley.

— Notre revanche sera la vie de ces enfants !

*

Une femme habillée de rouge s'est levée. Elle a attendu que le silence se fasse. Sur chaque table des dizaines de bouteilles et de pintes vides. J'ai regardé autour de moi. Je les connaissais tous. Jim O'Leary l'artificier qui veillait à mon chevet, et Cathy sa femme. Pete « le tueur », Bradley, les frères Sheridan. Chaque fois que je croisais un regard, une bière se levait en hommage. Mike O'Doyle, Eugene « l'Ourson », des visages taillés par la prison. Ils y entraient, en sortaient. Ils patientaient entre la vie et la mort.

La femme en rouge a porté le micro à ses lèvres.

— *A brave son of Ireland was shot on Dholpur Street tonight...*

Les bières ont été reposées sur les tables. Dès les premières notes, le silence du pub. Juste cette voix, accompagnée par des dizaines d'autres, comme une

140

foule qui se met en marche. La femme s'est tournée vers moi. Tous les regards aussi. C'était pour Tyrone Meehan que les habitués du *Thomas Ashe* chantaient « La Ballade de Danny Finley », mort il y avait un an jour pour jour. Cette chanson avait été écrite une semaine après sa disparition, puis publiée dans les journaux républicains et reprise en chœur dans tout le pays. Des amis l'avaient entendue dans un pub à Londres, dans un bar irlandais de Chicago, où les Américains pleurent en chantant l'exil. Alors je l'ai fredonnée aussi.

Au refrain, la salle s'est levée.

— *Slán go fóill mo chara…*

Adieu, mon ami…

J'avais repoussé ma chaise. J'étais debout, au milieu de la grande salle, les mains le long du corps et les poings serrés. Danny Finley avait rejoint ses héros morts. Pearse, Connolly, Thomas Dunbar, Tom Williams. Il les chantait souvent, et c'est lui que nous chantions désormais. J'ai senti la main de Sheila sur mon bras. Jack était là, contre moi. Tout juste neuf ans. Il me regardait, il regardait la foule. Ma vie entière, je garderai de lui cette image de fierté.

J'ai levé la main aux applaudissements. Je me suis assis. D'autres bières se serreraient devant moi. La Guinness de mon père avait le goût du malheur. Depuis un an, j'étais comme mort. Mon nom avait trop circulé pour reprendre les armes. J'étais en retrait. C'était provisoire, mais nécessaire. Le jour, les casquettes se levaient sur mon passage, les sourires, la chaleur des mots. La nuit, Danny me regardait. J'avais tenu un an. Je tiendrais ma vie entière. Il était trop tard pour parler. Avouer à qui ? Au père Donovan ? A l'IRA ? A Sheila ? A Jim ? A mon fils qui vit de moi ? A qui ? Et pourquoi ? Pour le repos de mon âme ? De mon cœur ? De mon ventre ? J'avais tué Danny et je l'avais caché. J'ai porté son cercueil, j'ai honoré son nom, j'ai crié vengeance. Il était trop tard pour dissiper les fumées de Dholpur Lane. J'étais douloureux, honteux et seul.

Vers minuit, Franck Devlin et sa femme sont venus me serrer la main. Tout le monde l'appelait Mickey. Il avait son sourire. Il m'a tendu un stylo.

— Merci Mickey, pas ce soir.

— Tu n'en auras pas besoin ? Sûr ? Tu as le tien ?

Depuis 1942, chaque fois qu'il me croisait, il faisait un clin d'œil et me tendait son stylo. Personne ne comprenait ce geste devenu légendaire. C'était un secret, juste entre lui et moi. Mickey m'avait démasqué il y a vingt-huit ans, et il en profitait toujours. Ce n'était pas méchant, une taquinerie de gosse. Et moi je rougissais. Il a posé la main sur mon épaule.

— Quel chemin parcouru, hein ? m'a-t-il dit avant de rejoindre sa table.

J'ai levé le verre à mon tour, à hauteur des yeux pour le saluer.

C'était à Crumlin, le lendemain de mon arrivée. La première prison de ma vie. Avant d'être enfermé, j'ai demandé à aller aux toilettes. J'avais gardé un morceau de crayon dans ma chaussette, une poussière de mine enrobée d'un éclat de bois. Je ne sais pas ce qui m'a pris.

142

Je me suis cru dehors, derrière la porte close d'un urinoir de pub. Le mur était gris sale, j'ai écrit « IRA » en belles lettres. Et je suis entré en cellule.

Le lendemain, notre division ne parlait que de ça. Un immense éclat de rire. Mais qui ? Qui avait bien pu se revendiquer de l'IRA alors que tout le monde était là pour ça ? Qui s'était cru dans une pissotière dublinoise ? Qui avait fait le malin pour effaroucher les vessies à venir ?

Mickey s'occupait de notre linge. Il a trouvé le crayon, oublié dans le revers de mon pantalon. Je lui ai fait promettre. Alors il a promis. Mais pour lui, Tyrone Meehan sera toujours le gamin de Crumlin, qui s'est revendiqué de l'IRA sur un mur de chiotte, parce qu'il était le seul à ne pas appartenir à l'armée secrète. Franck veillait sur ma jeunesse.

Ce soir-là, dans mon club, je me suis senti chez eux. Pas chez moi, chez eux, pour la première fois. Entré par effraction dans la beauté des braves.

— On y va, Tyrone. Tu mets ta veste ?

Sheila était debout. Jack endormi sur la table, la tête dans ses bras.

Le *Thomas Ashe* se vidait lentement.

— Salut, Tyrone !

— Dieu te garde, Meehan !

Chaises empilées, tables traînées sur le sol, bruit des verres entassés, rideau de fer du bar qui se baisse bruyamment. Rumeur d'ivresse, de rires, de bière, de voix trop fortes. J'ai mis ma veste. Ma casquette. J'ai traversé la salle en titubant. Sur un mur, un portrait encadré de Danny, barré d'un crêpe noir. Je me suis arrêté. La lumière brusque des néons éclaboussait son regard et son front.

Lieut. Daniel « Danny » Finley
1924-1969
2nd Bat C. Company
Óglaigh na hÉireann

Ses yeux étaient levés. Il ne me regardait pas. Il avait décidé de me laisser en paix. J'ai senti la main de Jack dans la mienne. Nous sommes sortis dans la nuit. L'odeur de pluie. J'ai remonté mon col de veste, j'ai regardé la rue, les maisons basses, les fenêtres noires, les ombres lourdes qui rentraient d'ivresse. J'ai quitté la main de Jack. J'ai levé le poing. J'ai hurlé.

— *Éirinn go Brách !*
— *Éirinn go Brách !* a crié mon fils à son tour.

Et puis j'ai lancé un long braiment. Une plainte effrayante. Le cri de George, le pleur de l'âne.

11

Killybegs, jeudi 28 décembre 2006

Jack est venu pour rien. Il l'avait promis à sa mère alors il l'a fait, c'est tout. Une visite glacée. Ni moi son père, ni lui mon fils, deux étrangers dans la pièce.

— Comment vas-tu ?

Il a levé les yeux de sa chope en grès. Il la tenait à deux mains pour se réchauffer. Il m'a regardé. Il a bu le fond de thé.

— C'est à moi que tu parles ?

Je me suis levé. Le feu mourait, le froid.

— Tu parles à Jack Meehan, c'est ça ?

Je lui tournais le dos, agaçant quelques braises. Mes mots étaient bas.

— Je parle à mon fils.

— Ton fils ? Tu veux dire que j'ai un père ?

— Tu as un père, oui.

J'ai posé une souche humide sur les flammes.

145

Jack a hurlé.

— J'ai eu un père pendant vingt ans, et puis il est mort.

— Non. Il est devant toi, il ranime le feu.

Il a repoussé sa chaise. Elle est tombée. Il a balayé sa chope d'un coup de coude. Fracas brisé. Il était debout.

— Arrête ça ! Tu n'es plus rien pour moi, tu entends ? Rien ! Tu es un traître ! Tu trahis depuis vingt-six ans ! Tu l'as avoué, vingt-six ans ! C'est un traître qui venait me voir en prison ! Tu te souviens quand je suis sorti ? Tu te rappelles ? J'étais à côté de toi dans la voiture et tu m'as dit que tu étais fier de moi. Tu te rappelles ? Fier de moi !

J'ai repris place à la table de mon père.

— Fier de moi ? J'ai passé vingt ans dans les prisons de tes amis britanniques ! Vingt ans, merde ! Et tu es fier de moi ?

— Tu veux encore un peu de thé ?

— Tu es le traître de maman, le traître de l'Irlande, de ce qui respire autour de nous. Tu es mon traître. Tu n'as même pas le droit de vivre ici !

Je regardais Jack. Il y avait tellement de Meehan en lui. J'ai failli sourire de lassitude. Je me suis dit qu'il était tout ce qui me restait.

— Comment peux-tu me regarder en face ? Hein ? Comment fais-tu ?

— Je regarde mon fils.

— Je t'interdis ! Ne prononce plus jamais ce mot. Jamais !

*

146

Enfant, Jack aimait Killybegs. Il transportait l'eau du puits, il rêvait devant les bougies, il faisait des ombres fantastiques à la clarté de la lampe-tempête, il marchait sur le port en riant aux bateaux. Des heures durant, il escaladait les monts pelés, les murets de pierres à l'infini, il bataillait jusqu'à la taille avec les fougères rousses. Il rêvait des îlots, à perte de vue, qui moutonnaient la mer. Sheila voulait rentrer au bout de trois jours, mais Jack la suppliait de rester encore un peu. Pour lui, c'était une maison de trappeurs, d'Indiens, un cottage d'avant la famine, lorsqu'on ne comptait pas encore les pommes de terre fumantes dans le plat. Même devenu Fianna, il restait un enfant. A Belfast, il avait le front mauvais, les mains tout abîmées de briques, il sentait l'essence et la colère. Je voyais dans ses yeux des éclats de Tom Williams et j'avais peur pour lui. Mais ici, à Killybegs, il jetait une canne à pêche sur son épaule, traquait le mulet et rentrait par la lande, en frappant les fourrés d'une branche de chêne pour éloigner les mauvaises fées.

Un jour de 1979, avec Dave « Snoopy » Barrett, Jack a abattu un policier dans Castle Street. Jack conduisait la moto, Snoopy a tiré trois fois sur les uniformes qui barraient la rue. Plus haut, dans Glen Road, ils sont tombés sur des blindés de l'armée. Jack a décidé de filer à gauche, dans une petite rue. Un taxi républicain les suivait de près. Alors Snoopy a tendu la main pour avertir le chauffeur qu'ils tournaient, le pistolet oublié dans sa paume. Les soldats les ont pris en chasse. Ils ont heurté un trottoir. Ils se sont rendus sans combattre. Ils ont attendu, le visage contre le sol et les mains sur la nuque. Quand ils ont été arrêtés, la mort du policier n'était pas connue. Des dizaines d'habitants sont sortis des maisons de brique. Snoopy a hurlé son nom à la petite foule. Jack a crié « Meehan ! De Dholpur Lane ! » Les Britanniques n'ont pas tiré. Ils leur ont laissé la vie sauve. Ils ont été obligés de les juger. Parce que ce jour-là, dans cette ruelle de Glen Road, des dizaines de nationalistes ont su que Dave Barrett et Jack Meehan avaient été arrêtés par l'armée. Et qu'ils étaient montés vivants dans ses blindés. Les Britanniques tiraient pour tuer. Dans notre camp, certains s'en horrifiaient. Moi pas. Je n'ai jamais reconnu d'élégance à mon ennemi. Je cherchais à le tuer, il cherchait à m'abattre. La guerre n'avait jamais été rien d'autre.

Mon fils a été condamné à la réclusion criminelle à perpétuité. Vingt et un ans de cachot. Libéré en juillet 2000 avec les derniers prisonniers républicains. Et sorti de prison plus triste qu'il n'y était rentré.

— Où est notre drapeau ?

Ça a été sa première phrase. Nous revenions de la prison de Long Kesh en voiture. Sheila était à l'arrière, il était à côté de moi. Elle lui tenait la main par-dessus l'accoudoir et nous faisions silence. L'Irlande accueillait mon fils. Un ciel sans trace, un soleil de désert et un vent léger. Jack avait le front contre la vitre. Il lui faudrait panser vingt années barbelées. Et là, sur le bord de la route, dans une cour grillagée, à l'ombre d'une école, le drapeau britannique ondulait. Grand, neuf, flambant.

— Où est notre drapeau ? a demandé Jack.

Il a cherché le regard de sa mère dans le rétroviseur.

— Tout ça pour ça ?

Sheila a murmuré. Le processus de paix, les négociations, les compromis. Notre drapeau flotterait bientôt librement. L'important était que nos enfants soient libres et que leurs pères cessent de mourir.

Jack m'a regardé. Je fixais la route. Tout ça pour ça ? C'était un début, je lui ai répondu. Il fallait un début à tout. Il n'y avait plus de patrouilles armées dans nos rues, plus de rafles, plus de contrôles. Les Britanniques démontaient leurs casernes, leurs miradors sur la frontière. Les policiers mettaient des contraventions aux voitures mal garées dans Falls Road. Tu te rends compte ? Des prunes sous les essuie-glaces, comme à Londres ou à Liverpool. Et tu sais quoi ? Jacky Nolan, John McIntyre, tes copains de lycée, ils ont rejoint la police. Il n'y a plus seulement des protestants, les catholiques aussi prennent l'uniforme. Et ça, ça change tout, tu ne crois pas ? Il a levé une main, m'a demandé de me taire.

Longtemps, Jack a mangé en nous tournant le dos, face au mur. Il trouvait que se restaurer était obscène. Il avait passé neuf ans à l'isolement complet. Il se parlait à lui d'abord. Il avait des gestes réduits. Dans sa chambre, il a mis son matelas sur le sol. Il a essayé de construire une vie avec Fiona, une amie d'enfance. Puis avec Lucie. Puis avec nous. Il est revenu à la maison à quarante-sept ans. Guetteur, puis Fianna, *óglach*, lieutenant, capitaine de l'Armée républicaine irlandaise, il est aujourd'hui portier de nuit dans un pub de Belfast. Il sépare des gamins ivres qui lui demandent pour qui il se prend. Qui lui rappellent que l'IRA n'est plus là pour le défendre. Qu'il n'est qu'un pingouin en costume noir et chemise blanche. Un rien du tout. Et lui ne répond pas.

*

Enfin Jack s'est levé. Il m'a regardé. Il a mis son anorak, ses gants. L'heure n'était pas passée. Sheila n'avait pas klaxonné de la route.

— Attends au moins que ta mère soit là.

— Ma mère ? Pendant toutes ces années elle s'est réveillée à côté d'un inconnu, ma mère. Tu sais ça ? Tu entends ça ? Elle en est comme morte !

— J'entends.

— Non ! Tu n'entends rien ! Tu ne comprends rien ! Tu ne peux pas savoir ce que ça fait de se retrouver sans père, sans mari, sans plus rien ! Mon père ? C'était Tyrone Meehan ! Le grand Tyrone ! Héros de merde, oui ! On lui avait donné notre amour, notre confiance, notre fierté. On t'a tout donné ! Et tu as trahi ceux qui t'aimaient, ceux qui te protégeaient ! Tu te souviens quand j'étais gamin, chaque nuit je t'aidais à barricader notre porte d'entrée pour que ces salauds n'entrent pas dans notre maison. Et ces salauds, c'était toi.

— Je t'entends.

— Tu sais comment ils t'appellent à Belfast ? « Cet homme ». C'est tout. Plus personne ne prononce notre nom. Nous sommes les parents du traître.

— Je le sais.

— On va faire quoi, maman et moi ? On va faire comment ?

— Vous allez continuer sans moi.

— Il n'y aura plus jamais de lumière chez nous.

J'ai baissé la tête. Depuis ce matin, un vieux proverbe cognait mon ventre. « Y a-t-il une vie avant la mort ? » Tom Williams nous l'avait enseigné pour garder espoir.

Jack s'est dirigé vers la porte.

— J'ai besoin de toi, mon fils.

Il est resté face au loquet, à la serrure, aux doubles chaînes que j'avais installées. Il me tournait le dos, épaules tombées. Son soupir. Le silence. Il a duré long-temps, ce silence. Il a posé son poing sur le mur et enfoui la tête dans son bras. Il n'a pas pleuré.

— Je ne peux pas. C'est trop douloureux. C'est trop dégueulasse ce que tu nous as fait, papa.

— J'ai besoin de vous.

Il s'est retourné une dernière fois. Il était beau comme la colère. Je savais qu'une fois la porte passée, il ne reviendrait plus. Alors je me suis levé à mon tour. J'ai cherché une phrase, un mot. Il est sorti dans le givre. Debout sur le seuil, les mains dans les poches, écrasé par la forêt.

— Jack ?

Il a haussé les épaules.

— Je t'aime.

Je n'avais plus que ça.

Il m'a regardé, sidéré, tête penchée sur le côté comme lorsqu'il était enfant.

— Je t'aime, j'ai répété.

Il a froncé les sourcils. Il semblait ne pas comprendre. A reculons, il a pris le chemin qui mène à la route. Sans un mot. Il est parti de face. Il quittait la maison, son enfance, le vieux puits, la flamme caressante des bougies, les lutins, la forêt, il quittait le village de ses ancêtres, son père, toute l'Irlande que je lui avais donnée. Il marchait les bras écartés. Il trébuchait sans voir. Mon enfant, mon fils, mon petit soldat. Il pleurait. Il était bouche ouverte en masque de souffrance. Il fuyait. Il se sauvait de moi. Ses pas craquaient le bois, la pierre, la terre gelée. J'avais posé une main sur le glacé du mur, je ne pouvais plus rien. Ni pour lui, ni pour moi. Je n'étais même plus traître. J'étais mort. Et lui aussi. Et nous tous. Et tous les autres à venir. Je n'attendais plus rien. Et je ne savais plus où était notre drapeau.

12

Le 20 octobre 1979, j'ai été condamné à quinze mois de prison. Un mouchard du quartier m'avait dénoncé. Pour des raisons de sécurité, le type a déposé devant le juge, dissimulé par un rideau. Seule sa voix contre moi.

— Meehan a frappé le jeune en lui disant que l'IRA punissait les dealers. Que s'il revenait dans le ghetto avec sa came, il lui mettrait une balle dans le genou...

J'ai fermé les yeux. Je connaissais cette façon craintive de parler. Peut-être Paddy Toomey, corrigé par nos gars parce qu'il avait massacré sa femme en rentrant du pub. Ou Liam Moynihan, qu'on avait condamné à quitter le quartier après une tentative de viol. Je me suis penché légèrement. J'ai cherché à savoir. Une épaule de tweed, une ombre de bras derrière la tenture...

— Redressez-vous, Meehan.

J'ai fait un geste vague. Nous passions les uns après les autres devant ces *diplock courts*. Un seul magistrat, pas de jurés, témoins dissimulés. M'envoyer en prison pour

153

avoir menacé un dealer ? Les Britanniques étaient loin du compte. Notre armée était restructurée, organisée en unités closes. Je souriais au magistrat. Il évitait mon regard. Après avoir été responsable du 2ᵉ bataillon, puis de la brigade de Belfast, je venais de rejoindre l'état-major de l'IRA. Le petit bonhomme en noir ne se doutait pas qui il jugeait. Quinze mois ? Un cadeau. Et une horreur, pourtant.

*

Depuis le 1ᵉʳ mars 1976, les républicains et les loyalistes emprisonnés avaient perdu leur statut de prisonniers de guerre. En une nuit, par la violence des lois spéciales, nous étions devenus des bandits. Et devions porter le costume carcéral des droits-communs. Le 14 septembre 1976, en arrivant à la prison de Long Kesh, Kieran Nugen a exigé de rester nu dans sa cellule. Il s'est enveloppé dans ses couvertures de lit. Il avait dix-neuf ans. Et ce fut le premier d'entre nous. Un deuxième l'a suivi, puis un troisième. Franck « Mickey » Devlin, l'homme au stylo, fut le neuvième…

En mars 1978, battus chaque fois qu'ils allaient à la douche, les gars ont brisé leur mobilier et refusé de sortir des cellules. En représailles, les gardiens ont tout vidé, ne laissant que les matelas sur le sol. Quelques jours plus tard, ils n'ont plus sorti les tinettes. Lorsqu'elles ont débordé, les soldats républicains ont décidé de pisser par terre, de chier dans leurs mains et de répandre leurs excréments sur les murs. Lorsque je suis entré au bloc H4 du camp, le jeudi 1er novembre 1979, cela faisait trois ans que trois cents camarades étaient nus dans leurs couvertures et vivaient dans leur merde.

*

Je n'avais pas tremblé depuis longtemps. Devant les cinq gardiens, j'ai enlevé mes vêtements sans un mot, sans un regard. J'ai pensé à Jack, à mon gamin, qui était entré dans cette pièce cinq mois plus tôt. Un miroir était posé sur le sol. Je me suis accroupi sans qu'ils me demandent rien, l'anus ouvert avec mes doigts. J'avais cinquante-quatre ans. Les matons étaient plus jeunes que moi. L'un d'eux m'a tendu le vêtement carcéral, soigneusement plié, bleu pétrole à galon jaune. J'ai regardé le gamin dans les yeux et j'ai craché sur le tissu.

Les gardiens n'ont pas aimé mon geste. J'ai été battu. Ils m'ont jeté nu en cellule, d'un coup de pied dans les reins. Mon front a heurté le sol, ma pommette. J'étais couché sur le ventre, je me suis assis avec peine. J'avais le pouce foulé, deux côtes fêlées. Je saignais de la bouche et du nez. Un filet brûlant coulait dans ma nuque. Le dessus de ma tête était abîmé. J'ai passé la main. Une morsure. Un copeau de chair manquait. Ma jambe gauche s'est mise à trembler. J'ai enlacé mon torse. Il faisait froid. J'ai regardé la cellule. Dans un coin, une guenille d'homme, enfoui dans sa paillasse.
— Jack ?

Je n'ai pas reconnu ma voix. Comme un grincement de porte.

J'ai eu peur que ce soit lui, et je l'ai espéré. Ce n'était pas mon fils. C'était un autre fils. Il a tourné la tête, s'est levé lentement de son coin de cellule. Il était très jeune, mince ou maigre, plus gris que pâle, une barbe en désordre et les cheveux sur les épaules. Sans un mot, il a pris les couvertures pliées sur le matelas libre, les a déposées sur mes épaules et s'est assis à côté de moi. Alors j'ai baissé la garde. Je ne sais pas pourquoi. Ce geste, peut-être. Cette douceur rugueuse, ce silence d'attention. Peut-être aussi son regard dans le mien. J'ai respiré à petites saccades. J'ai laissé aller le chaud de mon urine. Je pissais. La flaque luisante et tiède grandissait sous moi. Il n'a pas reculé. Elle a atteint son pied nu, l'a entouré, a continué son chemin de pisse sous le lit.

Il m'a tendu la main.

— Aidan Phelan, brigade de Tyrone-Ouest.

— Tyrone Meehan, brigade de Belfast.

Il a souri.

— L'ami de Danny Finley, je sais. Et c'est un honneur pour moi.

Puis il a allumé une cigarette, du tabac roulé dans une marge de sa bible.

— Les gars disent que Matthieu brûle mieux, mais moi, je préfère les Epîtres.

Il a aspiré une bouffée âcre, me l'a tendue.

— Saint Pierre, saint Paul, peu importe…

Nous avons fumé en silence. Je regardais la pièce obscure. De la nourriture avariée était amoncelée en tas glaireux le long du mur. Un amas d'immondices, de pourriture humide, de putréfaction. Et la merde, étalée jusqu'au plafond. Des traces de doigts. Un crucifix qui pendait à l'interrupteur cassé. J'ai frissonné.

Quand ils m'avaient amené en cellule, les gardiens portaient des masques. L'air avait l'épaisseur de l'égout. Je ne savais pas qu'une odeur pouvait tapisser la gorge. Quand la nuit est tombée, je m'étais presque fait à la puanteur, à mes jambes poisseuses, au froid, à l'obscurité, à notre merde à tous.

— *Is cimí polaitiúla muid !*

Une voix lointaine. Le cri d'une cellule. Ma langue.

— Nous sommes des prisonniers politiques ! a répondu Aidan en boitant jusqu'à la porte.

— *Táimid ag cimí polaitiúla !* j'ai hurlé à mon tour.

Jusque-là, je n'avais vu personne. Seul le regard haineux des gardiens. Et voilà la clameur de mes camarades, mes amis, mes frères de combat. Des dizaines de rages, de fureurs, des rocailles de voix, des beautés. Un vacarme magnifique. Des cris de poings levés, battant les portes à chair nue. J'ai cherché la voix de mon enfant au cœur des écorchés. Et puis je n'ai pas voulu l'entendre.

— *Tiocfaidh ar là !* a repris le premier prisonnier, couvrant le tumulte.

— *Tiocfaidh ar là !* ont répondu les autres.

« Notre jour viendra ! »

— C'était ta première prière du soir, a souri mon compagnon.

Et puis tout s'est tu.

La nuit, Aidan pleurait parfois. Il geignait comme un enfant, puis remontait la couverture sur sa tête. Un matin, je l'ai regardé. Il dormait sur le ventre, bouche ouverte, joue écrasée. Son bras traînait sur le sol. Des asticots blancs se tortillaient dans ses cheveux et sur le dos de sa main.

Au bout de treize mois, je lui ressemblais. Mes cheveux recouvraient mes oreilles et mon nez en paquets graisseux. Ma barbe poussait en désordre. Le visage de l'un parlait du visage de l'autre. Je voyais ma maigreur dans ses traits tirés, sa peau terne, ses yeux bordés de noir.

Dans son coin de cellule, il organisait des courses de cafards. Et moi, je lui faisais réciter les trente-deux comtés d'Irlande.

— Meath… Mayo… Roscommon… Offaly…

Il apprenait avec moi des mots en gaélique. Les essentiels de la prison.

— *Póg mo thóin !*

« Embrasse mon cul ! » Son cri de guerre préféré, qu'il murmurait chaque fois qu'un gardien ouvrait la porte.

Nous avions décidé de chier ensemble, pour faire de ce geste privé un cérémonial et transformer cette humiliation en rituel commun. Il s'accroupissait à gauche de la porte, je faisais dans mes mains. Ensuite, nous étalions nos excréments à pleins doigts sur les murs, et en grands cercles tièdes. Au début, je vomissais. Brutalité de l'image, violence de l'odeur. Et puis, peu à peu, j'ai appris à transformer mon dégoût en colère. Couche fraîche sur couches sèches, j'ai répandu le crépi humain sans avoir honte de moi.

Les prisonniers avaient fabriqué des tuyaux de carton roulé, qu'ils glissaient dans l'interstice, entre la porte et le sol. A heure fixe, juste après le repas, nous pissions dans ces tubes, répandant notre urine dans le couloir.

— Ils ne nous briseront jamais! disait mon camarade.

Nous étions interdits de visite, de courrier, enfermés nuit et jour sans promenade. Nous avions renoncé à passer le temps. Nous parlions peu. Nous baissions les yeux des heures durant. Souvent, nous n'osions pas croiser le regard de l'autre.

— Si on sort de là, on ne pourra raconter ça à personne, a dit un jour Aidan.

— Mais tout le monde le sait dehors, j'ai répondu. Il a secoué la tête.

— Ils savent, Tyrone? Mais ils savent quoi bon Dieu? Personne ne comprend ce qu'on vit ici! La merde, c'est un mot pour eux, Tyrone! Ce n'est pas de la matière! Ce n'est pas cette saloperie qui coule entre tes doigts!

Un matin, les gardiens ont ouvert notre porte en gueulant. Des policiers casqués les accompagnaient. Ils couraient dans le couloir, cognant les murs à la matraque. Aux hurlements des autres détenus, nous nous sommes levés. Aidan m'a plaqué contre lui, dos à dos, nuque contre nuque. Nous nous sommes enchaînés, bras de l'un emprisonnés dans ceux de l'autre, poings serrés sur nos torses. Nous hurlions à la vie, à la peur. Nous tremblions de notre colère. Nous formions un seul corps, qu'ils ont déchiré à grands coups.

J'ai été frappé à terre, mes couvertures arrachées, puis traîné par les jambes dans le couloir. La haie des matraqueurs. Protégés par leurs boucliers, ils se vengeaient de ces putains d'Irlandais, de leurs couvertures, de leur merde, de leurs insultes, de leurs mépris. Ils frappaient des hommes nus. Têtes, jambes, dos, mains levées. Ils nous marquaient. Ils laissaient leurs traces.

J'ai été tiré par la barbe et les cheveux jusqu'à la salle de douches. Je me débattais en hurlant. Je n'avais plus mal, plus rien. Les cris des autres me rendaient ivre. Un instant, j'ai cru qu'ils allaient nous tuer. Une épouvante. Les gardiens étaient trois. Ils m'ont maintenu sur le sol. Clef de bras, mains serrées autour de mon cou. Je rendais les griffures, les crachats. Et puis j'ai été soulevé comme une charge et jeté lourdement dans une baignoire d'eau glacée. Ils allaient me noyer. J'ai lancé mes bras, mes jambes. Un coup dans la mâchoire. Je suis retombé en arrière, tête cognant le mur. Ils me lavaient. Ils décrassaient un an de résistance. Un gardien me frottait à la brosse dure. Le dos, les bras. Il bouchonnait un mauvais cheval. Il décapait une cuvette de chiotte. Il soufflait, bouche ouverte, menaçant mon père, ma mère, tous les salauds de mon espèce.

Il hurlait.

— Ça c'est pour Agnes Wallace, salopard ! Ça ne te dit rien, Agnes Wallace ?

Mes hurlements couvraient sa voix.

— Et William Wright ? Rien non plus ! Fumier d'IRA !

Il étrillait, il raclait. Il maintenait mes mains sur le rebord de la baignoire en arrachant mes ongles sous le crin. Il aboyait des noms à mon oreille.

— William McCully ! John Cummings !

Il cognait en cadence avec l'envers de la brosse.

— Robert Hamilton ! John Milliken !

Milliken. Je me souvenais. Un gardien-chef de l'administration pénitentiaire, abattu par l'IRA sur le chemin de sa maison.

Mon Dieu ! Il vengeait ses morts.

— Thomas Fenton, salopard ! Desmond Irvine, assassin !

Le deuxième maton avait pris le relais. Il m'arrachait les cheveux. Il labourait mon crâne avec des ciseaux abîmés. Il coupait, il lacérait.

— Micky Cassidy ! Gerald Melville !

Alors j'ai répondu.

— James Connolly ! Patrick Pearse ! Eamonn Ceannt !

J'ai beuglé de toutes mes forces. Sang pour sang, colère pour colère, leurs victimes contre les miennes.

Les ciseaux m'ont emporté un morceau d'oreille.

— Albert Miles !

— Tom Williams !

— Nazi ! a gueulé le gardien à la brosse. Saloperie de nazi !

J'avais du sang dans les yeux. Le troisième gardien m'étranglait. Il avait passé son avant-bras autour de mon cou. Il serrait. Je respirais mal. J'avais la bouche ouverte, langue sortie, je contractais mes mâchoires pour rien. Devant mes yeux, sur son bras tatoué, l'Union Jack transperçait le drapeau irlandais de sa hampe.

— Vous avez tué Danny Finley !

Ils m'ont plongé la tête dans l'eau. Et maintenu comme ça, une main sur mon crâne, l'autre sur ma nuque, les jambes entravées par deux bras et une chaussure dans les reins. Jusqu'à ce que je suffoque.

Au retour, nous avons croisé des astronautes. Une dizaine de types avec des gants de protection, des bottes, des combinaisons, des masques transparents et des capuches étanches. Ils transportaient du matériel de nettoyage, des lances à haute pression, des aspirateurs.

— Retourne sur Mars, connard ! a grogné un prisonnier blessé.

J'étais ramené par mon gardien. Un drôle de type, presque chauve et plus vieux que les autres, qui avait toujours un mot ou un regard pour nous.

Nous l'appelions « Popeye », à cause de sa mâchoire et de ses dents en moins. Il apportait notre gamelle du soir. Chaque fois, il regardait notre cachot avec un air désolé. Il enlevait son masque de tissu, comme s'il tenait à partager notre calvaire. Il secouait la tête et murmurait :

— Jésus Marie !

Il devait être catholique.

Un jour, il m'a demandé de renoncer à la saleté. D'accepter le costume bleu. J'étais seul en cellule. Aidan avait été transféré à l'administration pour apprendre la mort de sa sœur, tuée dans un incendie. Habituellement, Popeye se tenait sur le seuil. Cette fois, il est entré. Il est resté au milieu de la pièce, à l'écart des murs souillés. Il a posé ma gamelle sur mon matelas.

— Même les animaux ne vivent pas comme ça.

J'ai répété nos revendications. J'ai scandé nos slogans. Et je m'en suis voulu. Il me parlait en homme, je répondais en automate. Son collègue attendait dans le couloir, Popeye chuchotait à mots prudents. Il m'a dit que tout le monde se fichait de notre crasse, que les Britanniques nous laisseraient comme ça pendant mille ans, s'il le fallait. Il m'a dit qu'à part dans nos quartiers, dans le cercle isolé des républicains irlandais, le monde n'avait pas un regard pour nous.

— Ça fait quatre ans. Quatre ans, tu te rends compte ? Et regarde où vous en êtes. C'est toi qui vis dans la merde, Meehan, pas Margaret Thatcher.

Souvent les matons se foutaient de lui. Alors les prisonniers prenaient sa défense. Certains d'entre nous pensaient que sa compassion était une manœuvre, la tactique du gentil et du méchant gardien. Mais un soir, alors qu'Aidan pleurait sa sœur, Popeye lui a proposé de passer une lettre à sa famille. Il lui a fait promettre que ce ne serait pas politique. Un mot de deuil, le réconfort d'un fils à ses parents. Et Aidan a accepté. Pour les deux hommes, c'était un acte insensé, criminel au regard des règles de la prison. Pour Popeye, c'était une trahison.

Le jeune gars de Strabane s'est isolé, face au mur. D'abord, il a longuement choisi un passage de la Bible, puis il a déchiré la page. Il me l'a lue. « La prière nationale après la défaite », psaume 60. Une adresse de David à Dieu.

« Tu en fis voir de dures à ton peuple,
Tu nous fis boire un vin de vertige… »

Il m'a demandé ce que je pensais de son choix. Je n'ai pas répondu. Oui, a dit Aidan, Dieu nous en faisait voir. Et cette épreuve était pour lui la preuve de sa présence. Ensuite, il a longuement écrit dans les marges. Une écriture minuscule, serrée, celle des prisonniers avant la grève des couvertures, lorsqu'on avait encore des visites. Lorsqu'on racontait nos vies sur des feuilles de papier à cigarettes, pliées à l'infini, jusqu'à obtenir un gravier de la taille d'un ongle. Ces secrets clandestins, enveloppés dans du papier aluminium et du film transparent. Ces messages, cachés dans les joues des hommes, à la place d'un plombage manquant. Ces billets, qui passaient d'une langue à l'autre, dans le parloir au moment du baiser.

Un soir, après le dîner, le gardien est reparti avec nos deux gamelles, et le message enfoui dans un reste de haricots blancs.

Les astronautes repassaient les grilles. Popeye me portait. Il m'enlaçait par la taille. J'avais la main sur son épaule. Je boitais, je bavais ma salive et mon sang. Tout était douloureux. Mes genoux claquaient à chaque pas. Ma peau brûlait, comme dévorée par le soleil et frottée au sable. Tout tournait autour de moi. J'ai trébuché. J'ai attendu un instant que le sol se calme.

Et c'est à cet instant que j'ai vu Robert Sands. Pour la première et la dernière fois de ma vie. Le prisonnier qui criait en gaélique à la nuit tombée, c'était lui. On m'en avait parlé à l'extérieur, avec beaucoup de respect. Il avait vingt-sept ans. Avant les couvertures, il écrivait des articles pour la presse républicaine, des poèmes, il dessinait, il donnait des cours de gaélique. Bobby Sands avait été arrêté dans une voiture, avec quatre *óglachs*. Il y avait un revolver pour cinq dans le véhicule. Et ce fut quatorze ans de prison.

— Ton chef est mal en point, a murmuré Popeye.

Bobby commandait l'IRA dans le camp. Deux gardiens le ramenaient dans sa cellule. Ils le tenaient chacun sous une aisselle et le traînaient sans précaution.

— Ne regarde pas.

J'ai fermé les yeux. Juste un éclat de lui, recouvert à moitié par sa couverture de lit. Derrière mes paupières closes, j'ai gardé sa peau blanche et les traces de coups. Il avait les bras tombés, les jambes molles. Ses pieds nus glissaient sur le carrelage. Sa tête pendait. Une âme enveloppée dans un linceul rêche.

Dans la cellule, j'ai eu un choc. Le sol était mouillé, tout puait la Javel, l'ammoniaque, le chlore, un mélange de morgue, de chiotte et d'hôpital. Les murs avaient été nettoyés. Ne restait de nous que l'ombre de nos traces. Ils avaient détrempé nos couvertures et nos matelas. Aidan était dans son coin de mur. Couverture mouillée autour de la taille et sur les épaules. Il avait les cheveux plus courts d'un côté et un large trou blanc sur le devant du crâne. Il se frottait les genoux. Je l'ai rejoint dans son angle. De son côté, on voit la lucarne laiteuse du dehors. Il pleuvait. J'avais mal. Ma peau, ma tête. Mon sang battait. Au fond de ma mâchoire, deux dents étaient brisées. Ma langue était une plaie. Aidan avait un œil fermé. Et moi la bouche ouverte. Nous n'avons pas lutté contre le silence. Nous avons attendu la nuit, serrés l'un contre l'autre et sans un mot.

— *Tiocfaidh ar là !*

« Notre jour viendra ! »

Un hurlement dans le couloir. Le dernier d'entre nous regagnait sa cellule. Je m'étais assoupi, adossé au mur. J'ai levé les yeux. Aidan m'interrogeait en silence. Il souriait dans l'obscurité. Les gardiens n'avaient pas encore allumé les lumières. Et puis il s'est levé. Il est allé près de la porte, dans son petit coin, sous le crucifix. Alors je me suis levé. Il a chié sur le sol, j'ai chié dans mes mains. Et nous avons commencé à repeindre notre cachot.

*

Lorsque j'ai quitté Long Kesh, le 7 janvier 1981, j'ai enlacé Aidan. Je l'ai serré comme Jack. Nos barbes, nos cheveux mêlés, nos couvertures souillées, notre fierté. Bobby Sands organisait une grève de la faim pour que nous obtenions le statut de prisonniers politiques. De cellule en cellule, nous avions reformulé nos exigences. Nous en avions cinq, elles étaient misérables. Le droit de porter des vêtements civils, de se réunir librement et de ne pas travailler pour la prison. Nous voulions recevoir une visite, une lettre et un colis par semaine. Nous voulions aussi les remises de peine, perdues à cause de notre protestation.

J'ai demandé à Aidan de ne pas s'inscrire sur la liste des volontaires pour le martyre. Il avait dix-neuf ans, une fillette de deux ans. Condamné à cinq ans de prison à peine, un jour il sortirait. Il prendrait soin d'elle.

Parce que nous savions que cette grève serait mortelle.

L'année précédente, en octobre 1980, sept prisonniers avaient jeûné pendant deux mois et demi. A la prison d'Armagh, trois femmes avaient cessé de s'alimenter à leur tour. Londres a gagné du temps. Négociant l'arrêt du mouvement, les Britanniques ont promis de revoir le statut carcéral. La grève de la faim a cessé. Mary et les deux Mairead ont accepté de s'alimenter. Comme Tom, Séan, Leo, Tommy et Raymond. Comme Brendan, l'officier de l'IRA commandant le camp, qui avait été remplacé par Bobby Sands. Un mois plus tard, Humphrey Atkins, secrétaire d'Etat à l'Irlande du Nord, reniait sa parole. Les prisonniers républicains restaient des droits-communs.

Bobby avait accepté l'arrêt de ce premier jeûne, c'était à lui de prendre la tête du second. A sa détermination s'ajoutait la souffrance d'avoir été trompé. Il commencerait sa protestation le 1er mars 1981, d'autres le suivraient, un par semaine, et les vivants relèveraient les morts.

Mais pas Aidan. Pas lui. Pas mon Jack. Je ne sais pas pourquoi je lui ai fait promettre. Ici, entre ces murs, je n'avais pas d'ordre à lui donner. Officier dehors, les barbelés et les miradors m'avaient rendu simple soldat. Personne, jamais, ne pourrait demander à Bobby d'arrêter sa grève de la faim. Ni le Conseil de l'Armée républicaine irlandaise, ni tous nos chefs, ni tous nos prêtres, ni toutes les prières de nos femmes dans nos rues, ni sa sœur, ni sa mère, ni les larmes de Gerald, son enfant de sept ans. Et moi, je suppliais ce gamin de vivre. Je lui ai demandé qu'il le fasse pour moi.

— Toi, tu restes vivant, j'ai dit à Aidan Phelan, le menuisier de Strabane.

Il me l'a promis en fils. Et il a tenu parole.

13

Le 8 janvier 1981, à 4 heures du matin, trois blindés Saracen de l'armée, deux Land Rover de la police britannique et une dizaine de soldats ont envahi Dholpur Lane. C'est moi qu'ils venaient chercher, neuf heures après ma libération. Je dormais, Sheila m'a réveillé brusquement. Ils défonçaient notre porte d'entrée au bélier. J'ai couru dans les escaliers, pieds nus et en pyjama.

— Tyrone Meehan ?

Ce n'était pas mon nom. C'était une sommation. Le soldat était au bas des marches, joue collée à la crosse de son fusil. J'ai dit oui de la tête, les mains levées, comme pour la fouille. Un policier m'a pris par les cheveux, un autre par la nuque. La porte était brisée, arrachée de ses gonds. Sheila hurlait.

— Il est sorti hier ! Pour l'amour de Dieu laissez-le ! Il vient de sortir !

Je suis arrivé cassé dans la rue, bras tordus et menton plaqué sur le torse. Le blindé gris était contre notre façade, porte ouverte. Dix pas à peine, de mon seuil à son acier grillagé. Dholpur Lane s'est dressé une nouvelle fois. Le convoi est reparti sous les cris, les pierres et les bouteilles. J'ai été plaqué sur le sol du véhicule, mains liées dans le dos. Un flic m'a enfilé un sac en plastique noir sur la tête. J'ai paniqué. J'ai cru qu'ils allaient m'étouffer. Trois policiers m'ont maintenu avec leurs chaussures, écrasées sur ma nuque, mes jambes et mon dos. J'ai revu Aidan, la cellule, le sol putride, nos murs d'excréments. J'ai eu envie de mourir. Je ne voulais pas retourner en prison.

Un officier s'est agenouillé, sa bouche contre mon oreille. Il puait l'égout.

— Alors Paddy ! C'était bien .a liberté ? Un peu trop long peut-être non ? Tu es sorti il y a quoi ? Dix, douze heures ?

Je n'ai pas répondu.

Depuis le passage de la frontière, en 1941, avec maman et oncle Lawrence, je savais si je pouvais défier ou s'il me fallait baisser la tête. Un jour qu'il s'était fait menacer par une patrouille, mon frère Séanna a placé les bras devant son visage, grimaçant comme un paysan qui craint le bâton de son maître. Les soldats ont ri. Il avait un revolver sur lui et deux grenades.

— L'ennemi nous sous-estime, c'est sa faiblesse, disait-il.

Lorsqu'il croisait les paras britanniques, il jouait souvent l'attardé. Il boitait lourdement, sortait ses lèvres, galochait son menton, écarquillait les yeux, donnait à son visage l'air prognathe des caricatures d'Irlandais publiées dans la presse anglaise. Il le faisait pour moi, le regard en coin. Et il y avait toujours un soldat pour dire aux autres : « Ah ! Celui-là, il est parfait ! »

Nous n'allions pas au centre de rétention de Castlereagh. Le trajet pour l'interrogatoire était trop long. Je ne retournais pas non plus à Long Kesh. Ce n'était pas l'autoroute mais des chemins en lacet. Ma joue droite était écrasée sur le sol. Aucun projectile sur la carapace, ni brique ni motte de terre. Pas d'accélération brusque pour semer des nuées d'enfants hostiles. Nous étions en zone protestante.

Je suis descendu de la Land Rover à l'aveugle, le sac sur mon visage. Des mains me soutenaient, mais n'ordonnaient pas. Des voix d'hommes, de femmes. Une porte, une autre. Pas de grille, pas de verrou qui claque, aucune clef non plus, un couloir d'hommes libres. J'ai senti le son clos d'une petite pièce. La cellule m'avait enseigné le bruit de cet espace. Une chaise contre mes mollets. Un geste sur mon épaule. Une chaleur de radiateur. Je me suis assis.

Lorsqu'ils ont libéré mes poignets et enlevé la cagoule, j'ai gardé un instant les yeux mi-clos. Le néon était gênant. Sur les murs, une peinture écaillée d'hôpital, l'affiche du film *Les Oiseaux*, d'Alfred Hitchcock. La fenêtre était grillagée. Elle donnait sur des bâtiments inconnus. La pluie se pressait contre les vitres.

— Un thé ?

J'étais face à une large table et ils étaient trois. Aucun uniforme, des civils. J'ai eu un geste de recul. J'avais d'abord pensé à des loyalistes leur accent était anglais.

— Un café, peut-être ?

Celui qui parlait enlevait son anorak sans me quitter des yeux. Il était très roux, avec une moustache en broussaille, l'œil gauche enfoncé dans l'orbite. Le deuxième était très mince. Le troisième avait les cheveux blancs. Il regardait par la fenêtre. Il observait mon reflet dans la vitre. Nos regards se sont croisés.

— Pourquoi suis-je là ?

L'ennemi ne m'avait habitué ni à la chaise ni à la chaleur. Je savais comment protéger ma tête des coups, comment survivre à la prison, comment résister aux insultes et aux cris. Je savais contenir leur force, pas leur calme. Le maigre m'a tendu une tasse de thé. Il guettait ma réaction. J'ai bu, sans un regard pour la reine qui souriait sur la faïence bleue.

— Nous savons tout de toi. Maintenant, c'est à nous de te donner des informations.

L'homme à la fenêtre s'est retourné. Il s'est assis sur le rebord de la table.

— Moi, c'est Stephen Petrie, agent du MI-5, le contre-espionnage britannique.

Je me suis levé.

— Je ne veux rien savoir !

Il a souri.

— Assieds-toi, Tyrone, tout va bien.

Il a désigné le serveur de thé.

— Je te présente Willie Wallis, de la Special Branch.

172

L'autre a légèrement hoché la tête.

— Et puis Frank Congreve, officier de la Royal Ulster Constabulary.

Même geste poli du roux.

— Mais pour faire simple, tu pourras nous appeler « l'agent », « l'espion » et « le flic ». Ou le « RUC » si tu veux être courtois.

J'étais resté debout.

— Je n'ai aucune raison de vous connaître ou de vous appeler. Si vous n'avez rien à me reprocher, laissez-moi partir.

Je ne m'attendais pas à être aussi calme. Ils n'avaient pas peur de moi, je n'avais pas peur d'eux. Je les sentais de volonté égale. L'agent du MI-5 a pris place à ma gauche, sur une chaise vide. C'est lui qui parlait.

— Je vais te raconter une belle histoire, Tyrone.

J'ai croisé les bras.

— Vos enfants aiment les belles histoires, non ? Les fées, les lutins, tous ces trucs…

L'agent s'est tourné vers le flic.

— Toi qui es du coin, on les appelle comment les lutins, par ici ?

— *Leprechauns.*

— C'est ça, les *leprechauns.*

Machinalement, j'ai refermé un bouton de mon pyjama.

— Et puis quand il vieillit, l'Irlandais rêve de martyrs et de héros.

L'agent a avancé un cendrier vers moi.

173

— Les héros, c'est essentiel dans ce pays, non ? Je me trompe, Tyrone ?

Je n'ai pas répondu. Il a regardé le flic roux.

— Et toi Frank ? Tu crois que le héros est important en Irlande ?

— Vital, Stephen, vital.

— Parole de protestant d'Ulster, a souri l'agent.

Il s'est adressé à l'espion.

— Willie ?

L'autre s'est jeté en arrière dans sa chaise.

— J'ai l'impression que notre ami trouve le temps long.

L'agent, l'espion et le flic s'étaient partagé les rôles, les questions, les positions géographiques dans la pièce. Parfois, l'un terminait la phrase de l'autre. Ou bien ils se coupaient la parole. C'est comme s'ils s'étaient même réparti les silences. Ils m'obligeaient à aller de l'un à l'autre, d'une question à une autre. Je devais sans cesse tourner la tête pour soutenir leurs regards. J'étais encerclé. J'avais le vertige, avec en lèvres l'écœurement des voyages agités.

L'agent du MI-5 m'a observé. Il a hoché la tête.

— Tu t'ennuies avec nous, Tyrone ?

— C'est fini ? Je peux partir ?

J'ai écrasé ma cigarette dans la tasse royale. Le flic a eu un petit air contrarié. Il a soupiré. Il a ouvert une sacoche de cuir.

— Partir ? Bien sûr qu'on va te laisser partir. Mais avant, j'aimerais que tu jettes un coup d'œil à ça.

Il a sorti un sac en plastique de son cartable. Une petite poche transparente qu'il a posée devant moi. A l'intérieur, trois balles écrasées, déformées par le choc et une étiquette cartonnée pliée en deux.

Je me suis assis. Mes jambes ne voulaient plus.

— Prends le sachet, Tyrone.

J'ai frotté les mains sur mes cuisses. Je suais.

— Tu as peur des balles ? Ça ne te ressemble pas, Meehan, a dit le flic roux.

Il les a fait tomber sur la table.

— Vas-y, prends-en une.

— Pour mettre mes empreintes ? Vous me prenez pour un con ?

L'agent a souri.

— Tu connais ce calibre ?

J'ai haussé les épaules, et j'ai tendu la main.

— Du 45 ACP, Tyrone. La munition du pistolet-mitrailleur Thompson.

Le flic s'est levé. Il a déposé une balle dans ma paume.

— Tu commences à comprendre pourquoi tu es là ?

J'ai regardé le morceau de cuivre. J'ai secoué la tête. Non. Je ne comprenais pas.

Alors il a déplié l'étiquette jaunie et l'a posée devant ma tasse.

Une écriture rouge :

Daniel Finley/Aug/14/69.

J'ai laissé tomber la balle. Elle a glissé entre mes doigts comme du sable.

— Mon Dieu, j'ai dit.

J'ai croisé les mains sur ma nuque, coudes levés, avant-bras plaqués contre mes oreilles, paupières fermées. J'ai baissé la tête. J'avais la bouche ouverte, les mâchoires douloureuses. J'étouffais. J'entendais mon cœur se battre. J'étais à Dolphur Lane, dans la fumée des gaz.

— Danny n'a pas souffert. Il est mort presque sur le coup, a dit le roux.

Notre rue. La barricade. Ses yeux immenses. Sa surprise.

— Tu as logé la première balle près de son cœur. On a retiré les autres de sa hanche et de sa cuisse.

— Vous ne savez rien, j'ai murmuré.

— Tout, Tyrone, nous savons tout. Nos hommes étaient dans la foule. Deux d'entre eux étaient là lorsque tu as tiré. Ils ont témoigné, a juré l'espion.

— Trébuché et tiré, a ajouté le flic.

— Oui, trébuché et tiré. C'était un accident, Tyrone. Nous le savons.

Ma main tremblait comme en prison.

— Avant même qu'on retrouve l'arme, nous savions, Meehan.

— Et puis il y a eu cette chanson, a lâché l'agent.

Il s'est tourné vers l'homme de la Special Branch.

— C'était comment cette chanson ? Tu te souviens Will ?

L'autre a hoché la tête.

— Si je me souviens !

Puis il a fredonné :

176

Danny est tombé pour l'Irlande
Lâchement assassiné
Mais avec sa vieille Thompson
Son camarade de colère
A renvoyé les tueurs en enfer

— « Son camarade de colère » ! C'était bien trouvé, ça, a souri l'agent.

— Je ne te cache pas que lorsque cette ballade a commencé à circuler dans les pubs, on s'est bien marrés, m'a dit le flic.

L'agent a mis les mains dans ses poches.

— C'est vrai. Ça nous a fait bizarre de voir l'assassin de Finley applaudi par sa veuve le jour de son enterrement. Mais tu sais quoi ? On a décidé de ne toucher à rien. On a laissé faire. C'est important de ne pas froisser les croyances.

— En fait, tu as fabriqué le martyr idéal et nous t'avons aidé à devenir le héros parfait, a ajouté le flic.

Ils ont ri. Je gardais les paupières fermées.

— Sois très attentif, Tyrone.

La voix ferme de l'agent du MI-5.

— Regarde-moi.

J'ai rouvert les yeux. Des taches colorées dansaient dans la lumière du néon.

Il s'était accroupi à ma hauteur.

— Soit tu sors d'ici et tu vas tout raconter à l'IRA, soit tu décides comme nous de ne pas toucher à cette belle histoire.

Le flic m'a tendu un verre d'eau. Je regardais sans cesse l'affiche de cinéma. Un dessin réaliste. Une femme, se protégeant la tête en hurlant, et les oiseaux qui l'attaquaient. « Ce pourrait être le film le plus terrifiant jamais réalisé », disait la publicité. Terrifiant. Je ne ressentais rien. Ni le froid, ni le chaud, ni la peur. J'étais vide de moi. J'ai bu. L'eau a fait un trou dans mon ventre. La pluie battait la vitre. J'ai regardé mon pyjama, mes pieds nus sur leur sol. Je n'étais plus personne. Ils parlaient tous à la fois.

— Avouer dix ans après, c'est salement risqué, non ?

— Il vaut mieux laisser le martyr et le héros en paix, tu ne crois pas ?

J'ai demandé un autre verre.

— Vous voulez quoi ?

Ma voix, gorge sèche et lèvres brûlantes.

— Te protéger, Tyrone.

— Répondez, merde !

— Que tu nous aides.

— Jamais !

— Pense à Sheila, Tyrone. Une brave femme fragile au cœur de la guerre. Je ne suis pas certain qu'elle se plairait à la prison d'Armagh.

— Et Jack ? Et ton fils, Meehan ? Une simple signature et on l'envoie purger sa peine sur le continent.

— Tu imagines ça, Tyrone ? Un mec de l'IRA ? Un putain de catho ? Un tueur de Brits balancé dans une cellule écossaise bourrée d'assassins ?

— Et toi mec, tu veux vraiment retourner dans ta merde ?

178

L'agent du MI-5 s'est relevé. Il a fait un signe aux deux autres.

Le flic est sorti de la pièce, puis l'espion. Il est resté seul avec moi, devant la porte ouverte. Il m'a parlé tout bas. Une voix douce.

— L'IRA dit partout qu'elle veut la paix ? Nous aussi, on veut la paix. Alors on va la faire ensemble, cette paix. Toi et nous, Tyrone.

— Je ne suis pas un traître.

— Mais qui te parle de trahir ? Ce que tu vas faire est héroïque, au contraire. Vous dites toujours qu'il faut faire la guerre pour avoir la paix et moi je te propose de déclarer la guerre à la guerre.

— Ce sont des conneries !

— Tu crois ce que tu veux, a souri l'agent britannique. Tu es foutu, Meehan. Alors au lieu de te faire une raison, autant t'en trouver une, non ?

— Salaud !

— Pourri ! Fumier ! Salopard d'Anglais ! Fais-toi plaisir. Je dis simplement qu'on ne travaille jamais bien avec un type qui se croit obligé. Moi, je préfère les hommes de bonne volonté. Et tu es de bonne volonté, Meehan, non ?

— Laissez-moi partir.

— Je t'offre une conscience toute neuve.

J'ai fermé les yeux. Le regard de Jack, l'amour de Sheila.

— Quand on se démène pour devenir un héros, on peut bien accepter le Nobel de la paix, tu ne crois pas ?

L'agent britannique a posé une main sur mon épaule. La pression de ses doigts. Un instant à la fois brutal et apaisant.

— Le remords gâche l'existence, Tyrone. Nous allons t'aider à t'en débarrasser.

J'ai croisé son regard.

— Et puis tu sais, en mentant sur la mort de Danny, tu avais déjà fait la moitié du chemin.

J'ai mis la tête entre mes mains.

— Je te laisse un moment, Tyrone. Pas pour réfléchir, mais pour reprendre tes esprits. Si tu as besoin, nous sommes dans le couloir.

14

Depuis toujours, Sheila avait une habitude. Avec sa mère déjà, lorsque son père était interné, elle faisait les jeux-concours des journaux et des grands magasins. Elles remplissaient des questionnaires pour gagner des bons d'achat, une robe de chambre molletonnée ou la dinde de Noël. Lorsque j'ai été emprisonné, ma femme a repris son crayon. Elle cochait des cases, cherchait des réponses dans le dictionnaire, glissait son nom dans les urnes publicitaires. C'était pour elle une manière d'attendre, de tuer tout ce temps sans moi. Quand j'étais à Crumlin, elle a gagné un nécessaire à couture dans un panier d'osier, un coffret de vingt-quatre couverts argenté, un ballon de football, un réveil, du chocolat et des réductions par dizaines. En sortant de Long Kesh, j'ai trouvé un fauteuil neuf dans le salon, premier prix des magasins Stuarts. Depuis l'arrestation de Jack, elle s'était remise à jouer. Un jour, elle a gagné son poids en laine après avoir répondu à cinq questions sur le tricot.

Sheila ne se plaignait pas de ce sort. Elle m'avait aimé parce que je combattais et avait préparé son fils à combattre. Des femmes portaient les armes à nos côtés, transportaient des bombes ou collectaient des renseignements mais Sheila avait fait un autre choix. C'était une militante, pas un soldat. Avec Cathy, Liz, Roselyn, Joelle, Aude, Trish et tellement d'autres, elles étaient le cœur même de notre résistance. Elles pansaient nos plaies, elles s'asseyaient en chantant devant les roues des blindés, elles bloquaient les quartiers en tablier de ménage, elles allaient chercher leur homme au fond du pub pour l'obliger à se relever. Quand l'ennemi entrait dans le ghetto, elles étaient les premières à l'accueillir. En robe de chambre, en chemise de nuit, pieds nus parfois, à genoux au milieu des rues, raclant le sol de leurs couvercles de poubelle, elles étaient notre alarme. Elles manifestaient sans cesse pour la liberté de l'Irlande. En rang par trois, sans un cri, portant la photo de leur emprisonné ou la couronne fleurie de leur mort. Et elles entraînaient avec elles une armée de landaus.

Pour vivre avec le sourire de son mari dans un cadre de deuil, soigner son fils qui rentre au petit jour, tenir la main de son enfant au dernier souffle du jeûne, il faut un cœur barbelé. Et Sheila était de ces femmes.

Ce soir-là, lorsque je suis rentré du centre-ville, j'ai posé un jeu-concours près du téléphone, avec le courrier. Et puis j'ai attendu.

Nous étions le 2 mars 1981. Je venais de rentrer le seau à charbon de la remise. J'alimentais le poêle, à genoux sur la moquette.

— Ça te dirait une petite escapade à Paris, Tyrone ?

J'ai arrêté mon geste. Mon cœur était broyé.

— A Paris ?

Sheila est entrée dans la pièce, elle lisait mon prospectus.

— Après tout ce que tu as vécu.

J'ai levé une main. Jamais nous ne parlions de Long Kesh.

— Ecoute ça !

Je me suis retourné. Elle avait mis ses lunettes. Elle était belle.

— « C'est votre rêve ? Sanderson's Store le réalise. Pour fêter l'ouverture prochaine de notre magasin dans votre quartier, gagnez un week-end pour deux à Paris, la ville la plus romantique du monde ! »

Je lui ai tourné le dos. J'ai enfourné le charbon.

— Tu t'imagines à Paris avec moi, *weeman* ?

« Petit homme. » Depuis l'enfance, elle m'appelait comme ça lorsque nous étions seuls. Sheila me dépassait d'une tête.

J'ai refermé la porte de fonte.

— Il n'y a même pas de questions. C'est un tirage au sort !

Elle s'est assise à notre table.

— Paris ! Tu te rends compte ?

Elle a relu encore à voix haute, et puis elle a rempli le bon.

J'ai enfilé ma veste, mis ma casquette.

— Tu sors ?

183

J'ai dit oui. Jamais elle ne me demandait où j'allais et à quelle heure je rentrerais. La guerre ne s'arrêtait pas à notre porte, elle le savait. Chaque fois que je la quittais, nous nous embrassions sans un mot. Son regard dans le mien, son sourire d'espérance.

— Si tu passes devant une boîte, tu peux glisser ça ? Il n'y a même pas besoin de timbre.

Dans la rue, j'ai déplié la publicité. L'écriture de ma femme.

Sheila et Tyrone Meehan. 16 Harrow Drive. Belfast.

Ses petites lettres bleues, sa manière de souligner nos prénoms. En arrivant sur Falls, je ne respirais plus. J'avais allumé une cigarette et enfoncé la visière sur mes yeux. J'ai soigneusement découpé nos noms sur le coupon. J'ai mâché les morceaux de papier. Puis j'ai déchiré le concours et jeté les morceaux par-dessus les grilles du parc. Je suis entré au *Busy Bee*. La foule habituelle. Les visages, les regards. Des signes d'amitié, des hochements de tête, un mot glissé à mon oreille, une main sur mon épaule.

Ils ne voyaient pas le traître. Mais comment faisaient-ils pour ne pas le reconnaître ? Ce mot semblait gravé sur mon front. J'avais décidé de boire. Je suis resté seul au bar, sur un tabouret haut. Au-dessus du comptoir, à côté du drapeau tricolore, une affiche. La photo d'un *óglach* républicain, veste camouflée, cagoule sur la tête et Thompson en main.

Les paroles perdues coûtent des vies
Dans les taxis
Au téléphone

184

Dans les clubs et les bars
Aux matches de football
A la maison entre amis
Partout !
Quoi que vous disiez, ne dites rien.

Je connaissais ces mises en garde. Elles faisaient partie de notre quotidien. Un jour, j'ai arrêté un gamin qui en arrachait une. Il la voulait pour sa chambre, et l'affaire n'a pas été plus loin. J'ai bu ma première pinte presque d'un coup. Et ma deuxième. Ma troisième. Paul, le barman, tirait la bière suivante lorsque la précédente était vide à moitié. Je ne lui demandais rien. Il savait que ce soir était à l'ivresse. Dans quelques heures, il lui faudrait trier lui-même les pièces de monnaie dans ma main pour encaisser la dernière. Nous avions été en cellule à la prison de Crumlin, avec Paddy Moloney, qui buvait son whiskey en lisant le journal, à l'autre bout de la salle. J'ai croisé le regard du soldat cagoulé sur le poster. J'ai baissé les yeux.

Toute ma vie j'ai recherché les traîtres. Toute ma vie, vraiment. Jusqu'à ce jour, j'avais un cœur de sentinelle. En entrant dans un club, je balayais la salle du regard. Mon premier mouvement, toujours. Sheila allait rejoindre notre table et moi je restais sur le seuil. Elle savait. Je regardais les visages un à un, les groupes, les attitudes. Puis j'allais aux toilettes et je cognais aux portes pour connaître les noms. Lorsqu'un inconnu entrait, j'envoyais un gars à sa suite. C'étaient souvent des supporters étrangers, des touristes favorables à notre cause qui venaient respirer la guerre au plus près. Ensuite, je m'asseyais dos au mur. Depuis que je suis arrivé à Belfast, je n'ai jamais tourné le dos à une porte ou à une vitrine. C'est Tom Williams qui nous l'avait enseigné.

— La mort doit venir en face, disait-il.

Et toute la soirée, j'observais encore. Je buvais, je riais, je parlais comme les autres, mais j'avais l'alerte en tête et l'alarme au ventre. J'aimais cette tension. Et plus le temps passait, plus je me raidissais.

Quand les Britanniques entraient dans le club, les Fianna nous alertaient.

— Brits !

J'adorais leur venue. C'était un pur moment de défi. Les guetteurs avaient vu arriver leurs blindés. Les portiers les laissaient patienter un instant, sur le trottoir, sous les projecteurs blancs du pub, derrière ses lourdes grilles. On les voyait sur les écrans de contrôle, pas très fiers. Pendant que le pêne électrique claquait dans la gâche, les verres changeaient rapidement de place sur les tables. Un *óglach* de l'IRA en service actif, qui s'ennuyait au jus d'orange depuis le début de la soirée, jouait l'ivresse devant les bières que ses voisins venaient de glisser devant lui. Les soldats observaient tout cela. Les boissons, les gestes, les sacs posés sur le sol. Ils passaient entre les chaises, déchiffrant les visages. Ils cherchaient les évadés, les mauvais garçons. Nous ne croisions pas leurs regards. Parfois, ils s'amusaient un peu.

— Tu as rasé ta moustache, Jim ? Tu es mieux comme ça.

186

Et Jim O'Leary se retenait de cracher à terre.

Lorsque l'orchestre ne jouait pas, le club faisait silence. Un silence absolu. Plus une parole, plus un rire, plus aucun froissement. Juste les pas ennemis sur le sol. Mais quand la musique était interrompue par l'entrée des uniformes, le chanteur s'avançait au micro.

— Mesdames et messieurs, l'hymne national irlandais.

Et la salle se levait. Les jeunes, les vieux, le curé qui passait par là, les fillettes qui quêtaient pour la fête de leur école, les nationalistes grincheux, les républicains du dimanche, les catholiques sans autre certitude que la résurrection, les soldats de la République, les préposées aux sandwiches, les serveurs, les plongeurs, ceux qui étaient sortis et déjà sur le seuil, tous se mettaient au garde-à-vous. Nos ennemis frôlaient nos soldats. Et ils le savaient.

Une fois, j'ai heurté le regard de l'un d'eux. Un gamin écossais, avec son calot à plumet rouge et blanc. Son fusil tremblait. Il était incongru, au milieu des mises en plis argentées, des lèvres rouges, des cannes, des vestes fanées, des poings serrés, des robes du samedi soir. Le militaire m'a regardé longuement et s'est excusé des yeux. Je le sais, j'en suis certain. Il était désolé. Il a plissé le front et murmuré quelque chose en passant à ma hauteur. Il portait son uniforme comme un fardeau. Il marchait à reculons, comme les soldats le font quand ils visent nos fenêtres. Il a heurté une table. Un verre est tombé. Il l'a relevé. Il a rejoint les autres en rajustant son gilet pare-balles.

— Sale singe ! a craché une femme.

Je l'ai regardée durement. Ce soldat était noir.

Paddy Moloney m'avait offert le whiskey de sommeil, celui qu'on jette dans le fond de sa Guinness quand le patron dit qu'il est temps de rentrer. J'étais ivre. J'ai pissé dans la rue, entre deux voitures. J'avais de l'amertume en trop. Il faisait nuit. Le vent s'était levé. En passant par le parc, j'ai vu sur la pelouse les papiers déchirés qui promettaient Paris. Sheila allait gagner ce voyage, je le savais. Dans quelques jours, un coup de téléphone lui annoncerait la grande nouvelle. Elle serait en photo dans l'*Andersonstown News*, radieuse, nos billets d'avion à la main. Elle ferait notre valise, s'inquiéterait de tout et tout la ravirait. Sheila n'était jamais allée à l'étranger. Moi non plus. Nous ne connaissions du monde que le bout de notre rue.

Je regardais les nuages au-dessus d'*an Sliabh Dubh*, la Montagne noire. La ville n'était pas hostile, ni le ciel. C'était encore ma ville et encore mon ciel. Je pouvais croiser les regards sans baisser les yeux. Mais je savais que dans quelques jours, tout cela serait fini.

J'ai eu envie de me rendre à l'IRA. Et puis j'ai eu peur. Mais pas de mourir. Je vivais dans la stupeur de Danny, et avouer aurait été lui demander pardon. Si j'avais eu la certitude que l'IRA était prête à me suivre, et donc à me juger, à abîmer avec moi ce symbole, à déchirer une page glorieuse de son histoire, je l'aurais fait. Mais j'étais persuadé du contraire. Nos chefs ne prendraient pas le risque de la vérité. Je me suis souvenu de la visite de l'état-major dans ma chambre d'hôpital. Danny martyr, Tyrone héros. Surtout ne pas entraver la marche de notre histoire. J'ai eu peur de cela. Peur d'avouer la vérité pour rien, d'implorer l'indulgence pour rien. Mes ennemis se servaient du mensonge ? C'était dans leur nature. Mais je ne l'aurais pas admis de mes chefs.

Je me serais alors retrouvé seul avec l'aveu, sans personne pour l'entendre. L'IRA m'aurait tenu en laisse comme les Brits vont le faire. Le Conseil de l'Armée m'aurait obligé à collaborer avec l'ennemi. Il aurait fait de moi un agent double, mentant aux uns, mentant aux autres, en danger dans les deux camps, et méprisé des deux. Ma peur était là. Ne plus servir la République par conviction mais par chantage. Passer de soldat à victime.

Plusieurs nuits, je n'ai pas trouvé le sommeil. Et un matin, au réveil, ma décision était prise. J'allais tromper mon peuple pour que l'IRA n'ait pas à le faire. En trahissant mon camp, je le protégeais. En trahissant l'IRA, je la préservais.

— Accepter l'augure de la trahison.

Je répétais cette phrase en titubant vers la maison. C'était la perle noire de mon nouveau chapelet. J'ai croisé Jim O'Leary dans le bas de Falls Road. Trois gars du 2ᵉ bataillon le suivaient de près, comme s'ils ne se connaissaient pas. Ils étaient pressés. En service actif. Un clin d'œil en passant.

Il fallait que je pose des conditions aux Brits. Pas question d'aider à mettre Jim ou ces trois-là en prison. Pas d'arrestation, pas de victime. Je devais contribuer à la paix, pas à la souffrance. Je n'étais pas un flic, mais un patriote irlandais. Il me faudrait des garanties.

— Des garanties. Je veux des garanties.

Je parlais à voix haute. Encore envie de pisser. Je frissonnais de l'affiche du pub. Cette fois, les murs parlaient de moi. Traître. Traître. Traître. Il me faudrait aussi trouver un autre mot. Ou me dire qu'un traître était aussi une victime de guerre. Je suis passé devant notre porte, j'ai continué. Encore un tour de quartier dans la nuit. J'ai entendu le crachotement métallique d'une radio. Les soldats étaient couchés dans un jardin, derrière les haies et les nains colorés. Ils avaient passé leur visage à la crème noire, leurs mains. Juste leurs yeux dans l'obscurité. Salut les gars. Bienvenus mes nouveaux amis.

— Si tu acceptes de travailler pour nous, c'est pour sauver ta réputation, pas pour sauver ta peau, m'avait dit le flic.

Il avait raison. Je ne voulais pas saccager le grand Tyrone Meehan. Je me foutais bien de l'IRA. Cette histoire de trahir pour ne pas la trahir était une fable que je me racontais. J'ai pris peur de l'autre en moi. Je me suis dégoûté. Toute ma vie j'avais recherché les traîtres, et voilà que le pire de tous était caché dans mon ventre. Je ne l'avais pas vu venir celui-là. Je ne l'avais jamais remarqué. Avec sa gueule, sa casquette molle, sa veste élimée. Il heurtait les poteaux. Il riait de rien. Il vomissait sa soirée contre un mur. Il insultait l'ombre qui lui venait en aide. Il glissait sur le trottoir, il tombait, il se relevait avec peine. Il chantait le refrain à la gloire de Danny. Il était déjà seul. C'était devenu un salaud, comme son père. C'est-à-dire, finalement, un homme sans importance.

Avec nous, un autre couple avait gagné le voyage en France. Franck et Margaret habitaient Larne, un port du comté Antrim.

— Protestants, certainement loyalistes mais délicieux, avait dit Sheila.

Dans l'avion pour Londres, nous avons voyagé ensemble. Et aussi sur le vol pour Paris. Sheila était près du hublot. Margaret aussi, juste devant nous. Depuis le décollage, elle était accoudée sur son dossier de siège pour parler à ma femme. Elle disait trois mots, racontait une histoire, se rasseyait, et réapparaissait avec le sourire aux lèvres.

— Elle a un charmant petit accent anglais, souriait Sheila.

Elle était tellement heureuse que plus rien ne comptait. Par le hublot, nous avions vu disparaître notre ville, nos rues tristes, le port Harland and Wolff, nos champs détrempés, les murets de pierre, puis la mer tout en grand. Elle croyait me donner la main, mais c'est moi qui serrais la sienne. Nous prenions l'avion pour la première fois. Margaret lui avait donné un bonbon pour le décollage.

— Alors, c'est deux jeunes de Belfast qui sont en voyage de noces à Paris. Une nuit, ils marchent sur les Champs-Elysées quand, tout à coup, surgissent quatre voitures de police, trois camions de pompiers et deux ambulances, toutes sirènes hurlantes. Le mari prend alors sa jeune femme par la main et lui dit : « Tu entends ma chérie, ils jouent notre chanson… »

Sheila a ri. Il y avait tellement longtemps que je ne l'avais pas vue rire.

— Si elle vous dérange, n'hésitez pas à lui dire, a glissé son mari roux. C'est comme ça que je fonctionne depuis vingt ans.

— Pas du tout, votre femme est adorable, a répondu Sheila.

Hors notre rue, tout était adorable pour elle. Le sandwich à bord était l'un des meilleurs de sa vie. Au thon et à la mayonnaise, absolument banal. Comme nous allions en France, elle a bu du vin blanc dans une petite bouteille en plastique. Tellement délicieux qu'elle voulait la garder vide en souvenir.

— Appelez-moi Maggie, a proposé notre compagne de voyage.

Nous étions le jeudi 2 avril 1981. Depuis trente-trois jours, Thatcher laissait mourir Bobby Sands.

— Je vais avoir un peu de mal, a souri Sheila.

L'autre a pris les mains de ma femme dans les siennes.

— Mon Dieu, où avais-je la tête ? Veuillez me pardonner !

Adorable, vraiment. Il a d'ailleurs été convenu que nous ne parlerions pas de politique pendant tout le voyage, pas de religion non plus. Tiens, ils viendraient même avec nous visiter Notre-Dame. Margaret parlait fort. Elle disait à Sheila qu'il leur faudrait organiser une soirée entre femmes. Rien qu'elles. Elle lui a demandé si elle aimait l'opéra. Sheila a souri. Oui, peut-être, elle ne savait pas.

Lorsqu'elle a appris qu'elle avait gagné ce concours, Margaret a téléphoné à sa tante, qui vit dans la banlieue parisienne. Elle voulait savoir ce qui se donnait le 4 avril à l'Opéra Garnier. Et c'était *Arabella*, de Richard Strauss. Une comédie lyrique qu'elle avait vu jouer en Allemagne, pendant sa lune de miel. Au dernier acte, Arabella apporte un verre d'eau à l'homme qu'elle aime. C'est comme ça qu'on fait sa demande, en Croatie. Pendant des semaines, Margaret a apporté un verre d'eau à Franckie, son mari. Le matin, le soir, c'était un jeu à eux. Lorsqu'elle a su que la comédie se jouait à Paris, elle a demandé à sa tante de prendre deux tickets, mais Franckie a répondu qu'il n'allait pas à Paris pour s'enfermer dans un cinéma.

— Un opéra, avait rectifié Margaret.

Il avait grogné quelques mots. C'était non. Alors si Tyrone le permettait, et si Sheila voulait bien, toutes les deux, peut-être ? Pendant que ces messieurs iraient s'aérer à Pigalle ou dans un bar de nuit ? Sheila a levé le pouce. Oui ! Evidemment ! Ecouter de la musique, voir de beaux costumes, des décors, des lumières, oublier deux heures les briques et la peur.

Franckie a fêté ça. Il échappait à l'Opéra et nous aurions nous aussi quelques heures entre garçons. Il a acheté des bières pour tout le monde. L'hôtesse de l'air lui a rendu sa monnaie en francs. Il a regardé une pièce blanche, brillante, et l'a tendue à Sheila en souriant.

— Vous allez vous sentir chez vous, à Paris.

Sheila n'a pas compris tout de suite. Elle a pris la pièce.

— Gardez-la. C'est un petit cadeau de paix, a chuchoté le flic roux.

Sheila a enlevé sa ceinture. Elle s'est levée pour l'embrasser sur la joue.

— A ce prix-là, je vous offre un billet de dix francs !

Puis il a éclaté de rire, comme Margaret, comme Sheila.

J'avais le ventre noué. La grande loterie des magasins Sanderson était une imposture, un plan guerrier, un leurre. Aucune grande surface ne serait jamais construite dans notre ghetto. Des centaines de faux coupons avaient été imprimés par les Britanniques, mais ils n'ont jamais été dépouillés. Seuls Tyrone et Sheila Meehan devaient emporter le premier prix.

L'avion qui volait vers Paris avait à son bord un policier nord-irlandais, une inspectrice de la Special Branch, un futur traître et une brave femme. C'était une idée du MI-5. Et j'avais accepté. Lorsque je suis arrivé à la maison, quand j'ai déposé le bulletin-réponse près du téléphone, je trahissais Sheila pour la première fois.

Samedi, pendant que les deux filles iraient à l'Opéra, je deviendrais un agent britannique. J'avais l'impression que l'avion entier avait été affrété par les services secrets. Je voyais des espions partout, des soldats partout, des traîtres derrière chaque lecteur de journal.

— Notre premier vrai contact aura lieu à Paris. C'est plus sûr, plus anonyme. Et cela vous fera des vacances, avait dit l'agent du MI-5.

Il m'a aussi expliqué que j'aurais à y revenir de temps en temps.

— Tyrone ?

La main de ma femme sur mon bras. Elle me montrait le sol, derrière les trouées de nuages. Elle avait les larmes aux yeux. L'avion virait au-dessus de Paris. La ville vibrait sous l'aile. J'ai attaché ma ceinture. J'ai croisé son regard. Elle m'interrogeait silencieusement.

— Quelque chose ne va pas, petit homme ?

J'ai souri. J'ai hoché la tête.

— Tout va bien, grande femme.

Nos yeux, l'un dans l'autre. Elle a approché ses lèvres de mon oreille. Un murmure.

— Je t'aime.

Et j'ai dit moi aussi.

*

Les Britanniques avaient choisi de nous perdre dans la foule. Ils savaient que Paris manifestait, ce 4 avril 1981. Nous sommes entrés dans le bruyant cortège. Cela ne ressemblait pas à nos marches. Pas d'enfants, pas de couronnes mortuaires, pas de soldats non plus. Il y avait des ballons, des sifflets, des chansons. Certains hommes portaient des chapeaux de filles, et des femmes avaient passé des cravates de garçon. Je n'étais pas très à l'aise, mais pas gêné non plus. Avec ma casquette, mon pantalon trop court, ma veste de tweed et mon anorak matelassé, je ne ressemblais simplement pas à cette ville.

Le flic roux était à ma gauche, l'agent du MI-5 à ma droite. Nous parlions normalement, notre langue étrangère protégée par le vacarme. Il faisait beau. Mes deux ennemis portaient des lunettes de soleil.

— Tu n'es pas en mesure de négocier, Tyrone. Mais nous avons examiné tes requêtes.

C'est l'homme du MI-5 qui parlait.

— Personne ne devient un bon agent par le chantage ou la contrainte. Ceux que l'on menace craquent au bout de deux renseignements. Nous voulons établir un autre rapport avec toi.

— On veut que tu y trouves ton compte, a ajouté le flic.

— Mon compte ?

J'ai haussé les épaules. Un garçon jouait de la trompette en marchant.

— Ton compte, oui. Je ne dirais pas du plaisir, mais un peu de satisfaction.

— Ta collaboration n'entraînera ni arrestation, ni victime. Tes informations serviront à sauver des vies, pas à en gâcher d'autres.

— C'est une promesse ?

Le flic m'a regardé.

— Je m'y engage.

Sur le trottoir, deux jeunes gens m'ont adressé un baiser en riant. J'ai baissé ma casquette sur mes yeux.

— Désormais, je serai « Walder ». Ce sera mon nom de code. Le seul que tu emploieras, a dit l'agent.

Il m'a regardé en coin.

— Répète.

— Walder.

— Je suis de Liverpool. Je suis arrivé à Belfast il y a quelques mois. Je ne connais personne dans les quartiers et personne ne me connaît. C'est une garantie. Mon anonymat te protégera.

La foule devenait de plus en plus dense.

— S'il m'arrivait quelque chose, ton contact serait « Dominik ».

— Dominik ?

Walder a désigné le flic roux.

— Franckie, dont tu vas oublier le prénom.

J'étais sidéré. Anesthésié. Docile. Perdu dans Paris, au milieu de banderoles incompréhensibles et de rires aux éclats. J'étais en train de trahir. J'étais un *brathadóirí*. Un mouchard, en gaélique. Tout se mettait en place. J'avais imaginé cet instant dans une pièce silencieuse aux murs gris et j'étais submergé de couleurs.

— Toi, Tyrone, tu seras « Tenor ».

— Comme un chanteur ?

— Comme un chanteur.

— Walder et Dominik sont aussi des personnages d'*Arabella*, que nos femmes vont voir ce soir, a lâché le flic.

— Ta femme ?

— Il y a mission plus difficile. Mais on fait lit à part.

J'ai ri. Pour la première fois depuis ma fausse arrestation. J'ai ri vraiment, un hoquet brusque. L'agent et le flic se sont regardés. J'ai surpris ce regard. Ils étaient soulagés. J'étais au fond du piège. Un trou immense aux parois lisses. Plus rien ne me ferait jamais remonter en

197

surface. Ils m'avaient pris. J'étais à eux et ils le savaient. Walder m'a donné une bourrade du coude. Tout à l'heure, nous irions boire une bière et parler d'autre chose.

Lorsque nous sommes arrivés sur l'esplanade face au musée de Beaubourg, je savais tout. J'avais deux numéros de téléphone à retenir. C'était à moi de contacter Walder. Aucune information par téléphone, jamais. Simplement dire « Tenor », un code qui signifiait rendez-vous le lendemain à l'heure de cet appel. Il y avait deux lieux de rencontre, un par numéro. D'abord, le petit cimetière de la rue Clifton, dans le nord de Belfast. Pour un catholique, le quartier n'est pas très fréquentable mais l'endroit est calme, avec deux entrées. L'agent du MI-5 a eu l'idée du lieu en étudiant mon emploi du temps. En juillet, chaque année depuis dix ans, je prenais la parole pour commémorer la mort d'Henry Joy McCracken, un presbytérien, membre fondateur de la Société des Irlandais unis, avec Wolfe Tone et Robert Emmet. Je me déplaçais dans toute l'Irlande pour honorer sa mémoire. Une année à Dublin, l'autre à Cork, Limerick ou Belfast, devant des foules ou de maigres assemblées. Peu importait, mon devoir était que son nom soit prononcé devant les jeunes générations. Et rappeler que des pères fondateurs de la République irlandaise étaient protestants.

La justice britannique lui avait proposé la vie s'il témoignait contre d'autres rebelles irlandais, mais il avait refusé. C'est pour ça qu'il avait été pendu, le 17 juillet

1798, puis enterré au cimetière de Clifton. Je me rendais souvent sur sa tombe pour converser avec lui. J'y allais seul. Je lui parlais de Tom Willams, enterré comme un indigent à la prison de Crumlin. Je lui racontais Danny Finley. Je lui demandais conseil. Aidé par le murmure du vent, Henry Joy McCracken me répondait.

Ma présence dans ce cimetière n'étonnerait personne. Contre le mur, dissimulé par un angle de maison, il y avait un abri. C'est là que nous nous retrouverions. Un traître, sur la tombe d'un homme mort de n'avoir pas parlé.

Le deuxième lieu de rendez-vous était la poste du centre-ville. Plus exposée, mais plus anonyme. Entrer dans une poste n'est pas un acte suspect. Le cimetière servirait à échanger des informations. La poste, à remettre des documents sans un mot.

Et il y aurait Paris, aussi. Où je viendrais respirer un peu. Où je serais en sécurité pour parler de tout et de rien.

— C'est quoi, de tout et de rien ?

— De politique, a répondu Walder.

— De politique ?

— Des tuyaux sur ton parti, vos dissensions, vos décisions. Un décryptage, si tu veux.

— Je ne veux rien.

Il a eu un petit geste entendu.

— A Paris, ce sera vous ?

— Non, tu verras « Honoré ».

— Honoré ?

— Notre ambassade est rue du Faubourg-Saint-Honoré.

— Et je suis sûr que tu vas aimer ce gars-là, m'a dit le flic.

En cas d'urgence ou de gravité extrême, je devais rentrer chez moi, dire « Tenor est enroué » et attendre l'arrestation. Il était aussi convenu que je serais interpellé régulièrement, comme l'étaient les hommes de nos quartiers. Gardé pendant sept jours, comme le prévoient les « lois spéciales », j'aurais le temps de souffler, de faire le point et je serais relâché sans éveiller le soupçon.

Brusquement, je me suis raidi. Devant moi, deux jeunes filles s'embrassaient sur la bouche. Je n'avais jamais vu ça. Personne ne les regardait. Elles étaient dans les bras l'une de l'autre, et elles s'embrassaient.

— C'est une marche gay, a souri Walder.

— Gay ?

J'ai regardé autour de moi. Des hommes main dans la main, des filles poings levés, des slogans inconnus. En passant, une gamine a collé un triangle rose sur mon anorak.

— Ravissant, a souri le roux.

J'ai arraché l'autocollant. J'ai hésité. Et puis je l'ai remis.

— Tu ne veux pas enlever ça, quand même ? a demandé Walder, en début de nuit, alors que nous finissions une bière en terrasse.

Le roux a grogné.

— Ça n'a pas de sens.

La marche était terminée depuis longtemps. Les deux semblaient gênés par les regards. Alors j'ai dit non. Comme ça, sans agressivité, sans narguer personne. Je me foutais de ce triangle, mais il leur disait que je n'étais pas à terre.

— A nos femmes, nos petites amies et puissent-elles ne jamais se rencontrer ! a dit Walder en levant son verre de bière.

— A Sheila, j'ai répondu.

Le soir, je l'ai retrouvée à l'hôtel. Elle avait passé un après-midi merveilleux. Je lui ai raconté le baiser des deux femmes. Elle s'est signée en riant. Et puis elle m'a fait asseoir dans le fauteuil. Elle est entrée dans la salle de bains. Elle en est ressortie, un verre d'eau à la main. Et elle me l'a tendu.

15

Killybegs, samedi 30 décembre 2006

Hier matin, j'ai eu de la visite. Une voiture s'est arrêtée après le petit pont. J'étais au puits, l'eau pour la nuit. Je l'ai entendue faire marche arrière. J'ai posé le seau sur la margelle. Une portière a claqué. Je suis retourné au cottage à reculons. Pendant toutes ces années, j'avais conservé la crosse de hurling de Séanna, maintenant cachée derrière mon fauteuil. Je lui avais tressé un manche de corde et une dragonne en cuir pour l'avoir bien en main. Tout en la renforçant, je souriais. J'imaginais la surprise d'un tueur, face à un homme de quatre-vingt-un ans brandissant une matraque d'occasion.

J'ai reculé, les yeux sur la percée qui ouvrait mon chemin de terre. J'entendais des pas lourds sur la route. J'ai eu peur pour la première fois.

*

Il y a dix jours à peine, l'IRA m'interrogeait dans la banlieue de Dublin. En face de moi, il y avait Mike O'Doyle et un vieux type du contre-espionnage de l'IRA que je ne connaissais pas. J'ai avoué être un agent britannique simplement, rien de plus. Je l'avais dit à la presse, je le répétais à mes anciens frères d'armes. Le reste ne les regardait pas.

Sans le processus de paix, je finissais avec une balle dans la nuque, sur une décharge du côté de la frontière. Mais l'IRA avait déposé les armes, et mon sort faisait partie de cet engagement. Ils ne me tueraient pas. Ils en avaient la possibilité militaire, pas les moyens politiques. Et je voulais qu'ils prennent la responsabilité de ce qui pourrait m'arriver. J'avais décidé de ne pas fuir. Je restais dans mon pays. Je voulais qu'ils le sachent.

— Je retourne chez moi, à Killybegs, dans le Donegal.

— Ta gueule, Meehan ! a crié le plus âgé.

Il avait marqué la surprise.

— Maintenant vous savez !

— On ne veut rien savoir.

Tant pis. Ils savaient. Je les avais piégés. Je n'étais plus leur soldat, ni leur prisonnier, et je me plaçais sous leur protection. Si j'étais tué, par un loyaliste, un Britannique, un nationaliste de comptoir son fusil de chasse en main, tout le monde accuserait l'IRA. Aucun démenti ne serait entendu. Et ce serait la fin du processus de paix.

Si le mouvement républicain voulait protéger les négociations, il devait me garder en vie.

— Je fais quoi, maintenant ? j'ai demandé.

— Tu te débrouilles, a répondu l'IRA.

J'étais sidéré.

— C'est mon arrêt de mort que tu signes, Mike O'Doyle, tu le sais ?

Il a éteint la caméra qui enregistrait mon interrogatoire.

— Il fallait y penser avant, Tyrone. Nous ne pouvons plus rien pour toi.

*

Un type marchait sur le chemin. Petit, fort, les cheveux blancs coupés court et les yeux plissés. Il avait les mains vides, un sac en bandoulière. Lorsqu'il m'a vu, il s'est figé et m'a fait un signe.

— Tyrone Meehan ?

Je me suis arrêté à la porte.

— Vous êtes Tyrone Meehan ?

— Pourquoi ?

— Jeffrey Kerr, du *Donegal Sentinel.*

D'un geste, je lui ai ordonné de ne pas avancer.

— Comment m'avez-vous retrouvé ?

— On enquête, on recoupe...

Un journaliste. Le début de la fin. Il regardait la maison de loin.

— Je peux entrer ?

— Non.

— Je peux approcher un peu ?

— Que voulez-vous ?

— Vous allez vous cacher longtemps, ici ?

Il progressait doucement, comme un enfant traque un oiseau. A cause de son poids, il trébuchait dans les ornières et respirait bruyamment.

— Je ne me cache pas. Je veux juste qu'on me laisse seul.

— Vous restez ici ou vous irez ailleurs ?

— Je ne vais nulle part. Partez, s'il vous plaît.

— On parle pas mal de vous ces temps-ci.

— Vous voyez ? Je suis au milieu de nulle part et je ne cause de tort à personne, alors partez maintenant !

Le type a reniflé bruyamment. Il a jeté sur ma porte le regard désolé de celui qui n'entre pas. Puis il a levé une main, et il est reparti.

— Qui vous a donné cette adresse ?

Le journaliste a eu un geste. Il ne s'est même pas retourné.

— Donnée ? Vendue, oui !

— Qui ?

— Un ami à vous, Timy Gormley.

J'ai secoué la tête. Timy Gormley. J'ai répété à voix haute. « Le roi des quais ». J'ai compté. C'était la première fois depuis soixante-cinq ans que j'entendais ce nom. Quand je l'ai quitté, le chef de bande tout cabossé cherchait querelle à Joshe Byrne, le lutin au visage grêlé. Après tant de temps, Joshe était devenu un vieux curé, Timy était resté un salaud et moi je n'étais plus rien.

J'ai attendu que la portière claque. Que la voiture reparte. Je suis rentré. Le feu était presque mort. Alors j'ai enfilé un deuxième pull sur le premier. Et puis j'ai été pris de vertige. Je me suis assis à table. Je revoyais le journaliste, en équilibre étrange sur le chemin, de profil, le bras gauche derrière son dos. Chaque fois que je bougeais, il bougeait avec moi. Je le trouvais bizarre, pas suspect. Et soudain, j'ai compris. Le sac, la position, la main jetée en arrière pour ne pas faire écran. Il filmait. J'avais été filmé. Il avait dérobé le cottage, le sapin, les alentours, mon visage pas rasé, mes yeux fatigués, mon pantalon trop grand, mon pull large et mes chaussures boueuses. Je trouvais qu'il avait abandonné trop vite, mais il n'avait renoncé à rien. Il n'avait sorti ni stylo ni carnet. Il savait bien, en venant ici, que je n'allais pas me confier à lui. Qu'il rentrerait à la rédaction sans aveux ni regrets. Ce n'était pas mes mots qu'il était venu voler, c'était mon image.

Je n'ai pas dîné. Le *Donegal Sentinel* n'avait que faire d'un film. Le journaliste en sortirait une photo pour sa première page, et il vendrait le reste à la télévision. Je le savais. J'en étais certain. Je n'ai pas dormi non plus. Je suis resté à table, la tête dans les bras, mon anorak jeté sur les épaules, à regarder danser la flamme de la bougie.

Cet après-midi, je n'ai pas pu franchir la porte du Mullin's. Lorsque je suis arrivé dans Bridge Street, deux hommes ont détourné la tête. Une femme a changé de trottoir. Devant la porte du pub, le patron attendait. C'était mon heure à boire, et il le savait. J'ai ralenti mon pas. Il s'est mis en travers de son seuil. Je l'ai interrogé des yeux.

— On ne veut pas d'ennuis, Meehan.

— Quels ennuis ?

— Tu es dans le journal, à la télé. On est des gens simples, tu sais. Tout ça, c'est trop grave pour notre petite ville.

J'ai mis les mains dans mes poches. Je renonçais.

— Achète tes bières au magasin et bois chez toi, c'est mieux.

La porte s'est ouverte. Un type est sorti. Il a remis sa casquette, salué le patron, m'a évité des yeux. Derrière lui, la salle était comble. La table de mon père n'était plus là, ni le portemanteau. On avait déplacé le distributeur de cigarettes. Il occupait maintenant ma place.

— Désolé, Meehan.

Il ne l'était pas. Je ne crois pas qu'il l'était. Il est entré dans son bar. J'ai regardé encore, une dernière fois, le temps que la porte battante se referme dans son dos. Les boiseries sombres, le vieux comptoir, les lampes dorées, les tabourets hauts, les gravures, le plafond noir et rouge, les boxes du fond, le cuivre des tireuses à bière, la chaleur en bouffée et l'écho de ces gens. Je ne suis pas parti tout de suite. J'ai traversé la rue et je me suis adossé en face. J'espérais que la porte s'ouvre.

— Allez, Tyrone Meehan ! Reviens par là ! Une dernière bière en souvenir. Servie en trois fois, et à la table ronde, comme d'habitude ! En respect pour ton père, et en hommage à toi. En mémoire du gamin qui n'osait pas entrer, ni traverser la salle, qui toussait dans

208

la fumée, qui trempait ses lèvres de mousse dans les grands verres tendus, qui écoutait chanter Patraig Meehan, qui venait le chercher dans l'ivresse, et le ramenait dans sa nuit pas à pas. A toi, Tyrone Meehan ! Avant que tous les Timy Gormley de la terre et du ciel ne viennent te faire la peau !

J'ai acheté une bouteille de whiskey. J'ai marché dans leur ville. Je suis allé jusqu'à la tour fortifiée. Il faisait froid. Le givre prenait tout, l'herbe, les ronces, les arbres, les murets de pierre. Un jour, mon père m'avait dit que maman méritait de vivre dans un château. Que c'était à cause de nous, si elle se tuait à la tâche. Nous, ses enfants. C'était le plein été. Une pluie légère et salée. Il m'a emmené à la tour. Il marchait vite, il ne m'attendait pas. Lorsque nous sommes arrivés, il s'est assis sur les rochers, face à la ruine. Et il m'a raconté l'histoire de ce donjon. Une femme vivait là, très belle, avec son mari très heureux. Un comte, un prince, je ne sais plus. Quelqu'un qui avait un travail. Lorsque le premier enfant est venu, les premières pierres sont tombées de la tour. Au deuxième, d'autres encore. Et plus la famille grandissait, plus la tour s'écroulait. Un jour, le prince est parti en colère et la princesse est morte, écrasée par un bloc immense qui s'était détaché du toit.

— Et les enfants ? j'ai demandé.

Mon père s'est relevé. Il est reparti devant, avec ses pas de père.

— Les enfants ? Ils ont été transformés en corbeaux.

Du doigt, il a montré un oiseau noir dans le ciel.

— Tiens, lui c'est Francis.

Je marchais derrière à petits pas peureux. Je pleurais doucement. Je ne voulais pas abîmer notre maison. Je ne voulais pas que papa parte. Je ne voulais pas que maman meure. Je ne voulais pas devenir un corbeau.

J'avais six ans.

16

Sheila a apporté une nappe en papier blanc de Strabane, où elle vit avec une amie depuis que je suis ici. Elle a préparé notre repas de réveillon avant de venir, un grand plat de *bangers and mash* qu'elle terminait sur mon réchaud de camping. Avec les saucisses et la purée, Sheila avait rajouté des oignons confits, des pois écrasés et de fines tranches de pommes jaunes.

Je mettais la table. Nos deux assiettes, et des chopes à thé pour verres. Elle avait laissé une bouteille de vin blanc dehors, contre la façade. Elle serait juste glacée au moment du repas. Elle avait aussi apporté six bières pour moi et du gin pour elle. Je coupais le pain brun. Deux tranches chacun, avec un carré de beurre. Je regardais son dos, courbé sur l'unique brûleur. L'odeur d'huile réchauffait la maison. J'écoutais le silence de ma femme. Ses gestes comme si rien. Quand je croisais ses yeux, elle souriait. Pas son sourire de fille, de mère, de combattante, un sourire très âgé que je ne lui connaissais pas.

Nous n'avions pas parlé. Lorsqu'elle est venue me rejoindre ici, après mon interrogatoire par l'IRA, elle m'a pris dans ses bras en fermant les yeux. Ensuite, elle m'a regardé, ses mains dans les miennes. Elle cherchait quelque chose de changé dans mes yeux. J'ai voulu lui répondre, lui dire que sa présence me faisait du bien. Mais elle a placé doucement sa main sur ma bouche.
— Non, Tyrone. Ne dis rien. Je ne te demande rien, je ne veux rien savoir.
J'ai voulu enlever sa main. Elle s'est rapprochée.
— S'il te plaît, petit homme. Tu vas devoir mentir, alors ne le fais pas.
Et puis elle a déballé son grand sac. Des produits d'urgence. Papier toilette, bougies, cigarettes, pain, quelques conserves. Je lui ai demandé si elle avait apporté le journal. Elle a répondu qu'il ne racontait rien de bon.

J'avais mis deux fourchettes autour de mon assiette et aussi deux couteaux pour Sheila. Elle a souri. Je n'avais jamais été très doué en cuisine. Puis nous nous sommes assis. Elle a dit une prière, trois mots seulement, pour remercier Marie de nous avoir réunis. Chez *Boots*, elle avait acheté une bougie rouge avec une étoile dorée. Elle avait décoré la table avec des épines de pin et du gui de chêne. Nous avons trinqué au vin frais. Ce n'était pas une fête, mais une cérémonie douloureuse. Le bruit gênant de nos couverts, la bataille du feu contre le bois humide, la flamme de la chandelle.

— C'est bon, j'ai murmuré.

Ses yeux m'ont répondu.

Il était 21 heures. Le froid gagnait.

— Je n'attendrai pas minuit, a bâillé Sheila.

Elle était épuisée. Elle s'excusait.

— Moi non plus. J'irai écrire un peu et je viendrai te rejoindre.

— Tu écris à qui ?

— A personne. Des choses qui me passent par la tête.

Son amie de Strabane avait fait un crumble aux pommes. Et avait emballé la moitié pour moi. C'était presque un repas d'homme libre.

En arrivant, Sheila avait été arrêtée par la garda síochána. A sa description, j'ai reconnu Séanna, le vieux flic qui était venu me voir, et le jeune qui ne le quittait pas. Leur voiture était garée plus haut sur la route. Dublin n'avait pas apprécié l'article du *Donegal Sentinel* et la télévision parlait de Killybegs.

— A cause de ce fichu journaliste, toute l'Irlande sait où se cache votre mari.

— Il ne se cache pas, a répondu ma femme.

Quand même. Il fallait que je fasse attention en sortant, en faisant mes courses, en arrivant en ville. Il fallait que je sois prudent le long des deux kilomètres qui séparaient la sortie de Killybegs de mon cottage. Je devais éviter les pubs, les rassemblements, tout ce qui pouvait mettre les habitants en danger.

— Les habitants ? a interrogé Sheila.

— Ce n'est pas notre guerre, a répondu le vieux gardien de la paix. On n'accuse personne, on ne défend personne. On veut juste que les tueurs ne viennent pas se perdre dans le coin.

Je lui ai demandé s'ils avaient été désagréables. Non. Pas du tout. Seulement inquiets des jours à venir.

Elle a prévenu que le mardi suivant, elle reviendrait ici avec un visiteur, un ami, un Français. Les policiers ont répondu que ce n'étaient pas les Français qu'ils craignaient, mais tous les Irlandais du monde.

— Vous pensez que l'IRA peut lui faire des ennuis ? a demandé le jeune flic.

— Non. Ni lui en faire, ni empêcher qu'on lui en fasse, a répondu Sheila.

— Alors il est mal, a murmuré le vieux.

Nous nous sommes levés de table. La vaisselle attendrait l'année prochaine. Sheila a hésité, s'est approchée de moi. Je l'ai prise dans mes bras, mon visage perdu dans ses cheveux gris. C'était l'instant des vœux. Nous sommes restés un instant comme ça, nos ombres dansant sur le mur.

— Bonne chance à nous, a chuchoté ma femme.

— Bonne chance à toi.

Sa chaleur, sa peau d'automne, la fumée de bois dans ses cheveux. J'ai serré ses sanglots contre moi.

Et soudain, sa voix brusque.

— Mon Dieu, Tyrone ! Qu'est-ce que tu nous as fait ?

C'était une souffrance, pas une question. Je l'ai enlacée davantage. J'ai pleuré moi aussi, sans que mon corps en parle. Un chagrin d'orphelin. Sans plus rien, ni la mère, ni le père, ni la maison, ni la terre qui le nourrit, ni le ciel qui le protège. Une épouvante de solitude, le silence à tout jamais. Et le froid pour toujours, tellement de froid. Je me suis dégoûté. Je pleurais sur moi.

— Qu'est-ce que je vais devenir ? a demandé ma femme.

Je lui ai dit qu'il y avait Jack, ses amis, son pays.

— C'était toi, mon pays, petit homme.

Et elle s'est détachée, masquant sa tristesse de la main. Elle s'est couchée, avec mon pull et ses chaussettes, s'est tournée vers le mur pour chercher le sommeil. Nous l'avions perdu tous les deux, ce sommeil. Elle depuis dix jours, moi depuis vingt-cinq ans.

17

Depuis ma sortie de Long Kesh, l'IRA avait décidé de me mettre en retrait. Trop visible, trop connu. L'état-major m'a demandé de me comporter comme un militant politique. Je participais aux manifestations pacifiques. Je prenais place dans les marches, sous les portraits des grévistes de la faim. J'avançais au milieu des foules, ma couronne de fleurs à la main. Pour la commémoration de Pâques, je n'ai pas marché en uniforme noir avec nos soldats mais dans les rangs des familles de prisonniers. Aux yeux de tous, j'étais un ancien des couvertures, un ancien de la grève de l'hygiène. Un ancien combattant.

Un jour que je buvais des bières avec Sheila au Thomas Ashe, un militaire britannique s'est approché de notre table et m'a demandé mon nom. Son officier s'est approché de moi en souriant.

— Laisse tomber. Meehan cotise à la retraite à présent.

Et Sheila a posé sa main sur la mienne.

— Laisse venir les événements, m'avait dit l'agent du MI-5.

Je ne forçais pas. Je ne provoquais rien. Je laissais venir. Je me disais qu'accepter la trahison leur suffirait peut-être. J'étais un agent à leurs yeux. Mais je n'avais pas trahi. Pas encore. Je n'avais rien dit, rien fait, dénoncé personne. Juste cette conversation parisienne qu'ils prenaient pour un pacte. J'ai eu une pensée folle. J'ai espéré que tout s'arrêterait là. Qu'ils ne me demanderaient rien, jamais.

La prison m'avait changé. C'est ce que l'on murmurait dans mon dos. Avant la grève de l'hygiène, je buvais. Je vidais mes bières comme n'importe quel être humain sur cette île. Mais depuis ma sortie, je m'étais mis à boire. Ce n'était pas pareil. Je connaissais quelques camarades comme ça. Ils buvaient en cachette, de plus en plus loin de leur quartier. Ils faisaient commander leur verre de vodka par d'autres, ils envoyaient un jeune au magasin d'alcool et lui proposaient de garder la monnaie. Ils manquaient des rendez-vous, ils oubliaient une consigne. Dès qu'ils devenaient dangereux pour la sécurité, le parti s'en séparait. Alors ils brisaient leur verre, ils promettaient. Ils portaient un pélican doré au revers pour être reconnus comme abstinents. Ils buvaient des sodas avec des regards de noyés. Et ils recommençaient, souvent.

Je souffrais du ventre, des articulations, de la tête. Chaque matin, je boitais avant de pouvoir marcher normalement. Je tremblais. La bière était mon eau, la vodka mon alcool. Je m'étais acheté une fiasque en cuir vert et métal de 11 décilitres. J'avais fait le calcul : 7 cuillères à soupe et 22 cuillères à café.

Deux fois, le patron du Thomas Ashe m'avait discrètement prié de sortir. La troisième, j'ai pris la salle à témoin. Ce salaud expulsait l'ami de Danny Finley. J'ai arraché la nappe qui recouvrait la grande table aux sandwiches. Je l'ai jetée sur mes épaules comme une couverture de prison. J'ai hurlé, au milieu des soucoupes brisées et du pain répandu. Ça ne leur rappelait rien ? Vraiment ? Ils voulaient que je chie par terre pour que la mémoire revienne ? Des gars de l'IRA étaient intervenus. Tout le monde allait se calmer. C'était dans la rue qu'on faisait la guerre, pas dans nos pubs. J'ai quitté le bar. Et je suis revenu le lendemain pour m'excuser.

L'IRA me l'avait conseillé. Walder me l'avait ordonné.

Avant même d'être traître, je devenais encombrant. L'agent du MI-5 s'est demandé si je ne faisais pas cela pour être rejeté par ma communauté. Pour me mettre hors d'usage, inutile. Il m'a rappelé que rien n'avait changé. J'avais tué Danny, Jack était en prison et Sheila toujours fragile. Il fallait que je cesse le tapage. C'était un ordre. Alors je me suis mis à boire moins, et encore moins. Puis à boire comme avant, lorsque j'en avais envie.

Mais je savais que je n'étais plus maître.

*

Bobby Sands est mort le 5 mai 1981, après soixante-six jours de grève de la faim. Agonisant, il venait d'être élu député à Westminster, mais cela n'a pas suffi. Francis Hughes est mort le 12 mai, à vingt-cinq ans et après cinquante-neuf jours de grève de la faim. Pasty O'Hara et Ray McCreesh sont morts ensemble le 21 mai, à vingt-trois et vingt-quatre ans, après soixante et un jours de grève de la faim.

Le 22 juin, lorsque la brigade de Belfast de l'IRA a décidé d'abattre un gardien de Long Kesh, Joe McDonnell, Martin Hurson, Kevin Lynch, Kieran Doherty, Thomas McElwee et Michael Devine s'apprêtaient à mourir.

La ville était tout entière recouverte d'un crêpe de deuil. L'IRA se devait de réagir.

Franck « Mickey » Devlin nous avait rejoints, au premier étage d'une maison de brique, dans le quartier de Divis Flats. A l'intérieur de la petite chambre, nous étions trois, assis à même le sol. Mickey m'a tapé dans le dos, content de me revoir. Il a failli sortir un stylo pour me taquiner, puis il a renoncé. Apercevant le crucifix, il s'est signé. Et puis il a fait un clin d'œil au pape.

En entrant, il avait demandé du thé à notre hôte. La propriétaire a frappé à la porte. Jim O'Leary a ouvert pour prendre le plateau.

— La rue est calme, a-t-elle dit.

Puis elle est repartie sans bruit.

— Du thé, Tyrone ? m'a demandé Jim.

— Du thé, j'ai répondu.

Mickey a sorti des photos de sa chemise. Cinq clichés pris de loin. Il les a alignés sur la moquette comme un jeu de cartes.

Je suis allé tirer les rideaux et allumer la lumière.

Les autres étaient penchés sur les documents.

— Sale gueule, a dit Jim.

— Il s'appelle Ray Gleeson. Il vit près de Cliftonville, dans un quartier mixte.

— Un catho ? a demandé Jim.

— Oui. Il a cinquante-trois ans. Il travaille pour l'administration pénitentiaire depuis 1962 et il est entré au Kesh il y a quatre ans.

Jim m'a tendu une photo.

— Un copain à toi, Tyrone ?

Popeye.

Mon maton. En civil, avec son costume trop grand, sa chemise sans forme, son crâne chauve, sa cigarette au coin des lèvres.

Je suis allé vers la lampe de chevet. J'ai prétexté l'obscurité. Je leur ai tourné le dos. Popeye. Mon cœur battait, ma tête, un tambour d'angoisse que tous devaient entendre.

— Tu connais ?

— Non, j'ai répondu.

Je me suis baissé. J'ai regardé les autres images. Popeye inspectant le dessous de sa voiture par précaution, Popeye marchant dans le centre-ville, Popeye arrêté à un feu rouge.

— Pourquoi lui ? j'ai demandé.

La question m'avait échappé. Une interrogation stupide. J'ai cessé de respirer.

Mickey m'a regardé étrangement. Sans le savoir, il m'a aidé à m'en sortir.

— Pourquoi un catho, tu veux dire ?

— Oui. Pourquoi un catho ?

Jim a eu un geste vague. Il a répondu que son quartier faciliterait le repli.

Le plus jeune d'entre nous a pris la parole. Je le connaissais mal. Il avait un petit air étudiant que je n'aimais pas. Il m'a dit que les grèves de la faim étaient notre priorité et que l'IRA devait répondre sur ce terrain.

Je l'ai regardé. Je souriais froidement.

— Terry ? Terry, c'est ça ? Tu ne serais pas en train de m'expliquer la situation en prison, par hasard ?

Il s'est figé, surpris par mon agressivité.

— Tu penses nous enseigner la tactique militaire ? C'est ça ?

— Calme-toi, Tyrone, a murmuré Mickey.

Il rangeait les photos. Ses yeux sur moi.

— Un gardien est un gardien. On se fout de sa religion.

J'ai hoché la tête. Il fallait que je me calme. Il avait raison.

— Si tes copains te regardent bizarrement, c'est foutu, Meehan. Ça veut dire que tu as trop parlé, ou alors pas assez. Si tu fais la gueule au lieu de rire ou si tu ris au lieu de faire la gueule, ils auront des doutes. Et le doute, c'est mortel, avait prévenu Walder.

Alors j'ai repris mon air de Tyrone, pestant contre le thé tiède.

— Le jeudi, il travaille à 11 heures. C'est tranquille dans son coin. Il fait toujours les mêmes gestes. Il démarre, arrive au carrefour de Clifton, et met sa ceinture en attendant que le feu passe au vert. On peut l'avoir là, a dit Terry.

— Il ne prend pas de précautions, ne change pas d'itinéraire ?

L'étudiant m'a souri.

— A part regarder sous sa voiture, non. Il ne fait rien.

— Vous feriez ça jeudi prochain ? a demandé Jim.

— Le plus tôt serait le mieux, j'ai répondu.

J'avais repris le contrôle de mes émotions. Mickey m'a regardé en hochant la tête. Jim l'a observé en coin. J'ai perçu leur soulagement. Le vieux Tyrone Meehan leur était revenu.

— Qui sera sur le coup ?

— Moi, Terry, trois gars de Divis et une fille à vélo pour récupérer les flingues, m'a répondu Mickey.

— Jim ?

O'Leary a secoué la tête.

— Tu me connais, Tyrone. Je maîtrise mieux la poudre que le pistolet.

— Explique ta présence ici alors ?

J'avais repris le ton du chef.

— Le mode opératoire n'était pas arrêté. On avait d'abord pensé à piéger sa voiture, mais comme il l'inspecte chaque matin...

J'ai coupé Jim, main levée. Je me suis imaginé le flic roux et l'agent du MI-5 témoins de la scène. C'est la première fois que mon imagination les convoquait.

Voix tranchante.

— Mickey ? La prochaine fois, tu règles ça avant. C'est un briefing militaire, pas un débat public.

Mickey a hoché la tête. Bien reçu. Jim s'est levé.

— Moins on en sait..., a-t-il dit en quittant la pièce.

Jim O'Leary était artificier. « Mallory », comme on l'appelait dans le Mouvement. C'était un militaire, pas un politique. Il estimait qu'en toute circonstance, le fusil devait commander au parti. Il était contre les tractations, les négociations, le compromis. « *Brits out !* » Les Britanniques dehors ! Comme mon père, ces deux mots lui tenaient lieu de programme. Il ne rêvait pas de paix irlandaise mais de débâcle anglaise. Les combattre, les mettre en déroute, les humilier et ensuite, seulement, négocier leur défaite.

Mallory était un technicien. Secret, patient, travailleur, il passait des jours et des semaines à mettre au point des explosifs de plus en plus performants. Il travaillait à la commande, piégeait les voitures, les paillassons, les lettres. Une mine, destinée au passage de blindés à la campagne, n'était pas conçue comme une bombe déposée en ville, sur le trajet d'une patrouille à pied. Les bidons de lait qui dormaient sur le bord des routes étaient une menace pour l'ennemi. Les poteaux électriques de Belfast, les compteurs à gaz à hauteur de jambes, le moindre interstice dans un mur. Les Britanniques arrachaient nos drapeaux ? Il en piégeait le mât.

Jim O'Leary se méfiait des explosifs militaires qui venaient de Hongrie ou de Tchécoslovaquie. C'était un paysan. Il préférait le rude de nos campagnes. Un grand sac de désherbant, du sucre, de l'acide, un peu de terre d'Irlande, du savon en paillettes pour infecter les plaies, des boulons, des clous et l'affaire était faite.

Il n'avait pas d'états d'âme. Pas de regrets, jamais. Mais un principe dicté par notre commandement : pas de victimes civiles. L'IRA donnait une demi-heure d'avertissement avant l'explosion d'une bombe. Mais parfois, cela ne suffisait pas. Et il pouvait y avoir des victimes. J'étais avec lui, un jour, dans un pub républicain. Une passante venait d'être tuée en pleine rue par l'un de nos engins. La télévision passait les images en boucle. L'IRA avait averti la police, mais celle-ci n'avait pas évacué la rue.

— Saloperie de Brits ! a meuglé un jeune type, en reposant son verre.

— C'est la bombe qui l'a tuée, pas les Brits, a lancé Mallory.

Le jeune n'était pas du quartier. Il faisait le bruit que font ceux qui veulent s'y faire admettre.

— Sans les Brits, il n'y aurait pas eu de bombe, connard ! a répliqué le jeune.

— Faux. Sans le poseur de bombe, il n'y aurait pas eu de bombe.

— L'IRA n'aime pas qu'on lui chauffe les oreilles ! a encore dit l'inconnu.

Il est descendu de son tabouret. Il voulait que Jim s'explique. Il n'a pas fait dix mètres. Deux gars de chez nous l'ont arrêté. L'un l'a pris par la nuque, l'a fait se rasseoir. Et l'autre lui a parlé à l'oreille, désignant Mallory d'un geste du menton. Jim buvait tranquillement, les yeux dans ceux du jeune homme. Le gamin

225

apprenait qui il avait en face. Il devenait craie, bouche ouverte. Un grand corps sidéré.

Lorsque l'opération était risquée pour les civils, Jim restait jusque après l'explosion. Une fois, il avait annulé une mise à feu à cause d'un mariage. La patrouille et les mariés sont passés à quelques mètres de sa bombe télécommandée, les soldats enveloppés dans le cortège rieur des robes longues et des vestons. Une autre fois, avec une femme de l'IRA, il est retourné chercher sa bombe, au premier étage d'un pub protestant, où devaient se réunir des dirigeants loyalistes. Leur meeting avait été annulé. Il a récupéré le paquet de Semtex, caché dans les toilettes. Et s'est fait arrêter sur le trottoir. Onze ans de prison.

— Tu es un tueur, Jim O'Leary ! a dit le prêtre, le jour de son mariage.

— Occupe-toi de ma messe, je m'occupe de ton pays, avait-il répondu.

Depuis ce jour, en soutien à son homme, Cathy n'avait plus jamais communié.

*

Lorsque Fionna Phelan est montée dans le bus, je l'ai suivie. Elle s'est installée au fond, j'ai pris place à côté d'elle. Elle a été surprise. Le véhicule était presque vide. Elle a serré son sac sur ses genoux. J'ai tendu la main.

— Tyrone Meehan, j'étais avec Aidan en cellule à Long Kesh.

Son visage a changé. Son sang est revenu, son sourire aussi. Elle a pris mes mains comme celles de son fils.

— Tyrone Meehan ? Vous m'avez fait peur, je suis désolée.

Elle m'a regardé mieux.

— Que faites-vous à Strabane ?

Elle voulait que je vienne chez elle, voir son fils, son mari. Elle était émue comme lors d'un rendez-vous galant. Je devais rentrer le soir même à Belfast. Je descendrais au prochain arrêt.

— Ne parlez de moi à personne.

— Même pas à mon mari ?

— Même pas, non. A personne. J'en suis désolé.

Elle était inquiète. L'alarme des femmes d'ici.

— Que se passe-t-il ?

Ses mains dans les miennes.

— Rien. Tout va bien. Je voulais juste savoir si vous aviez bien reçu un message de votre fils, à la fin de l'année dernière.

Elle m'a regardée, étonnée. **Un** message ? Le message ! Le seul et à jamais. Elle a ouvert son sac, son porte-feuille rouge. Avec précaution, elle a sorti le mot de son fils, protégé dans une enveloppe en plastique. Elle a souri tristement.

— Déchirer la Bible, quand même... Ça ne se fait pas.

Comment le mot lui était-il parvenu ? Autour de Noël, un homme a sonné à la grille, elle a regardé par la fenêtre. Il était dehors, un petit objet à la main. Il lui a fait signe, et l'a jeté par-dessus le portail. Alors elle a hurlé.

227

— Mon fils est sorti en courant, mon mari derrière lui. J'ai cru que c'était un loyaliste, une bombe. Le type s'enfuyait dans la rue.

Dans l'herbe, il y avait un petit phoque argenté en porte-clefs, avec une fermeture Éclair sur le ventre. Son fils l'a retourné avec le tisonnier. Puis il s'est baissé, il a pris la peluche et il l'a ouverte.

— Lorsque le papier est tombé dans sa main, il a serré son poing pour le faire disparaître. Et puis il a jeté des regards inquiets dans la rue.

Il avait passé huit ans à la prison de Crumlin. Il a eu un cri de joie en reconnaissant le billet argenté.

— Il a fermé la porte, mis le verrou, la chaîne, tiré les rideaux. Puis il m'a demandé de tendre la main.

— Des nouvelles de notre Aidan, a dit mon fils. Et cet imbécile riait de me voir pleurer.

Et l'homme, celui qui a jeté la peluche, l'avait-elle vu ?

— Oui. Très bien, grâce au réverbère. Il était petit, pas si jeune et chauve. Je me souviens même m'être dit que s'il nous voulait du mal, il se serait caché sous une casquette.

Popeye avait tenu parole.

*

— Meehan ?

— Ne parle pas, Popeye, ne me demande rien. L'IRA va te tuer jeudi.

— Qu'est-ce que tu racontes, Meehan ?

228

Il répétait mon nom comme s'il annonçait un événement stupéfiant.

Je savais qu'il serait là, à la kermesse du club canin des Docks de Belfast. Popeye avait un fox-terrier marron et blanc. L'IRA avait envisagé l'opération ici même. Piéger sa voiture à la Fountain's Tavern, mais la foule était trop dense. Il y avait des femmes, des enfants, des chiens. Abattre Ray Gleeson en route pour la prison, c'était tuer un gardien. L'éliminer ici, c'était assassiner le maître de Taffy. Jim O'Leary avait déclaré forfait.

J'ai répété la menace à Popeye. Il avait été localisé, espionné, suivi, photographié. C'était pour jeudi.

— Je vais être obligé de te dénoncer à la police, Meehan.

Je l'ai regardé. Tout ce qu'il voudrait. Il avait le visage de la femme attaquée par les oiseaux, sur l'affiche d'Hitchcock. Il a posé sa main sur mon bras.

— Pourquoi tu viens me dire ça ?

Je l'ai regardé. Lui, son chien, cette foule du dimanche. Les annonces au micro, la musique de bal, l'odeur de chenil. Je trahissais. Je venais de trahir. Je me suis dégagé. J'ai eu un geste d'impuissance. Pourquoi ? Pour moi. Certainement. Pour me protéger moi. Une dame m'a bousculé, son caniche enrubanné aux couleurs du drapeau britannique. Elle s'est excusée, m'a souri, a salué Popeye. Je n'avais rien à faire ici et c'était pourtant ma place de traître.

J'ai couru jusqu'à l'arrêt de bus. Je paniquais. Ce n'était pas mon quartier. Partout sur les murs, des fresques peintes en hommages aux paramilitaires loyalistes. Les bordures de rues étaient peintes en bleu, blanc, rouge. J'étais chez eux. Dans le sanctuaire de l'ennemi. J'ai redouté de croiser l'un des leurs. Quelqu'un qui aurait gravé mon visage dans sa mémoire de haine. Pire encore, l'un des miens. Une unité de l'IRA en opération.

— Mais ? Ce n'est pas Meehan, là-bas sur le trottoir ?

Etre vu sur ce trottoir était le début de ma fin. Mais Popeye l'avait fait. Il s'était faufilé au cœur du ghetto de Strabane pour apporter la lettre d'Aidan, alors je portais mon message au cœur du sien. Il m'a remercié sans comprendre. J'ai reconnu son regard. C'était celui d'un prisonnier.

*

J'ai été interpellé en douceur le 8 juillet 1981 au matin, dans Castle Street, la rue qui conduit de Falls Road au centre-ville. Devant les chicanes, les barrières et les blocs de béton qui bloquaient la chaussée, les policiers contrôlaient les catholiques. Femmes et enfants à gauche, hommes à droite, plusieurs dizaines de personnes attendaient de lever les mains pour la fouille. Dans leur guérite, des soldats faisaient le point sur la foule, l'œil dans le viseur de leur fusil d'assaut. Ils étaient tendus. Depuis 5 heures du matin, la mort de Joe McDonnell enflammait nos quartiers. C'était le doyen des grévistes de la faim, mort à trente ans, après soixante et un jours de jeûne. Arrivé dans la guérite, j'ai jeté sur la table tout ce que j'avais dans la poche. Le flic m'a demandé mon nom, mon adresse, d'où je venais et où j'allais. La procédure. Son collègue a appelé le central.

— J'épelle : M.E.E.H.A.N. Tyrone, comme le comté.

J'ai été obligé de les suivre. Dans la foule, des jeunes ont crié un slogan pour moi. J'étais seul dans le blindé avec les uniformes. Pas un mot, pas une insulte, pas un coup. Je n'étais même pas entravé. Le véhicule a remonté Falls Road, jusqu'à la caserne de Glen Road, face au cimetière de Milltown.

Dans un bureau, Walder m'attendait. Et aussi le flic roux. Pas de table, juste nos trois chaises.

— Cigarette, Tenor ? a demandé Walder.

— Mon nom, c'est Meehan.

— Meehan, c'est pour le couillon de flic qui t'emmène ici. Mais pour nous, tu es Tenor.

Les deux Britanniques se sont assis. Walder était embarrassé. J'ai croisé le regard du policier, il m'a rassuré d'un clin d'œil.

— Alors voilà, Tenor. Si tu es là, c'est pour un rappel au règlement.

Je regardais la cigarette entre mes doigts.

— Ce que tu as fait pour le maton, c'est courageux. Mais ce n'est pas ce que l'on te demande.

— Tu n'es pas un flic, Tyrone, a continué Dominik. Ce n'est pas à toi de faire régner la loi et l'ordre en Irlande du Nord.

— La Loi et l'Ordre, c'est nous, a ajouté le MI-5.

— J'aurais dû faire quoi ?

Walder s'est éclairé.

— Très bon esprit !

— Le laisser crever ?

— Mais il va crever, ton Popeye !

Je me suis raidi. Je n'avais jamais utilisé ce surnom.

— Et tu sais pourquoi il va crever ton Popeye ? Parce que ceux qui veulent le crever sont toujours là.

Le roux s'est penché vers moi.

— On l'a déménagé avec sa femme. Il est en sécurité. Mais ça va servir à quoi ? L'IRA va en choisir un autre et le buter n'importe quand.

— Si ce n'est pas Popeye, ce sera Gontran ou Olive, a souri Walder.

Il m'a tendu une autre cigarette du bout des doigts, à la manière de Belfast.

— Alors si tes copains remettent ça, tu laisses faire. Tu nous dis simplement qui va être assassiné, quand, où et comment. On s'occupe du reste.

— Le pourquoi ne vous intéresse pas ?

L'agent du MI-5 m'a regardé, poings serrés. Une ombre de mépris.

— Ne joue pas à ça, Meehan.

— Pas d'arrestation ! C'est notre accord.

— Aujourd'hui, ces mecs sont aussi dangereux pour toi que pour nous ! a cogné le flic.

— Je ne vous ai rien dit. Rien donné. Je ne crains rien, moi !

Walder s'est levé. Il m'a pris à deux mains par les revers.

— Tu ne crains rien ? Mais tu es con ou quoi, l'Irlandais ? Tu es un agent britannique, avec un nom de code et un officier traitant. Tu es mort, Meehan !

— Calme-toi Stephen ! Je crois qu'il a compris, a souri le roux.

L'agent m'a lâché. Il a lissé ma veste.

— Désolé Tyrone. On ne compte plus nos heures en ce moment.

— Ce foutu surmenage, a ajouté l'autre.

Ils se sont levés. Walder a mis un bras sur mon épaule. Il a murmuré.

— On veut quelque chose sur l'un de tes gars. Nous pensons qu'il coordonne une évasion de Crumlin depuis l'extérieur.

— Jamais entendu parler.

— Ne réponds pas tout de suite, tu as tout ton temps.

— Ce n'est pas une question de temps. Je ne sais rien.

— Tu y repenseras. On sait que Franck Devlin bricole quelque chose et on veut savoir quoi.

— Mickey ?

Cela m'a échappé. J'étais sidéré. Défaut de vigilance, faute de débutant. Ils m'avaient eu à la fatigue. Je voulais m'arracher la langue à coups de dents. Mes lèvres tremblaient. J'ai joué pour rien.

— Devlin c'est Mickey ? a demandé Walder.

Le flic a frappé sa cuisse du plat de la main. Il rayonnait. L'agent du MI-5 m'a regardé en souriant.

— Popeye, Mickey, vous avez une sacrée culture…

233

— Je ne comprends pas.

Son visage s'est durci. Lèvres de pierre.

— Tu ne comprends pas ? Alors je vais t'expliquer. On sait qu'un certain Mickey était sur Popeye, qu'il a fait des repérages, qu'il a pris des photos. Mais personne n'avait fait le lien entre Devlin et lui.

— Devlin, putain ! Il était sous notre nez ! Sous notre nez, répétait le flic.

— Ne touchez pas à Franck, merde ! J'étais à Crumlin avec lui, c'est un ami…

— Un ami ? Mais quel ami ? Tu as changé d'amis, Meehan. Maintenant, c'est nous tes amis ! a répondu le policier.

Puis il a regardé sa montre.

— Fin de l'entretien.

— Pas d'arrestation, j'ai encore murmuré.

Ce n'était plus un défi, c'était une supplique. Je hurlais dans ma tête. J'avais la bouche sèche et une formidable envie de pisser. J'étais abattu, infiniment triste. Ma raison ne fonctionnait plus. J'ai cherché une phrase, un mot. Je n'ai même pas trouvé le regard pour leur répondre. Lorsque je suis arrivé à la porte de la caserne, le flic a glissé une enveloppe dans ma poche. J'ai sursauté.

— On ne t'achète pas. C'est pour rentrer en taxi, trois fois rien.

— Tes faux frais, si tu veux, a souri le MI-5.

Il m'a tendu la main. Je l'ai ignorée. Je me suis dirigé vers la guérite.

— Au fait, Tyrone ?

234

Je me suis retourné. Le policier s'est avancé, main offerte.

— Je suis désolé pour la mort de Joe McDonnell.

J'étais fragile, la peau à fleur de tout. Dans les escaliers, j'ai senti des larmes anciennes. J'avais mal au ventre. Je claquais des dents. J'avais tellement froid.

Alors j'ai pris sa main. Et aussi celle de l'autre. Et j'ai serré les deux.

*

En rentrant, je suis passé par le Thomas Ashe. J'avais décidé de gaspiller les 30 livres qui étaient dans l'enveloppe. J'ai d'abord bu deux pintes, assis à une table d'après-midi. A part trois regards mornes, le club était vide. La voix de la télé, un match de hurling, le choc creux des boules de billard dans l'autre pièce. Je me suis aussi arrêté au Busy Bee et au Hanlon's Corner. Une petite vodka chaque fois, prise au bar en homme pressé. J'ai offert sans trinquer. J'ai payé deux bières à un ami, une autre à un inconnu. J'espérais que la rumeur enfle.

— Tyrone Meehan a de l'argent plein les poches !

— Tu l'as eu où, ce fric, Meehan ?

— Des billets craquants ? Rien à voir avec les chiffons qu'ils nous filent au guichet du chômage !

Ils m'avaient donné 30 livres. Les 30 deniers de Judas. Ils l'avaient fait exprès, j'en étais sûr. J'avais décidé de me faire prendre. Ou de mourir. Je pouvais me jeter du haut de l'Albert Bridge, dans la rivière Lagan. Je ne sais pas nager. Ou crever en voiture, direction n'importe où, foncer de nuit vers une falaise. Ou alors je pourrais boire, tant et tant que mon cœur renoncerait à se battre.

Je me suis vu, dans le miroir au-dessus du bar. J'avais gardé ma casquette, comme un éleveur de moutons qui fête une vente. Mourir ? Paysan pitoyable. Les pauvres n'ont pas le temps de penser à ça. J'ai regardé mes yeux tombants, ce crin de cheveux gris, ces oreilles, ces rides de labour. J'ai regardé mon col de veste gondolé, ma chemise ouverte, le tweed usé de mes habits. J'ai regardé ma défaite. Penché en avant, j'ai croisé le grand Patraig Meehan. Je l'ai vu, dans le miroir soudain. Et tout ce vide autour, ce silence à son approche, ce respect, cette gêne. J'ai retrouvé le bois, les cuivres, la chaleur, l'obscurité dorée du Mullin's, le pub de mon village. Mon père était là, revenu parmi moi. Il souriait comme un imbécile, levait mon verre à son reflet. Il prenait des poses de sobre. Il titubait. Il faisait peine. Il avait renoncé à sa guerre, à l'Espagne, à la République, à la vie. Il était parti sur nos chemins d'hiver, des cailloux et de la terre en poche. Il voulait mourir en mer, il est mort en bas-côté. Il avait convoqué les mouettes, la police a chassé les corbeaux. Il n'avait plus rien, ni du père ni du combattant. Il n'était qu'un tas de hardes mêlées au givre.

Alors j'ai renoncé à mourir. A vivre aussi. Je serais ailleurs, entre ciel et terre. Je les emmerderais tous ! Les Brits, l'IRA, ces donneurs d'ordres ! Je n'en pouvais plus de cette guerre, de ces héros, de cette communauté étouffante. J'étais fatigué. Fatigué de combattre, de manifester, fatigué de prison, fatigué de clandestinité et de silence, fatigué des prières répétées depuis l'enfance, fatigué de haine, de colère et de peur, fatigué de nos peaux terreuses, de nos chaussures percées, de nos manteaux de pluie mouillés à l'intérieur. Séanna mon frère me hurlait aux oreilles. Je reprenais mot à mot ses slogans désarmés. Qu'est-ce qu'elle avait fait pour moi, la République ? Les beaux, les grands, les vrais, les Tom Williams, les Danny Finley, étaient morts avec notre jeunesse ! Enterrés avec nos livres d'histoire, Connolly, Pearse, tous ces hommes à cravates et cols ronds ! Nous étions des copistes, des pasticheurs de gloire. Nous rejouions sans cesse les chants anciens. Nous étions d'âme, de chair et de briques, face à un acier sans cœur. Nous allions perdre. Nous avions perdu. J'avais perdu. Et je ne ferais pas à l'Irlande l'offrande d'une autre vie.

— Kevin ? Tu me sers la dernière avant de fermer ton foutu rideau de fer ?

Je me suis couché ivre et fiévreux. Au réveil, j'avais décidé de les détourner de Mickey. J'allais leur donner un renseignement. Sans importance, mais un renseignement. Je me débarrasserais d'eux comme ça, peut-être. Et je le sauverais lui. Il fallait que je fasse mon travail de traître. Avant la fin de la journée, j'en aurais franchi la porte. C'était comme prêter serment à la République. Un chemin sans retour. J'y étais engagé et j'allais m'y perdre. Il était trop tard pour les questions et les doutes. Trop tard pour les réponses aussi.

Depuis une semaine, Jack était sorti de l'isolement. Il avait retrouvé ses copains et sa cellule. Un cadeau de maître Walder à Tenor, son traître. Et moi, je l'avais remercié.

— Tu es un chic type, m'avait dit le flic roux en rentrant de Paris.

C'était ça. Un salaud est peut-être un chic type qui a baissé les bras.

*

J'ai donné le 23, Poolbeg Street aux Britanniques. J'ai rencontré Walder au cimetière. Il m'écoutait dos au mur, les yeux sur les tombes. Il avait un bouquet, il m'a demandé de fleurir pour lui la tombe d'Henry Joy McCracken.

Le 23 était une cache occasionnelle. Une presque ruine, qui avait servi à entreposer des armes et de l'argent. Depuis quatre mois, nous l'avions nettoyée. Rue trop fréquentée, maison trop exposée. Des gamins du quartier y entraient par la fenêtre brisée et fumaient en cachette à l'intérieur. Un soir, deux de nos gars sont intervenus au moment où un jeune fouillait dans le conduit de cheminée. Il avait trouvé l'un de nos pistolets et des munitions. Il a laissé tomber son fardeau et il a détalé.

Walder m'observait. Il avait un sourire que je n'aimais pas.

— 23, Poolbeg Street ?

J'ai dit oui. Poolbeg, dans le bas de Falls Road. Il a hoché la tête. Il connaissait. Il m'a pris par le bras. Nous avons marché à travers les tombes, comme de vieux compagnons. Il m'a raconté l'histoire de Damian Bray, un gamin de quinze ans qui fumait du hasch dans ce même quartier. Et qui en revendait aussi, pour se faire de l'argent de poche. Avec deux copains plus âgés, ils se fournissaient à Dublin, ils jouaient à saute-frontière avec leurs barrettes cousues dans leur parka.

— Oh ! Pas grand-chose, tu vois. Cent grammes ici, deux cents grammes là. Ce n'était pas la mafia, mais il pouvait nous être utile.

Il s'est arrêté devant le tombeau de McCracken. Il m'a tendu le bouquet.

— Un jour, on a arrêté Bray. Il a eu tellement peur qu'il a vomi.

J'ai déposé les fleurs, un genou à terre.

— Une famille très honorable, ces Bray. Père à Long Kesh, frère à l'IRA. De vrais républicains, sauf lui. C'était un gamin à écrire sur les murs : « IRA = Flics ». Tu vois le genre ?

Je voyais.

— Alors on lui a mis le marché en main. Sa fumette, on s'en foutait. Son petit trafic aussi, mais s'il voulait sortir libre de l'interrogatoire, il devait nous donner quelque chose en échange. Un peu comme toi, tu vois ?

L'agent du MI-5 avait repris sa marche lente.

— Et tu sais quoi ? Il nous a filé une adresse. Je suis sûr que tu sais laquelle.

Je me suis tu.

— Il y avait cherché un coin pour planquer sa merde et il était tombé sur un flingue. L'IRA l'a surpris. Il s'est sauvé. C'est fou ce que ce genre de mômes vous détestent !

— Tu me dis quoi, là ?

— Je te dis qu'à force de se prendre pour la police dans les quartiers, l'IRA s'est fait de solides ennemis chez

239

les voyous. Avec nous c'est le juge, avec vous, c'est une balle dans le genou. Alors finalement, ils préfèrent encore les Brits.

— Pourquoi tu me racontes tout ça ?

— Pourquoi ? Mais parce qu'après les aveux du petit, on a mis le 23 sous surveillance, Tyrone. On a vu tes gars le vider il y a plusieurs mois. Et depuis, c'est vide. Rien. Un désert.

Il s'est arrêté près de la porte.

— Tu ne serais pas en train de te payer notre tête par hasard ?

— Le 23 n'a jamais été surveillé. C'est faux. Personne n'a été arrêté !

— Arrêter qui ? Les trois Fianna et le pauvre débile qui a fait le ménage ? On veut taper l'IRA, pas vous fabriquer des petits héros à bon compte !

Il a glissé une enveloppe dans ma poche. Je n'ai pas protesté.

— A bientôt, Meehan. Appelle quand tu veux.

Il a fait quelques pas, et puis s'est retourné.

— Au fait, Mickey a parlé. Et tu sais quoi ? Il a filé le nom du prochain maton sur la liste, l'endroit de l'opération, tout.

Il m'observait.

— Et puis… Je suis désolé mais il a aussi donné ton nom. Et celui de ton artificier. Tu sais ? Celui qui n'aurait pas dû être là pendant votre réunion.

La pluie a commencé à laver le ciel. Il a relevé son col.

— En tout cas, tu as eu raison de le mettre dehors. Faire respecter les règles, c'est le boulot du chef.

240

*

Martin Hurson est mort le 13 juillet 1981, à vingt-cinq ans, après quarante-six jours de grève de la faim. Kevin Lynch le 1ᵉʳ août, vingt-cinq ans lui aussi, au soixante et onzième jour. Et Kieran Doherty le lendemain, à vingt-six ans, au soixante-treizième jour de jeûne.

Franck « Mickey » Devlin, lui, a été torturé cinq jours au centre d'interrogatoire de Castlereagh. Privé de sommeil, debout, nu des heures face au mur, bras écartés. Il a été battu, électrocuté, étranglé, brûlé à la cigarette, étouffé avec des linges humides. Entre les interrogatoires il a été jeté, les yeux bandés, dans une pièce insonorisée. Ceux qui ont subi l'isolement sensoriel disent que leurs cris même étaient assourdis. L'Europe avait qualifié ces traitements d'« inhumains et dégradants ». Walder s'en foutait. Pour lui, il fallait que les républicains avouent. Avant qu'un autre coup de feu soit tiré, avant qu'une autre bombe explose, avant qu'un autre Popeye meure quelque part dans la ville.

Est-ce que je comprenais ?

— Imagine : je suis ton prisonnier, Meehan. Ton meilleur ami est entre nos mains. Nos hommes vont le buter. Je sais où et quand. Tu fais quoi de moi ?

Je comprenais.

Le quartier a été bouleversé par l'arrestation de Mickey. Sa femme est venue rendre visite à Sheila. Elles pleuraient. J'ai fait le thé et j'ai quitté la maison.

241

— Emprisonné, c'est mieux que mort, j'ai murmuré à ma femme en rentrant.

Je n'ai pas aimé son regard. Elle cherchait l'alcool en moi. Mais je n'avais pas bu. Juste deux pintes, dans un bar qui n'était pas le mien. Je ne voulais pas affronter l'abattement et la tristesse.

Les Britanniques avaient arrêté Mickey le 3 août, après une punition infligée à un violeur. Le type était un récidiviste, interdit du quartier de Divis Flats depuis des mois. La nuit précédente, il avait importuné une femme qui rentrait chez elle. Il l'avait frappée au visage et avait essayé de la traîner dans les buissons. Il était ivre, titubant. Elle s'était échappée. Elle avait couru au bureau de Sinn Féin pour déposer plainte et donner une description de son agresseur.

L'IRA avait débarqué de nuit chez ses parents. Il était revenu vivre en secret dans leur maison. Il cuvait sa bière, allongé tout habillé sur son lit d'enfant. Nos hommes étaient cagoulés. La mère s'est interposée en hurlant, le père a pris une chaise pour le défendre.

— On ne touche pas aux parents ! avait ordonné Mickey.

Deux de nos gars ont traîné le voyou dans les escaliers. J'étais en retrait dans la rue. Je ne commandais pas l'opération. Je n'aimais pas ces châtiments. Nous étions une armée, pas la police. Notre rôle était de chasser les Britanniques, pas de rosser les délinquants. Mais la population réclamait la sécurité dans nos rues.

Mickey attendait à la porte, avec deux autres. La mère s'est ruée sur lui et lui a soulevé son masque. Il l'a repoussée. Elle est tombée à terre, doigt tendu.

— C'est Franck Devlin ! Je te connais, Franck Devlin !

Elle hurlait.

Des lumières s'étaient allumées un peu partout. Le type a été emmené en voiture sur la petite place qui borde la rue de la victime. Il se défendait. Mickey lui a donné un violent coup de crosse à la tempe. Il a été attaché à un lampadaire, par le cou et le ventre, torse nu. Une femme est arrivée en courant, a tendu la pancarte « violeur » à l'un des nôtres puis est repartie aussi vite. L'IRA lui a mise autour du cou. Son torse a été barbouillé de goudron froid. Il était inconscient, tête en arrière. Il y avait des ombres aux fenêtres, des fantômes de trottoir, des silhouettes sur le pas des portes entrouvertes.

— Notre pays est en guerre ! a hurlé Mickey pour être entendu de la rue.

Un *óglach* a actionné la culasse de son pistolet. Claquement du métal dans le silence. Au premier étage d'une maison, un homme s'est bouché les oreilles.

— Nous ne tolérerons aucune attaque contre notre communauté. Ni aucune violence contre les femmes qui la composent !

Le soldat a tiré deux fois. Pas dans les genoux, dans les cuisses. Nous avions décidé que ce condamné remarcherait. Il a poussé un long cri. Sa tête est retombée.

— IRA ! IRA ! a scandé une voix lointaine.

243

Une combattante a ramassé les douilles brûlantes avec ses gants et nous nous sommes repliés.

Les parents de la victime étaient détestés par la communauté. Le facteur les oubliait, leur bouteille de lait était fracassée au matin contre leur porte. Les bars refusaient de servir le père, les joueuses de bingo laissaient la mère seule à sa table. Ils étaient la mauvaise famille de la rue. Ils n'avaient plus rien à perdre. Alors ils ont déposé plainte à la police royale. Et ils ont donné Mickey.

La ville avait son air de corbeau désolé. Le ciel, les regards, tout empestait le triste. Triste pour Mickey, pour sa femme. Et j'étais triste aussi. Pour la première fois, je ressentais avec dégoût le savoir-faire des Britanniques. Partout dans les conversations, dans les regards, dans les silences, revenait l'horreur de la torture. Mais aussi, quand même et malgré tout, le fait que Mickey n'avait pas tenu bon. Il avait parlé. Les Britanniques l'avaient fait savoir. Leur presse s'en était délectée. Walder me protégeait. Le flic me protégeait. Ils avaient détourné le soupçon. Franck Devlin avait été arrêté un mois après que j'ai prononcé son nom. Une éternité. Je n'avais pas trahi. J'étais épuisé. Je m'offrais un répit. Une dernière illusion d'innocence.

*

Dans la troisième enveloppe, reçue le 5 août, il y avait 350 livres et deux billets d'avion pour Paris. Une avance, pour payer mon premier voyage. Je devais rencontrer « Honoré » à l'embarcadère des bateaux-mouches. Je ne l'avais vu qu'une fois, lors de mon premier séjour en France, avec Sheila et le faux couple de flics. C'était un pur Anglais. Pas même un protestant bourru de chez nous. Il m'a regardé comme on regarde un traître. Il ne m'a pas serré la main. Il est resté le temps d'une bière, le regard sur mon triangle rose. Il n'a pas été plus cordial avec l'agent du MI-5 et le flic. Il était jeune, trente-cinq ans à peine. Il ne connaissait de Belfast que le survol de la ville en hélicoptère. Il m'observait. Il m'étudiait. Il m'a dit que seul Sinn Féin l'intéressait, pas l'IRA. Notre parti, pas notre armée. Du menton, il a désigné les deux autres en disant que les bombes, c'étaient eux.

— Je ne connais pas grand-chose à la politique, j'ai répondu.

— Tu sais qui pense quoi dans ton mouvement. Quel dirigeant est en perte de vitesse ou en train de prendre le pouvoir. Tu sais ça, Tenor ?

J'ai haussé les épaules. Oui, bien sûr. Ça, je savais.

— Parce que moi tu vois, ça m'intéresse. Et comme j'ai un peu de mal à venir à vos réunions…

Puis il a quitté la table, nous saluant avec son journal roulé sur la tempe.

Je ne l'aimais pas. Il entrait dans mon histoire par effraction. Le flic et le MI-5 me rassuraient presque. Nous avions désormais une histoire commune. Ils savaient mes façons, je connaissais leurs manières. Nous

nous étions tout dit. Il n'y avait pas de compréhension entre nous, mais pas de haine non plus. Un jour, le flic m'a dit qu'il combattrait mes idées jusqu'à la mort, mais qu'il les respectait. En me donnant mes billets pour Paris, Walder a avoué qu'il aurait aimé me rencontrer ailleurs et dans une autre époque. Ils mentaient ? L'un et l'autre ? Probablement. Ces mots étaient peut-être destinés à m'assoupir, peut-être tirés de leur manuel d'agent traitant. Je m'en foutais. J'étais prisonnier, condamné au mensonge à perpétuité et ces deux gardiens n'ajoutaient pas l'humiliation à mon isolement.

Honoré n'était pas de cette histoire, pas même de cet ennemi-là. C'était un chapardeur de moutons qui profite de la barrière ouverte. Il allait passer après les autres, me presser comme un fruit. Lui avait la pâleur du fonctionnaire d'ambassade. Il avait de l'encre sur les mains, pas du sang. Je l'imaginais sous sa lampe de bureau, dessinant des organigrammes, bouche entrouverte et langue tirée. Pour lui, notre pays était un graphique, notre combat une statistique. Nous n'étions pas des femmes et des hommes mais des rats de laboratoire. Le flic nous tenait dans son viseur de fusil, lui nous observait au microscope. Il m'appelait Tenor. J'ai espéré qu'il ne sache rien de moi, de Danny, de l'existence de Jack et de Sheila. Que je reste anonyme. Un synonyme de traître. Un nom de code.

Il allait sûrement me faire détester Paris.

18

Killybegs, mardi 2 janvier 2007

— Ça suffit ? a demandé Antoine.

— Ça ne suffit jamais, j'ai répondu.

Le petit Français était encombré de bois. Il portait les branches humides comme un garçon de la ville. Il avait neigé dans la nuit, mais le matin nous avait apporté le givre. Je l'ai regardé un instant, courbé sur un tronc, comme s'il avait peur d'abîmer ses habits. Je retournais une vieille souche, il a levé la tête et nos regards se sont croisés.

Tout à l'heure, lorsque Sheila l'avait déposé devant la maison, il a observé le grand sapin, la maison de mon père, le ciel de mon pays, mais il a évité mes yeux et je n'ai pas cherché les siens. J'ai fermé la porte à clef, je lui ai tourné le dos en marchant vers la forêt, ma hache sur l'épaule.

— On cherche du bois pour la cheminée.

Et il m'a suivi.

Je redoutais ce regard. Et il m'intéressait aussi.

Je n'avais pas revu Antoine depuis le 10 juillet 2006. Je l'avais emmené à Long Kesh. Depuis le processus de paix, le camp était désert. Comme Jack, les derniers prisonniers de guerre avaient été libérés six ans plus tôt. Restaient les bâtiments, les miradors, les murs barbelés et puis nos traces à tous.

A la sortie de la cellule n° 8, où était mort Bobby Sands, le petit Français avait été bouleversé. Je l'avais pris par les épaules et je l'avais appelé « fils ». Trente ans plus tôt, je lui avais donné ce petit nom. Un jour qu'il chantait l'alcool, il m'avait dit que j'étais son père d'Irlande. Mais cette fois, ce mot avait un autre sens.

— Je t'aime, je lui ai dit devant la porte de la prison.

Il m'a regardé. Il a voulu me répondre. Murmurer un mot qui abîme le silence.

— Je t'aime, j'ai répété.

Alors il s'est tu.

Ma trahison touchait à sa fin. Une question de mois, ou de semaines. Après plus de vingt ans, je n'étais plus utile à l'ennemi. Il allait me lâcher, me vendre. Le regard d'Antoine a été l'un des plus beaux jamais portés sur moi, et aussi l'un des derniers.

Lorsque le petit Français me regardait, je m'aimais. Je m'aimais dans ce qu'il croyait de moi, dans ce qu'il disait de moi, dans ce qu'il espérait. Je m'aimais, lorsqu'il marchait à mes côtés comme l'aide de camp d'un général. Lorsqu'il prenait soin de moi. Qu'il me protégeait de son innocence. Je m'aimais, dans ses attentions, dans la fierté qu'il me portait. Je m'aimais, dans cette dignité qu'il me prêtait, dans ce courage, dans cet honneur. J'aimais de lui tout ce que son cœur disait de moi. Lorsque Antoine me regardait, il voyait le Fianna triomphant, le compagnon de Tom Willams, le rebelle de Crumlin, l'insoumis de Long Kesh. Lorsqu'il me regardait, Danny Finley était vivant.

Mais ce jour-là, à Killybegs, le regard d'Antoine s'était éteint. Lui avec ses branchages, moi avec ma souche. Il ne me voyait plus. Il cherchait le traître. Je lui ai souri. Je ne sais pas pourquoi. J'ai fait le feu. Une fumée blanche refoulée par le vent.

— Tu peux t'asseoir, j'ai dit.

Il a pris place à la table de mon père, mains serrées entre ses cuisses. J'ai enlevé ma casquette molle et l'ai fourrée dans la poche de mon pantalon.

— Si le Français le veut, il est le bienvenu.

Le père Byrne avait passé le message et Antoine était là, encombré de silence.

— Tu veux savoir quoi ? Je t'écoute, fils.

Je lui tournais le dos, penché sur le bois mauvais.

— Rien.

Un tremblant de voix.

Je lui ai servi son thé. Il regardait le mur, je regardais le sol. Nos yeux n'étaient plus faits l'un pour l'autre.

— Tu veux savoir si des républicains sont morts par ma faute ?

— Non !

Il a crié, main levée. Il a heurté sa tasse. Elle s'est renversée. Le thé brûlant sur ses cuisses. Pas un cri, rien. Il a reculé sa chaise.

— Tu ne veux pas savoir ?

Il observait le liquide qui gouttait sur la terre battue.

— Tu ne veux pas ?

— Je ne sais pas.

Il ne savait pas. Il n'était pas en colère, pas triste. Il était perdu. Un enfant au fond de mon bois. A Belfast, l'IRA l'avait prévenu. S'il cherchait à me rencontrer, il serait banni. On tourne le dos au traître, on ne lui parle pas. On ne traverse pas le pays pour scruter son regard. On ne lui demande rien. Il est malade, le traître. Ceux qui le frôlent sont infectés. Le voir, c'est le comprendre. L'écouter, c'est trahir à son tour.

— Tu sais que tu ne pourras plus revenir en Irlande ?

J'étais debout, adossé au mur. Il a hoché la tête. Oui bien sûr, il savait.

Depuis que je lui avais acheté une casquette pareille à la mienne, vingt ans plus tôt, je l'avais toujours vu avec. C'était son déguisement d'Irlandais. A Belfast, il pensait qu'elle le faisait des nôtres. A Paris, il s'en servait pour se croire exilé. Une casquette paysanne, que personne ne portait plus, à part le vieux Tyrone Meehan et quelques anciens de carte postale. Avec ma casquette, Antoine était devenu Tony. Mais cette fois, c'est Antoine tête nue qui était venu me voir. Sans plus rien de nous deux.

Le feu ne prenait pas. La fumée brouillait nos regards.

— Et notre amitié ? a demandé le Français.

Antoine me fixait enfin.

— Quoi, notre amitié ?

Il a baissé la tête et je m'en suis voulu. Répondre à une question par une question, la tactique des hommes sans réponse.

Il est revenu.

— Elle était vraie, notre amitié ?

C'était donc ça.

Un instant, j'ai cru que le petit Français venait ici pour moi. Pour m'injurier ou pour me plaindre. Pour me dire tout le mal que j'avais fait. Pour hurler la déception, la colère, la honte. Mais il venait pour lui.

— Je ne comprends pas ta question, Antoine.

Je suis retourné à la cheminée.

— Tu me demandes si je suis ton ami ?

Il a hoché la tête.

— C'est pour ça que tu as fait tout ce chemin ?

Même mouvement timide.

J'ai remis ma casquette. Son image d'Irlandais.

— Regarde-moi, et dis-moi ce que tu crois.

Il a secoué la tête.

— Je ne sais plus.

— Tu ne sais pas grand-chose, hein ?

Il était déçu. J'étais meurtri. Je ne sais pas lequel était le plus blessé des deux.

J'aurais pu lui répondre.

Lui rappeler qu'un jour, à Paris, il m'avait croisé dans le métro. C'était une heure de pointe, le wagon était plein. J'allais retrouver Honoré le bureaucrate dans un café de Saint-Michel. A la station Opéra, j'ai vu monter le petit Français. Sa casquette, son badge IRA, ses breloques attendrissantes. J'ai été stupéfait. Paris, plus de deux millions d'habitants et je tombais sur le seul que je ne devais pas rencontrer. Dieu, le hasard, ma mauvaise conscience ou sa naïveté nous ont fait prendre ce jour-là et à cette heure, non seulement le métro, mais la même ligne, la même direction et le même wagon. J'étais assis dans un carré de quatre. Il était debout, face à moi, agrippé à la barre avec un regard de défi. A Belfast, je l'aurais interpellé.

— Antoine ? Tu es en opération ou quoi ? Regarde-toi petit Français, on dirait que tu montes à l'assaut ! Desserre les mâchoires ! Respire un grand coup !

Je me suis tassé sur le siège. Une dame en face de moi, un liseur de journal, une mère avec un enfant sur les genoux. J'étais contre la vitre. J'ai regardé dehors, le tunnel à n'en plus finir. Lui, observait les gens. J'ai croisé son regard dans le reflet. Il a ouvert les yeux, la bouche. Il s'est raidi. Il était stupéfait. C'était lui qui m'accueillait à Paris, toujours. Lui qui m'hébergeait, me nourrissait, m'aidait à ne pas me perdre. J'étais sa résistance irlandaise. A travers moi, il luttait. Il avait la casquette, les badges, mais aussi le frisson du clandestin. Une fois, il m'a demandé ce que je venais faire à Paris. J'ai souri.

— Tu bosses pour les Brits ou quoi ?

Il a rougi. S'est excusé. Plus jamais il ne poserait de questions stupides.

Il venait me chercher à l'aéroport et m'y reconduisait. Il n'avait pas le permis de conduire, je payais le taxi.

— C'est l'IRA qui offre, je lui disais.

Je prenais la note et il était tout fier.

Ce mercredi-là, je n'avais rien à faire sans lui dans ce métro, avec le petit sac de voyage qu'il m'avait offert. Il s'est avancé vers moi, jouant poliment des coudes. Je me suis retourné. J'ai eu un regard brutal, l'index sur la bouche, ces gestes soudains qui ordonnent le silence. Il s'est figé au milieu du wagon. J'ai esquissé un sourire blanc. Je le rassurais. Il s'est détendu. Il a eu un geste de la tête, une approbation silencieuse.

— Compris, Tyrone !

J'étais en opération, en mission périlleuse. Il n'aurait pas dû connaître ma présence. L'IRA le protégeait. Et moi cette fois, je l'épargnais. Il a eu son petit sourire. Son sourire de fils. Celui qui m'a toujours serré le cœur. Le sourire de celui qui comprend sans mot, qui admet sans question. Mon petit Français, mon compagnon de silence.

Le temps d'une station, il a repris la pose, casquette sur les yeux. Il ne combattait plus, il veillait. De soldat, il était devenu sentinelle. Je me suis levé. Il a jeté un long regard sur la foule. Il s'est senti d'un autre monde, d'une autre histoire, d'un secret. Il était en guerre, ils étaient en paix. Et son chef était là, protégé par leur insouciance. Quelle fierté.

Je suis descendu sur le quai. Il surveillait. Ses yeux murmuraient que tout était calme, sans danger. Que personne ne m'avait suivi. Lorsque le métro est reparti, il a eu un signe de tête. Un mouvement de rien, signe entre lui et moi. Et je l'ai vu dans son wagon bondé, sa casquette sur la tête, son sourire aux lèvres, tellement certain qu'il avait protégé notre République.

Ce regard échangé, j'en ai rêvé longtemps. Je ne l'ai même pas avoué à Walder ou à Honoré. Quelques semaines plus tard, à Belfast, j'ai pris Antoine à part. Il ne devait révéler ma présence en France à personne. Jamais. Pas même à nos amis dans le Mouvement. C'était la règle lorsqu'il m'hébergeait, c'était plus important cette fois encore. Et lui, comprenait. Bien sûr, évidemment, il comprenait. Il écoutait Tyrone Meehan comme on se fige aux premières notes de l'hymne national. Il ne cherchait pas à comprendre ma guerre, il vivait la sienne.

J'aurais pu lui dire tout cela. Je lui devais une part de vérité. Je lui devais un autre regard, le vrai, celui de l'homme sali. Celui du déloyal, de l'infidèle. Je voulais qu'il affronte ces yeux-là. Qu'il les connaisse. Et qu'il sache aussi l'homme fragile et traqué. L'inviter à mon chevet était une façon de lui offrir ce qui restait de moi.

— Tu sais que je vais mourir, fils ?

Son silence m'a répondu non.

— Mon Dieu ! Tu ne sais vraiment rien de ce pays…

J'ai quitté le mur de chaux.

Sheila venait de klaxonner. Elle ne voulait pas entrer. Elle était contre cette visite. Elle ne comprenait pas pourquoi j'acceptais la présence d'un étranger.

Antoine s'est levé. Il avait froid, lèvres grises. Je suis allé à la porte, je l'ai ouverte pour lui. Je retenais mes gestes. Je savais qu'ils seraient nos derniers.

— Tu ne m'as pas répondu, a murmuré Antoine.

J'étais glacé, corps tombeau. J'ai eu mal. Une douleur vive, un couteau planté de la gorge au cœur. Et j'ai ouvert mes bras. A lui, à Jack qui me manquait.

Il s'y est réfugié sans un mot. Ma veste humide, mon vieux pull de laine, mon écharpe d'hiver, son manteau glacé. J'ai senti la pauvreté des couvertures de Long Kesh. Ce mélange d'écœurant, d'aigre, d'homme et de chien. Nous sommes restés comme ça.

J'aurais pu lui répondre.

Il était pour moi à la fois l'étranger et mon peuple. Celui qui m'avait vu et celui qui ne me verrait plus jamais. Il était le petit Français et toute cette Irlande qu'il suivait pas à pas. Il était un peu de Belfast, un peu de Killybegs, un peu de nos vieux prisonniers, de nos marches, de nos colères. Il était le regard de Mickey, le sourire de Jim. Il était de nos victoires et de nos défaites. Il avait tant et tant aimé cette terre qu'il en était.

Etait-ce l'amitié ? Je n'avais pas de réponse. Avais-je trahi cet amour-là ? Bien sûr, je l'avais trahi. Je m'étais dissimulé derrière Antoine, derrière son courage et ses certitudes. Je ne pouvais en avoir ni remords, ni regrets. Il était trop tard aussi pour le pardon ou l'éclat de conscience. Le traître et le trahi, enlacés l'un pour l'autre. Oui, l'homme du métro parisien s'était servi de lui. Et alors ? Et qu'est-ce que cela changeait à cette étreinte funèbre ?

Il avait son manteau de ville, ses pantalons trop courts, ses gants de laine noire. J'avais le dos voûté, les cheveux en désordre, ma casquette molle, le pantalon froissé passé dans mes bottes terreuses. Je l'ai repoussé légèrement. Il m'a offert un regard dont je n'ai pas voulu.

Je lui ai tourné le dos, ai levé une main d'adieu.

Ils pouvaient venir et la mort me prendre. Peu m'importait.

19

J'ai rencontré Antoine au Thomas Ashe, en avril 1977. Il a prétendu que je lui avais appris à pisser ce soir-là, mais je n'en ai aucun souvenir. Je l'avais vu de loin, au fond de la salle, assis avec Jim O'Leary, notre artificier, et Cathy, sa femme. Avec deux sympathisants basques perdus dans la foule, il était le seul à porter un tee-shirt républicain. L'IRA c'était tout le monde, ici. Sauf ceux qui portaient les insignes à sa gloire.

D'abord, je l'ai pris pour un Américain, de ceux qui tremblent de toutes leurs racines irlandaises, qui pleurent en posant le pied sur notre sol pour la première fois, qui courent s'acheter un pull blanc de laine torsadée et une casquette de tweed. De ceux qui aiment tout de l'Irlande, de sa boue à sa pluie, de sa pauvreté à sa tristesse. De ceux qui veulent se rendre utiles, qui demandent un fusil, mais qui hésitent quand même à nous donner leur passeport avant de le déclarer perdu au consulat américain.

Et puis j'ai regardé ses lèvres, leur mobilité extrême, cette façon particulière qu'ont les Français de mâcher largement leurs mots. Il parlait bouche ouverte, comme les gens sans secrets.

Je l'ai revu le lendemain, pour la marche de Pâques. Je faisais aligner les Fianna dans la rue lorsque j'ai croisé son regard. Il pleurait. Il regardait la foule, nos femmes, nos enfants et nos hommes en pleurant. Pas comme pleure un enfant ou un être blessé, mais silencieusement, profitant de la pluie pour déguiser ses larmes. Lorsque les anciens prisonniers se sont rangés sur trois rangs par centaines, et les veuves porteuses de couronnes, et leurs enfants habillés en dimanche, il s'est retourné face au mur. Le petit Français n'était pas comme les autres visiteurs. Il n'observait pas notre souffrance, il la partageait.

Il faisait froid. Nous nous sommes mis en route, et il nous a suivis. Un parent dans notre sillage. Un peu plus tôt, je l'avais appelé « fils » pour la première fois. Je l'avais placé au coin de Divis, en lui promettant une surprise. C'était l'IRA, ma surprise. Plusieurs dizaines de combattants en uniforme de parade, avec bérets noirs et baudriers blancs. J'ai regardé mes hommes avec ses yeux. J'en ai eu le frisson. Il était arrivé la veille, et il se retrouvait plongé dans la guerre. Les hélicoptères, les blindés, nos drapeaux, nos fifres, nos tambours. Que voyait-il ? Des soldats de l'ombre, des enfants sans pères, des femmes sans plus rien. Tristes et las, nous étions une humanité sombre. Avec la pauvreté, la dignité, la mort, ces compagnes de silence. Comme lui, j'ai effleuré les manteaux fatigués, les chaussures boueuses. Comme lui, les cheveux de pluie, les visages harassés. J'ai croisé mon ombre maussade dans un reflet de vitre. Je ne pouvais rien renier de ce peuple. Il était fait de moi, j'étais pétri de lui. Et Antoine restait bouche ouverte. J'étais ému, et j'étais fier aussi. Mon pays lui offrait ce cadeau.

Ce dimanche d'avril a été la première et la dernière fois que j'ai vu Antoine pleurer. Bien plus tard, des années après, je lui ai demandé pourquoi. Il m'a simplement répondu que les larmes avaient été sa façon de nous applaudir.

*

En sortant de Long Kesh, j'ai appris qu'Antoine avait été utilisé par l'IRA. Révolté par mon arrestation, par mon procès, par ma condamnation, écœuré par les grèves de l'hygiène, il avait supplié Jim O'Leary de lui trouver une tâche, un rôle, un petit rien qui pourrait nous aider.

La guerre d'Irlande est l'affaire des Irlandais. Je me suis toujours méfié des étrangers qui voulaient se battre à nos côtés. Expliquer la situation dans leur propre pays, organiser des meetings, tenir des conférences de presse, rassembler des manifestations ? Oui, bien sûr, mille fois. Mais je n'ai jamais envisagé de leur confier une seule de nos cartouches.

— Nous crevons de cela, me disait Jim. Connolly nous a enseigné l'internationalisme, pas le culte des frontières !

259

— L'IRA n'est pas une armée de mercenaires ! je lui répondais.

Il éclatait de rire.

— Mercenaires, Tyrone ? Mais quels mercenaires ? Quand ton père voulait se battre pour la République espagnole, c'était un mercenaire ?

Il m'énervait. Il avait raison, tort, cela dépendait de mon humeur. Je ne voulais pas qu'un étranger meure dans notre guerre, ou soit fait prisonnier. C'était tout. J'imaginais la propagande britannique, la presse, les unionistes. L'IRA ? Un ramassis de Français, d'Américains ou d'Allemands en mal de révolution. L'IRA ? La nouvelle attraction des gauchistes occidentaux. Réveillez-vous, Irlandais ! Voyez qui se bat sur votre sol en votre nom !

Jim se moquait de moi. Il me trouvait nationaliste étroit. Un jour, il m'a demandé si j'étais seulement sorti d'Irlande. Si j'avais traversé la mer. Si j'avais entendu une seule langue étrangère dans ma vie, si j'avais croisé un seul regard d'ailleurs. Si j'avais la moindre idée de ce qu'était Rome ou Bruxelles. Si j'avais seulement tourné au coin de ma rue. Il touchait juste. Je n'avais pas encore trahi Belfast pour Paris. Nous étions au Thomas Ashe, nous commandions les bières pour nos tables. C'était avant que le mouchard ne me dénonce. Antoine était là, qui nous écoutait sans parler. Ils se sont jeté un bref regard amusé. Je me suis dit que ces deux-là étaient en train de préparer un mauvais coup. Et j'avais raison.

Le petit Français a profité de mes treize mois sous les couvertures pour me défier. Jim lui a fait discrètement rencontrer un officier des affaires internationales.

Antoine était luthier, parisien, probablement inconnu des services britanniques. Bien sûr, il arpentait nos rues et buvait dans nos clubs, mais comme tant et tant d'autres. Il jouait du violon, c'était son arme à lui. Pour la police, il devait être un idéaliste en mal d'harmonies.

Jim s'est renseigné. Antoine vivait dans une rue tranquille, qui donnait sur le boulevard des Batignolles, le quartier des luthiers. Il avait une chambre de service inoccupée. Il lui a donné la clef, avec un porte-clefs en ancre de marine. C'est devenu une cache, avec une cour intérieure et un simple muret pour rejoindre l'immeuble voisin. Trois stations de métro à égale distance, Rome, Liège, Europe. Une situation idéale et paisible. Plusieurs des nôtres se sont succédé sous ce toit de Paris. John McAnulty, Mary Devaney et Paddy Best. Aucun d'eux n'a jamais rencontré Antoine.

Il a aussi transporté de l'argent, pour une unité de passage. Et de l'argent encore, pour des combattants en route pour la Hongrie. Deux fois, il a loué des voitures avec de faux papiers français. Il a caché des gilets pare-balles dans son atelier. Il a servi de traducteur. Il a accompagné un officier de l'IRA en train de nuit, de Paris à Bilbao. Il ne posait aucune question. Il avait nos raisons pour conscience et notre souffrance pour certitude.

Lorsque j'ai appris qu'Antoine avait aidé l'IRA, je suis allé voir Jim. L'échange a été vif et bref. J'étais son chef. J'ai exigé les noms, les lieux, les dates, les faits. Le Français devait être laissé en dehors de tout ça.

Le samedi suivant, j'ai conduit le petit Français dans une pièce du Thomas Ashe, un coin à nous, derrière le bar. Un homme a gardé la porte. Antoine s'est assis. Je suis resté debout. J'ai jeté sa clef sur la table. L'ancre de marine.

— C'est quoi, ça ?

Il m'a regardé, stupéfait

— Les clefs de chez moi.

— Tu les as confiées à qui ?

Il a baissé les yeux.

— A qui, fils ?

Il a secoué la tête. Il ne connaissait pas leurs noms.

Je me suis penché sur la table. Je chuchotais. Les clameurs de la salle nous venaient par vagues. Sur scène, le groupe jouait *Oh ! Danny Boy.*

— Tu n'es pas irlandais, Antoine.

Je lui ai dit cela doucement, comme on annonce une mauvaise nouvelle.

— Tu serais quoi si tu n'étais pas irlandais, avait demandé le patron du Mullin's.

— Je serais honteux, lui avait répondu mon père.

Je me suis adossé au mur, en lui disant qu'il était Antoine le luthier, pas Tom Williams, pas Danny Finley. Il était un ami de l'Irlande, un camarade, un frère, mais aussi un passant. Pas d'ancêtre mort pendant la Grande Famine, de grand-père pendu par les Anglais, de frère tombé en service actif ou de sœur emprisonnée. Je lui ai dit qu'en se faisant plaisir, il mettait des gens en danger. Plaisir ? Il a protesté d'un geste.

— On ne joue pas à la guerre, on la fait, fils.

Je lui ai dit qu'il ne pouvait prétendre à notre colère.

Et puis je me suis assis face à lui. J'ai posé ma main sur la table, paume en l'air. Je lui ai demandé de poser la sienne à côté. Ma main de paysan. Sa main de musicien. Peau de Tyrone, peau d'Antoine. L'une épuisée de brique, l'autre polie par le bois. Le cuir et la soie.

— Promets-moi de laisser tomber tout ça.

Il m'a regardé.

— Promets-moi, j'ai répété.

Je lui ai dit qu'il resterait notre petit Français, notre luthier. Il nous parlerait de l'érable, de l'ébène, du buis, du palissandre. Il poserait entre nos bières un cylindre de bois clair, en jurant sur sa vie que c'est l'âme d'un violon. Il jouerait pour nous des gigues d'ivresse, l'hymne national, une lamentation en bord de tombe pour pleurer l'un des nôtres. Il serait notre reflet et notre différence.

— Je te promets.

Il avait entendu.

Alors je me suis penché sur la table et j'ai pris son visage entre mes mains.

— Petit soldat de rien du tout.

*

Thomas McElwee est mort le 8 août 1981, à vingt-quatre ans, après soixante-deux jours de grève de la faim. Micky Devine, le 20 août, après soixante jours de jeûne. Il avait vingt-sept ans.

C'est alors que la famille d'un gréviste a demandé que cesse le martyre. Père, mère, au chevet de douleur, réchauffant de leurs mains les mains de leur gisant. Leur fils était tombé dans le coma. Ils ont donné l'autorisation de le nourrir. Puis une autre mère a cédé. Et une autre. Et une autre. Et huit mères encore, qui ont renoncé à perdre leur enfant.

La grève de la faim a officiellement cessé le 3 octobre 1981 à 15 h 30. Une centaine de volontaires attendaient de rejoindre la protestation. Certains, en secret, avaient remonté leur nom sur la liste pour commencer plus vite.

Quelques jours plus tard, les détenus ont eu l'autorisation de porter des vêtements civils, mais pas de se revendiquer prisonniers politiques.

Margaret Thatcher n'a jamais cédé.

Antoine avait suivi ce martyre pas à pas. Il enrageait de son impuissance. Il observait notre désarroi comme un témoin maintenu à distance.

— Tu ne crois pas que le Français pourrait t'être utile ?

J'ai hésité, regardé Walder.

— Quel Français ?

L'agent britannique a eu un geste de pitié.

— Ah non ! Tenor. Pas de ça entre nous, tout de même.

J'ai gardé le silence. Je ne savais pas ce qu'il savait.

— Antoine Chalons, ça ne te dit rien ?

Nous marchions dans la rue, protégés par un grand parapluie.

— Personne ne lui veut du mal, à ton Antoine.

Il m'a regardé en souriant.

— Au contraire même, Meehan. Au contraire.

J'avais les mains dans les poches. Je serrais ma cuisse gauche à hurler, entre mon pouce et mon index.

— Tu as bien fait de lui conseiller d'arrêter ses conneries, mais cela ne nous arrange pas du tout.

Je l'ai regardé.

— Il n'a rien à voir avec tout ça.

Walder s'est arrêté net. J'ai levé les yeux.

— Rien ? Il cache des terroristes, il trimbale du fric et tu appelles ça rien ?

— Tu bluffes ! Tu n'as aucune preuve !

— La police française a tout ce qu'il lui faut. Son atelier est sous surveillance, et moi je te propose qu'on le mette sous protection.

Il avait repris sa marche. J'ai lancé une question idiote.

— Tu veux quoi ?

Walder a allumé une cigarette en observant la rue.

— Les Français le surveillent. Et nous, on va les rassurer. On va leur dire que nous avons besoin de ce type. Qu'il ne faut pas nous l'enlever.

Ce jour-là, j'ai refusé d'entrer dans le cimetière. Jouer l'hommage au héros en compagnie de l'ennemi me prenait à la gorge. Walder a été courtois, comme à son habitude. Il n'ordonnait rien, il proposait. Il m'a demandé de me servir de la fin de la grève pour paraître changer d'avis à propos d'Antoine. Je devais le revoir.

265

L'inviter dans notre ronde clandestine. Lui demander ses clefs.

— Mais toi, et toi seul en profiteras, Meehan. Pas question qu'il héberge quelqu'un d'autre ni qu'il transporte quoi que ce soit. Il sera ton alibi.

— Pour l'IRA, je n'ai rien à faire à Paris.

— Tu trouveras, Tyrone. Ton imagination est déjà légendaire.

Antoine est arrivé à Belfast deux jours plus tard, le 11 octobre 1981.

Je l'ai emmené en voiture sur les hauteurs de la ville.

— Tu es toujours prêt à servir la République irlandaise ?

Il m'a regardé. Il était sidéré. Ses yeux riaient. Prêt ? Bien sûr ! Evidemment qu'il était prêt ! Quand ? Tout de suite ! Ce que je voulais de lui. Je l'ai calmé d'un regard. Nous avons croisé des blindés. Il a souri au soldat casqué qui dépassait par la tourelle ouverte, joue écrasée contre la crosse de son fusil.

— Pan ! Pan ! Pan !

s'est amusé le petit luthier. Une rafale française, une onomatopée de bonne humeur lâchée à travers le pare-brise.

Il me donnerait la clef lors de son prochain voyage. Non, il ne me demanderait rien, jamais. Oui, il viendrait me chercher à l'aéroport et m'y redéposerait à la fin de mes séjours. Promis, Tyrone. Un secret entre nous, Antoine ?

— Même pas à Jim ?

A personne. Juste toi et moi. Une mission de confiance absolue.

Il m'a regardé, subitement inquiet.

— Vous n'allez pas frapper en France ?

Jamais, petit guerrier de pain d'épice. On ne saigne pas une base arrière. On l'aime, on la protège, on la respecte. Jamais l'IRA ne touchera à ton sol. Il est sacré pour nous.

— D'accord fils ? On fait comme ça ?

On fait comme ça. Bien sûr. S'il avait été moins à l'étroit, il aurait sorti son violon pour jouer la grande nouvelle. Antoine rentrait dans nos rangs. Il quittait sa vie sans amour par amour de nos vies. J'ai eu un sentiment étrange. Ni honteux, ni coupable, ni remords. Je l'ai regardé. Je ne regrettais rien. En me servant de lui, je réparais son coup de folie. Il mimerait la guerre sans risque ni aucun dommage. J'allais le protéger. Il avait les yeux clos. Les mains croisées derrière la nuque. Il était le bonheur. Et j'en étais tellement heureux pour lui.

— Pan ! Pan ! Pan !

Penché sur le magnétophone, Walder a sursauté. Il m'a interrogé du regard.

— Nous croisions un blindé, j'ai répondu.

Il a hoché la tête en souriant.

— Une vraie terreur, ton petit Français.

Il y a trois mois, ils avaient posé un enregistreur et un micro miniatures dans ma boîte à gants. Tous les samedis, à la poste de Castle Place, j'écrivais une carte postale sur la table encombrée de papiers. Les bandes étaient dans une enveloppe fermée, scotchée à l'intérieur du *Belfast Telegraph*. Walder entrait, s'approchait de la table et prenait le journal. Pas un mot échangé, pas un regard. C'était pratique. Comme si ce n'était pas lui, comme si ce n'était pas moi.

*

J'ai découvert Honoré. Un peu comme on apprend à connaître un vin français. Je l'ai observé longtemps avant de le goûter. Il était différent de Walder ou du flic roux. Eux restaient à Belfast, avec leurs questions militaires. Quand ils me rencontraient, ils faisaient la guerre. Honoré, lui, n'était pas un soldat, plutôt un étudiant qui travaillait son cours. Et j'en étais le sujet.

Nous nous rencontrions à la faculté de Jussieu, à Paris. Contrairement à Belfast, les grilles de l'établissement n'étaient pas protégées, les escaliers libres et les salles de cours souvent ouvertes. Une fois seulement, après des incidents violents entre étudiants de gauche et de droite, des appariteurs ont filtré les élèves. Honoré m'a demandé une photo d'identité, pour m'établir une carte du personnel universitaire si cela se reproduisait, mais les vigiles avaient disparu le lendemain, et nous avons retrouvé nos marques. Aux beaux jours, nous étions assis sur la dalle, en plein air, avec des chaises empruntées à une salle. Je parlais, il notait. De loin, un professeur et son élève. A la cafétéria, au fond d'un amphi désert, assis sur les tables d'un local déserté, nous ressemblions aux fantômes qui nous entouraient. Lui et moi déjeunions de sandwiches et de sodas. Pas d'alcool lors de nos entretiens. Il me l'avait demandé comme une faveur. Alors je venais aux rendez-vous avec ma fiasque en poche. Et je buvais en cachette de l'Anglais.

La première fois que j'ai vu Honoré, il était en costume d'ambassade mais à Paris, avec moi, il préférait le jean, le col roulé et les chaussures de sport.

Au début, l'agent britannique me demandait des choses sans importance. Je pense qu'il faisait ses gammes. Ce que préparait l'IRA ne l'intéressait pas.

— C'est ce qu'elle pense, que je veux savoir.

Ce que pensait l'IRA ? Il voulait comprendre qui commandait chez nous, les politiques ou les militaires. S'il y avait des dissensions à ce sujet et qui les incarnait. Il me posait des questions sur l'actualité irlandaise. Au dernier congrès de Sinn Féin, la foule avait ovationné tel orateur et pratiquement déserté la salle lorsque tel autre était monté à la tribune. Pourquoi ? Et quelle incidence sur la stratégie du mouvement ? Tout cela me semblait bien anodin. Mais sa façon de noter me rappelait qui il était. Il écrivait en me regardant sans cesse. Jamais il n'a baissé les yeux sur son carnet. Il dessinait ses lettres au jugé, assemblait ses phrases d'instinct. Mes yeux, ses yeux, le fil. Il avait peur de le briser ou de le perdre. Il savait que le regardant, j'oubliais presque qu'il était en train d'écrire. De temps en temps, Honoré hochait la tête, clignait les yeux, m'offrait un éclat de compréhension. Quand j'hésitais, il m'encourageait d'un froncement de sourcils. Deux amis qui conversent. Le plus âgé semblant captiver le plus jeune. Jamais, de toute ma vie, on ne m'avait écouté comme ça.

C'est difficile à écrire, à dire, à comprendre, mais j'ai pris peu à peu goût à cet échange. Mes mots ne tuaient personne, ne faisaient souffrir personne, n'envoyaient personne en prison.

— Je suis sûr que tu vas aimer Honoré, m'avait dit Walder.

Et j'avais eu un geste d'indifférence.

Parfois même, il m'amusait.

— Tu ne trouves pas que baptiser un parti « Sinn Féin », c'est excluant pour les protestants, m'avait-il dit un jour.

— Excluant ?

— S'appeler « nous seuls », oui, c'est excluant !

J'ai souri.

— « Nous-mêmes », Honoré. Le mot Sinn Féin veut dire « nous-mêmes » en gaélique. Nous nous libérerons par nous-mêmes.

Il a noté, fait la moue quand même et entouré le mot de noir.

— Quand j'entoure, c'est à vérifier, m'avait-il prévenu.

— Tu entoures pas mal de choses…

— C'est vrai.

La grande interrogation de l'agent britannique était notre véritable attitude vis-à-vis d'un éventuel cessez-le-feu. Nos journaux, nos meetings, nos manifestations réclamaient une paix durable. Il voulait savoir si c'était un slogan destiné à l'extérieur ou une pensée qui nous animait.

— Comment pouvez-vous prôner des choses comme : le fusil dans une main et le bulletin de vote dans l'autre ?

Alors je lui expliquais, comme un homme à un enfant. J'étais patient et nous avions le temps. Oui, le mouvement républicain était prêt à parler de la paix, mais il nous fallait un signe fort de Londres. Sans ce signe, notre population elle-même nous interdirait de déposer les armes.

— Même depuis les grèves de la faim ?

Je l'ai regardé bien en face. Jamais les contacts entre l'IRA et Londres n'avaient cessé. Jamais. Même pendant l'agonie de Bobby, même après sa mort et celle de ses camarades. Toujours, il y a eu dans les deux camps un moyen de communiquer. Il le savait, je le savais. Alors qu'il arrête ses questions-pièges.

— Quel signe fort ?

— Un geste pour les prisonniers.

— Un geste ?

— Ou un mot, une phrase permettant à tous une sortie honorable.

— Trop tôt.

— Alors le fusil dans une main…

Il a écrit, puis rayé cette phrase. Comme moi, il savait qu'aucune victoire militaire ne serait remportée en Irlande du Nord. L'IRA ne pourrait pas défaire la force britannique. Après avoir combattu les arrière-grands-parents, les parents et les fils, les Britanniques allaient devoir combattre nos enfants, et les enfants de nos enfants. Il hochait la tête en me regardant. Il y avait quelque chose dans ses yeux. Curiosité, intérêt, sympathie même, j'ai longtemps cherché sans savoir. Un jour, il m'a demandé pourquoi cette guerre.

— Dieu nous a faits catholiques, le fusil nous a faits égaux, je lui ai répondu.

Il a entouré la phrase à vérifier, juste pour me faire sourire.

En 1991, nous avons quitté la faculté de Jussieu pour les bus rouges importés d'Angleterre qui faisaient visiter Paris aux touristes.

— Demain 15 heures, Time Square, disait l'Anglais en référence aux véhicules à impériale de son pays.

Hiver comme été, nous montions à l'étage, en plein air, choisissant avec précaution nos voisins immédiats. Nous les prenions asiatiques ou arabes. Nous les écoutions. S'ils parlaient anglais entre eux, nous changions de place. Honoré s'asseyait toujours au bord, et moi côté travée, pour ne pas être vu de la rue. La visite était commentée. Musique et renseignements touristiques. A chaque voyageur ses écouteurs. Et nous pouvions converser librement à mi-voix. Honoré descendait toujours au Louvre, je m'arrêtais à Opéra. Pas un signe d'adieu. A la prochaine fois.

Quand je rentrais à la cache, je passais parfois par l'atelier d'Antoine. Je le regardais de la rue, par sa fenêtre au rez-de-chaussée, penché sur une volute, son canif à la main. Souvent, des habitants du quartier s'arrêtaient pour observer son travail. Il ne les voyait pas mais sentait ma présence. Il relevait la tête. Juste un signe, un clin d'œil, le code d'un résistant, avant de retourner à son ouvrage. Je savais que son cœur battait. Derrière sa vitrine se tenait le grand Tyrone Meehan, qui venait secrètement d'aider son pays à combattre. Qu'avait-il fait ? Transporté des armes ? Repéré des lieux ? Peu importait, au juste. L'essentiel était qu'il fût en sécurité dans cette ville, cette rue, cette cache, et c'est à un luthier français qu'il le devait.

Paris me donnait le courage d'affronter Belfast. Avec Honoré, je rayonnais. Avec Walder, je longeais les murs. Mon travail avec l'un m'autorisait à informer l'autre. Après tout, pourquoi ne pas instruire l'ennemi de notre politique ? Qu'avions-nous à cacher ? Rien. Sinn Féin passait son temps à réclamer un dialogue avec les Britanniques. Et là, à Paris, Honoré et moi avions entamé des pourparlers de paix. Pendant onze ans, il avait été pour moi Margaret Thatcher, puis John Major, puis Tony Blair, et moi j'avais été l'IRA pour lui.

Mais avant tout, j'étais Tyrone Meehan, combattant républicain. Je ne reniais rien, ne salissais rien. J'avais laissé le salaud du côté de Falls Road. A Paris, je ne trahissais pas, j'instruisais. Je faisais un travail utile, militant, fondamental, probablement historique. Quelque chose que personne dans le Mouvement n'avait encore tenté. Sans l'accord de mes chefs, sans même leur autorisation, j'étais au contact direct de l'ennemi par son

ambassadeur, et nous préparions l'avenir. C'était vertigineux. Au-delà de l'ivresse. Je me suis senti plus fort que
tous et tout. Plus grand que nos politiciens, que le
Conseil de l'Armée républicaine, que Walder, que le flic
roux. Tellement plus important qu'Honoré, ce gamin
du Norfolk qui écrivait sous ma dictée. Jamais je n'avais
ressenti ce pouvoir. De ma vie, je n'avais eu une telle
force. Je n'obéissais à personne. Je faisais l'histoire de
mon pays. En secret, en silence, en lisière des miens, je
servais ma patrie de toute ma puissance. J'étais tellement, mais tellement plus utile à la paix qu'un coup de
feu ridicule tiré d'un toit sur une patrouille de nuit.

Il y avait du respect, dans le regard d'Honoré. Cet
éclat particulier, cette attention entière, cette beauté que
je n'avais pas su nommer, c'était ça. Honoré me respectait. Il buvait chacune de mes phrases. Il entourait
encore quelques informations à vérifier. De moins en
moins souvent. Le mot « fasciné » m'a heurté un jour
d'ivresse. C'était ça, exactement. Le terme même. Je
fascinais l'ennemi et il me respectait. Il ne me maîtrisait
plus, c'était moi qui le tenais.

Un après-midi de juin 1994, alors que notre bus était
stationné au Trocadéro, j'ai changé le respect d'Honoré
en admiration. Je venais de lui dire que la cessation
totale des hostilités avait été décidée par l'IRA. Il m'a
regardé sans écrire. Longtemps, sans un mot. Et puis il
a tourné la tête. La tour Eiffel, les touristes rieurs, les
vendeurs de souvenirs, le ciel sans menace. Quand il est
revenu à moi, j'ai cru voir un enfant.

— Tu es sûr, Tyrone ?

Tyrone. Pas Meehan, pas Tenor. Le prénom que mon père m'a donné. Oui, j'étais sûr. Je savais. Avant la fin de l'année. Pour cet été, peut-être.

— Une trêve, a murmuré Honoré pour lui seul.

— Non. La cessation complète des hostilités.

Il m'a regardé encore. Comme on caresse un ami. Et puis il a quitté mes yeux pour la première fois. Il écrivait. Sa main tremblait. C'était comme s'il ne voulait pas laisser s'échapper cette formule.

« La cessation complète des hostilités ».

Il a relu cette phrase. L'a contemplée jusqu'au Champ-de-Mars.

Et ne l'a pas entourée.

Les Britanniques négocieraient avec l'IRA. Les protestants seraient obligés de nous accepter dans les travées du pouvoir, puis à la table aux décisions. Et voilà qu'un jour l'Irlande se réunirait à nouveau. Voilà que la frontière serait piétinée par des milliers d'enfants rieurs. Voilà nos femmes, nos hommes, nos filles et nos soldats courant à travers champs vers nos frères de la République. Voilà leurs étreintes, leurs embrassades, leurs cris de joie, enfin. Voilà, le vent se lève et le soleil dans nos drapeaux. Nous voilà soudain à genoux, soudain, des villes aux villages, des ruelles de Belfast aux avenues de Dublin, des collines du Wicklow au port de Killybegs, prier pour nos martyrs et remercier le ciel. Et nos frères protestants qui acceptent nos mains tendues. Et la guerre plus jamais, et la paix pour toujours. Et moi, dans un coin d'ombre, pas même en uniforme, sans médaille, sans amis, sans hourras. Moi debout au milieu de mon peuple, inconnu, anonyme. Moi qui aurais fait cela, tout cela. Qui pourrais enfin demander pardon à Danny Finley, à Jim O'Leary, et pardon à mes rêves.

20

J'ai rêvé de ce jour. Pendant cinquante-huit ans je n'avais jamais cessé d'y croire. Pendu le 2 septembre 1942, à dix-neuf ans, enseveli comme un chien dans une fosse commune à l'intérieur de la prison de Crumlin, le corps de Tom Williams nous a été rendu le 19 janvier 2000.

Sa famille et ses derniers frères d'armes étaient présents lorsqu'il a été déterré. Des compagnons m'ont demandé d'être là. Je n'ai pas pu. J'avais bu la veille, toute la nuit. Au matin, j'étais ivre. Sheila m'a habillé pour la cérémonie.

— C'est étrange d'honorer un type qui tuait nos gars pendant qu'on résistait aux nazis, avait dit Walder.

— L'Irlande est au-dessus de tout, c'est ça ? m'a demandé Honoré.

C'était ça, oui. Plus envie de répondre. Ni à l'un, ni à l'autre. Ce jour-là, à cette heure, lorsque je suis entré dans la chapelle Saint-Paul, à Clonard, je n'étais rien d'autre que le gamin à qui Tom avait confié sa balle de cuir. Je l'avais dans la poche en entrant dans le chœur. Je titubais d'alcool. Ils étaient là, tous, assis au premier rang. Nell, sa fiancée pour toujours. John, condamné à mort avec lui puis gracié. Billy, Eddie, Madge, Joe, les membres de son unité. Joe m'a fait un geste, canne levée. Il a demandé aux autres de se pousser un peu. J'ai refusé du sourire et de la main. Puis j'ai fait le geste de l'homme qui boit, main ouverte sur une pinte invisible tremblant devant mes lèvres. Je suis bourré, les amis. Raide. Fait. J'ai du sang dans l'alcool et des sueurs de bière. Joe m'a regardé tristement. Il a haussé les épaules et s'est retourné. Je me suis assis en bord d'allée, pas derrière, mais presque, à la place de n'importe qui.

Sheila n'était pas venue. Elle attendait sur un trottoir de Falls Road, un drapeau à la main, comme des milliers d'autres. Une haie d'honneur qui nous ferait cortège.

— Celui qui était perdu a été retrouvé, a dit le père O'Donnell pendant la messe d'enterrement.

Tom Williams, le fils prodigue. C'est ici qu'il avait été baptisé. Ici aussi, qu'enfants, nous venions parler de choses graves en feignant de prier.

— Tom est revenu à la maison, et nous l'accueillons dans la joie...

Je regardais son cercueil. Il tanguait dans l'obscurité. Le drapeau tricolore avait été cloué sur le bois blond. Parfois, les prêtres refusaient que les symboles de la République, le béret noir et les gants du combattant, entrent dans l'église. Il fallait négocier. Ou chasser le curé et imposer le nôtre. Mais ce jour-là, tout s'est bien passé. Tom avait été pendu pour ce drapeau. La terre d'Irlande devait les accueillir ensemble, et le curé de Clonard était d'accord.

Je baissais la tête, fermais les yeux, les ouvrais en urgence avant de basculer. Je sentais les regards gênés, la compassion, la fraternité écœurante qui m'entourait. En sortant de la cérémonie, des dizaines de mains se sont posées sur moi comme les oiseaux d'Hitchcock. Douces, fermes, caressantes, timides, des bourrades, des frôlements. Je ne sentais ni mes bras ni mes jambes. Je hurlais dans ma tête. Un cri de supplicié. Lorsque le cercueil est sorti, j'ai pleuré. Une larme sèche de vieil homme. Une traînée d'alcool blanc sur mon cuir. La foule était si dense qu'elle me faisait peur. Je mimais. Je feignais l'allégresse. Je prenais des mines de victoire en recopiant les joies. Il faisait froid et sec. J'avais attendu ce jour pendant cinquante-huit ans et il me meurtrissait. Mon visage fermé au milieu du bonheur.

L'IRA avait déposé les armes. Le premier enfant de la paix s'appelait Samuel Stewart, né le 31 août 1994, quelques minutes après le cessez-le-feu. Le dernier soldat britannique tué par nos hommes fut Stephen Restorick, fauché à vingt-trois ans par un sniper, dans l'ultime soubresaut des combats.

Nos prisonniers politiques avaient été libérés, tous. Certains étaient entrés dans les conseils municipaux, les administrations, les ministères. Souris Tyrone, bon Dieu ! Regarde le cercueil de Tom porté à dos d'hommes au milieu de la ville. Combien de fois t'es-tu réveillé en bénissant ce rêve ? Quoi ? La méfiance ? Mais bien sûr elle subsiste, la méfiance ! Tout le monde le sait, Tyrone. La peur entre les deux communautés ? Oui ! Evidemment. Le difficile travail de deuil, la colère, la haine, même. Et aussi ce sentiment d'impunité qui blesse les familles des victimes. Mais quand même, et malgré tout. Le rêve de ton père, de Tom, de Danny. La paix, Tyrone ! C'est ce que tu es en train de vivre !

Dans quelques semaines Walder retournera en Angleterre, le flic roux fera la circulation au carrefour, Honoré enseignera l'histoire d'Irlande et tout sera éteint. Regarde autour de toi, Tyrone Meehan ! On t'acclame des yeux. Personne ne sait. Personne ne se doute. Tu vas t'en tirer, mon vieux camarade ! Cela fait des mois que tu ne donnes plus rien à l'ennemi. Et puis d'ailleurs, quoi lui offrir ? Plus besoin d'un cimetière secret, d'un bus à impériale. La guerre n'est plus d'actualité, Tyrone. Hier, tes chefs ordonnaient de bombarder le 10 Downing Street au mortier. Aujourd'hui, ils y prennent le thé avec le Premier ministre britannique. Des vieux de l'IRA et des anciens paramilitaires protestants font la queue à la cafétéria du Parlement en réclamant ensemble du rab de pain. La dernière fois que tu les as rencontrés, Walder t'écoutait par habitude. Et Honoré regardait sa montre. Tu ne leur sers plus à rien, Tyrone. Ça y est. C'est fait. C'est fini. Ils vont t'oublier. Tu vas les oublier. Tout peut s'oublier.

Je me suis retourné face à un mur. J'ai bu un chagrin de vodka.

— Tyrone ?

On m'a demandé de porter le cercueil. Les anciens l'avaient fait, nos chefs s'étaient relayés. Allez, à toi, Tyrone Meehan. Prends la tête des porteurs. Six, trois de chaque côté. Allez, Tenor, fais sourire tes amis anglais. Une photo, demain dans le journal ? L'assassin de Danny encombré de Tom. Je ne respirais pas. Je n'ai jamais bien respiré. J'ai toujours su que l'air finirait par manquer. Deux jeunes hommes m'ont aidé à caler le fardeau sur mon épaule droite. Je titubais un peu. Ils se sont regardés sans un mot. De l'autre côté du cercueil, un homme qui venait de Derry. Il a passé sa main autour de mon cou et je serrais le sien. Nous avons avancé à pas lents sous la charge. Je sentais le *sliotar* à travers ma poche de pantalon. Je contemplais le ciel d'hiver. J'avais mal. Je ne me souvenais pas du poids de la douleur. Je regardais la foule, sur les trottoirs, qui nous faisait honneur.

Je connaissais chaque visage. Je pouvais les nommer. Tim, rentré de prison après dix-huit ans, devenu étranger pour sa femme et ses enfants, qui avait tellement de mal à se retrouver père et qui dormait au bord de leur grand lit. Wally, qui expliquait aux gamins des rues qu'il ne fallait plus lancer des pierres sur les blindés, jamais, que ça c'était avant, quand des enfants mouraient de les avoir jetées. Les frères McGovern, officiers du 3ᵉ bataillon, redevenus chômeurs avec autant de courage. Paul, qui avait cessé sa grève de la faim et qui toussait, qui claudiquait, qui somnolait en attendant la mort. Terry, Alan, Dave, Liam, devenus taxi, barman, videur de boîte et charpentier. Nous n'étions pas un pays, pas même une ville, juste une famille intense. Je répondais aux clins d'œil, aux gestes, aux hochements de tête. Je prétendais rendre à tous la fierté qu'ils m'offraient. Je jouais, je trichais, je mentais. Je n'avais plus de dignité pour leur répondre.

J'avais attendu ce jour pendant cinquante-huit ans, et il achevait de faire de moi un autre. Même si tous m'oubliaient, je ne m'oublierais pas. Après ces heures, il n'y aurait plus rien. Je ne marchais pas avec mon peuple, je le quittais. Je n'étais plus d'ici, plus des leurs, plus rien de nous. Lorsque j'ai vu Sheila, si belle sur le trottoir, j'ai fermé les yeux. Cathy, Liz, Trish, les femmes combattantes étaient à ses côtés. Elles devaient se signer au passage du cercueil, elles avaient aussi le cœur emballé. Les enfants étaient là, par centaines, en uniformes d'écoliers, avec leurs maîtres, qui répétaient le nom de Tom Williams écrit sur le tableau.

Lorsqu'on m'a demandé si je voulais laisser ma place, j'ai violemment refusé. J'ai repoussé le porteur suivant d'un coup de pied en crachant par terre. Tom Williams est à moi. Il a installé mon matelas brûlé dans notre nouvelle maison de Dholpur Lane, en janvier 1942. Il m'a tendu la main en me demandant de l'appeler par son prénom. J'ai surveillé nos rues, pour lui. Pour lui, j'ai appris l'histoire de mon pays, j'ai boxé sur le ring de Kane Street, j'ai mis le feu à l'ennemi. C'est lui qui a placé la première cartouche au creux de ma main. C'est avec lui que je me suis battu. C'est pour lui que j'ai été battu. Que j'ai quitté l'uniforme coloré du Fianna pour l'habit sanglant du soldat. Alors laissez-moi en paix. Laissez-moi le porter encore un peu, quelques mètres, laissez-moi ! Dans ce cercueil, il n'y a pas que Tom. Personne ne sait ça, hein ? Un soir, je me suis couché scout en culotte courte. Le lendemain au matin, j'étais ce vieillard. Et entre les deux, presque rien. Une poignée d'heures. Des odeurs de poudre, de merde, de tourbe, de brouillard. Alors écartez-vous !

J'emmenais Tom. Je portais mon chef sur mon dos, mon ami, mon frère. Je le ramenais chez lui. J'allais ouvrir son lit de terre et y jeter mon enfance.

21

Le 2 décembre 2006, j'ai été invité au mariage de Déirdre, la petite-fille de Pat Sheridan, un ancien de Long Kesh. Quelque chose n'allait pas, le silence de certains regards. Lorsque nous sommes arrivés, avec Sheila, la jeune mariée dansait sur une table du pub, bras en l'air et verre levé. La salle était comble. Je suis allé m'asseoir à notre table habituelle. Nos places étaient gardées. Sur scène, un orchestre jouait des airs des années 60. Nous avions raté l'hymne national, le discours du père de la mariée et je n'avais pas mis de cravate.

Lorsqu'elle m'a vu, Déirdre a fait de grands signes en riant.

— Tyrone, enfin ! Dix minutes plus tard et tu assistais à mon divorce !

J'ai cligné de l'œil et levé le pouce en guise de salut. Je ne voulais pas venir. Je m'apprêtais même à aller au lit quand Sheila a insisté. Elle avait passé sa robe de fête en velours vert, à jabot et manchettes blanches, et piqué un large peigne noir dans ses cheveux gris.

— Personne ne comprendra, Tyrone. Et puis je n'ai pas envie de leur mentir.

J'avais parlé d'un mal de tête, puis de ventre, puis de plus rien du tout. Pas envie, simplement. Sheila a posé mon costume gris sur le lit en souriant quand même. Alors je me suis habillé, et puis je l'ai suivie.

Le pub avait fermé son bar pour la soirée. Chacun était venu avec sa boisson. Dans mon sac en papier, six boîtes de Guinness et une fiasque de vodka. Sheila avait pris une petite bouteille de gin et une grande de tonic. Les jus de fruits étaient mis en commun, alignés sur le bar. Il y avait deux personnes à notre table, des habitants de Divis. Des chaises sont arrivées pour nous, passées de main en main par-dessus les têtes, frôlant les fleurs de papier blanc qui tapissaient le plafond. Quelques minutes plus tard, Sheila enlevait ses chaussures pour danser. Comme ça, à froid, dans un empressement un peu ridicule. Elle rattrapait la soirée, les copines et l'ivresse. En allant aux toilettes, j'ai croisé le frère du marié. Nous avions été emprisonnés ensemble.

— Sacrée soirée, hein Gerry ? j'ai dit par politesse en pissant rudement.

Il se reboutonnait.

— Comme tu dis…

Gerry Sheridan n'avait jamais été très bavard. A Long Kesh, les matons l'appelaient « l'Huître ». Il ne leur lâchait rien, pas un mot. Il ne nous parlait pas non plus.

Mais il avait le regard pour sourire. Ce soir-là, Gerry n'a pas tourné la tête. C'était la première fois. Peut-être me faisait-il payer mon retard.

Nous avions manqué la messe. Et aussi la cavalcade dans Falls Road, avec un blindé britannique Saracen loué pour ouvrir le cortège. Les mariés avaient été arrêtés sur les marches de l'église, par quatre faux soldats en uniforme anglais, au milieu des rires et des hourras, puis conduits au club, comme ça, salués par les klaxons, hissés sur la tourelle ouverte en hurlant à la vie. Je n'aimais pas ces jeux. Dix ans plus tôt, nous tenions ces cafards kaki au bout de nos lance-roquettes et voilà que nos enfants payaient pour circuler avec. Ils les décoraient de fleurs, de guirlandes, accrochaient le drapeau national à l'antenne, installaient des haut-parleurs, traversaient les quartiers nationalistes et diffusaient du rock en faisant hurler le moteur.

— C'est ça la paix, Tyrone, disait Sheila, lorsqu'une automitrailleuse maquillée de fête nous croisait en rageant.

Elle me prenait le bras, riait, levait une main heureuse.

— Contrairement à vous, ils ont réussi à s'en emparer sans un coup de feu.

Elle me taquinait, je me détachais d'elle le temps d'une fausse colère. Je hurlais « Vive l'IRA », agitant ma casquette à bout de bras.

Lorsque je suis ressorti des chiottes, j'ai observé la table de Gerry Sheridan. L'Huître parlait avec Mickey, front contre front. Il a détourné la tête. Et Mickey m'a regardé, lèvres blanches.

Lorsque Mickey est sorti de prison, nous sommes tombés dans les bras l'un de l'autre. De tous les combattants réunis pour abattre Popeye le gardien, j'étais le seul à m'en être tiré. J'avais vendu Mickey, Terry est tombé peu après et aussi Jane, la fille à vélo qui devait nous débarrasser des pistolets. Même les deux gars de Divis, nos renforts, ont été emprisonnés.

Mickey avait parlé sous la torture. C'est à cause de lui que tous étaient tombés et jamais personne ne lui en a voulu.

Une fois qu'il avait bu, il s'est étonné publiquement que je n'aie pas été pris.

— Pourquoi ? Ils avaient appris quelque chose sur moi ?

Mickey a protesté. Rien ! Ils ne savaient rien, mais j'étais connu dans le quartier, alors ils auraient pu imaginer des choses, voilà tout. J'ai froncé les sourcils. Je me souviens parfaitement de cet instant.

— Tu es sûr que tu n'as rien à me dire, Mickey ?

Mon ami s'est mis à trembler, des lèvres et de la main. Les matraques avaient emporté la moitié de ses dents, il avait un bras invalide. Il ne comprenait pas ce que je voulais dire. Il jurait que non. Il paniquait. Je me suis trouvé salaud, odieux, plus malin que le diable. Il était pitoyable. Il avait tout dit de moi, tout. Il m'avait trahi dans le sang, chacun de mes gestes, chacune de mes pensées. Les Britanniques n'avaient plus eu qu'à me cueillir comme un fruit. Pendant des semaines, il a craint de me voir passer la porte de sa cellule. Peur de voir mon visage fracassé et mon regard en face lui demander des comptes. Ensuite, pendant des années, il a espéré que je serais arrêté. Il préférait affronter ma colère que douter de moi. Et il m'a attendu. En vain. Alors il a compris que ma liberté avait eu un prix. Et qu'il en était le montant.

Dans les bras l'un de l'autre, à sa sortie de prison, nous étions enchaînés. Lui avec son secret, et moi avec le mien. Nous allions devoir affronter la paix, blessés par ce silence. Depuis, nous nous évitons. Je suis toujours Tyrone, il est encore Mickey, mais en déposant les armes, nous avons enterré la vérité.

Ce ne pouvait être du mépris. Pas ça, pas à moi. J'avais dû surprendre une conversation douloureuse entre les deux hommes. Ces confessions de nuit que convoque l'ivresse. Mickey était veuf depuis neuf jours. Il disait que sans sa femme et sans la guerre, la vie n'était plus rien. C'était ça. Je venais simplement de surprendre la tristesse de Mickey, son désarroi face au deuil et à la paix.

Plus tard dans la soirée, j'ai croisé Mike O'Doyle. Lui aussi, m'a observé. Il est retourné à sa table et m'a épié par-dessus son verre. Quatorze jours plus tard, c'est lui qui m'interrogerait. Lui qui me demanderait mon nom, mon prénom et ma date de naissance pour un cérémonial ridicule. Lui qui essaierait de me faire parler.

— Tu nous trahis depuis quand, Tyrone ?

Pauvre gamin. Tout raide à côté du vieux combattant qu'il rudoyait de ses questions et de ses regards. Savait-il déjà, ce soir-là ? Je ne lui ai jamais demandé. Sheila s'étourdissait. Un instant, elle a heurté sa chaise. Mike s'est levé en riant, a esquissé quelques pas avec elle, et a repris son observation silencieuse.

Ils savent !

Et ce fut l'évidence. Ils savaient, tous. Ce mariage était un piège. Sheila m'avait traîné ici pour me faire parler. J'ai mélangé son gin à mon fond de bière. Je regardais les autres tables, les verres oubliés à moitié. J'aiderais à débarrasser tout ça, je boirais ce gâchis en cachette.

Non. Ils ne savent rien. C'est juste un mauvais soir. De ceux qui me hantent depuis plus de vingt-cinq ans. Je n'arrive plus à lire les yeux, je ne connais plus les lèvres. Je prends une accolade pour une bousculade et le silence pour du dédain.

Et pourtant, cette nuit-là dans mon club, des regards se sont tus. Pas ceux des femmes, des copains lointains, des compagnons de route, mais ceux des frères d'armes. Pour la première fois de ma vie, j'ai vu l'IRA comme la voit l'ennemi. Parce qu'elle était là, l'IRA. Malgré le cessez-le-feu, le processus de paix, malgré nos armes détruites une à une, elle était là. A cette table bondée, derrière ce bar, dans ce groupe murmurant, à la porte, dans les travées, dans ce costume sombre ou cette chemise claire. Elle était là, hostile. Je sentais sa méfiance. Je reconnaissais ses gestes, sa façon, cette manière d'évitement. Tout au long de ma vie, j'ai suspecté des hommes. Tellement. Je murmurais leur nom dans une oreille amie, je les montrais du doigt. Je descendais de mon tabouret ou traversais la rue et je me plantais là, bien en face, pour dire au suspect de passer son chemin. Et cet homme aujourd'hui, c'était moi. Tyrone Meehan, ce soir de fête, guetté, surveillé. Penché sur l'épaule de Mickey, l'Huître me désignait. J'ai bu un verre qui n'était pas à moi. Une liqueur amère. J'avais chaud, froid, plus de ventre ni de cœur. J'avais envie de vomir. J'avais peur. Au moment où Déirdre est venue à ma table, je me suis levé.

— Vite ! Un verre pour Tyrone Meehan ou il va déserter ! a crié la mariée.

Un type m'a tendu une bière noire. Cinq l'attendaient encore, pleines et plates d'avoir trop tardé. La fille Sheridan s'est assise sur mes genoux.

— Tu en fais une tête, petit homme de Sheila !

A force de m'appeler ainsi, ma femme avait passé le mot au quartier, puis à la ville et peut-être au pays. Je me suis excusé. Tu sais, jeune fille, j'ai tout de même quatre-vingt-un ans. Les journées sont longues quand on arrive au bout.

— Au bout ? Mais tu vas vivre cent ans, Tyrone Meehan !

Elle a ri. S'est levée, a embrassé Sheila qui revenait à table. J'ai croisé le regard gênant de Mike O'Doyle. Cent ans ? Je crois bien qu'il a secoué la tête pour dire non.

*

Le lendemain était un dimanche. Mon portable a sonné vers 11 heures.

— Tyrone ? C'est Dominik.

J'étais dans le salon. Je lisais le *Sunday World*. J'ai renversé mon café.

— Au cimetière à midi.

Pas un mot de plus, il a raccroché.

Il y avait longtemps que je n'avais pas vu le flic roux. Longtemps aussi que je n'avais pas été sur la tombe d'Henry Joy McCracken. Je me suis levé sans un mot. Sheila était à la messe. Je n'y allais plus. Ils m'avaient interdit de communion, je les privais de mes prières. J'ai pris un taxi, pas ma voiture. Dimanche. La pluie, les façades grises du nord de la ville, personne. Puis j'ai tourné, à pied et en rond, le journal à la main pour me donner un rôle. J'avais mis ma casquette, mes lunettes sombres et une écharpe relevée sur mes lèvres.

Au troisième tour de quartier, le flic roux était là, contre la grille. Dès qu'il m'a vu, il est monté dans une voiture et a ouvert la porte côté passager. J'ai regardé autour, la tristesse du septième jour. Je suis monté et il a démarré.

Instinctivement, j'ai abaissé le pare-soleil pour masquer mon visage. Il a pris le chemin de l'autoroute. J'étais en colère. Nous avions dit que j'appelais, moi, toujours. Pas question de me sonner comme un domestique. Je voulais qu'il parle en premier. Je me suis tourné vers lui, il regardait la rue.

— C'est fini, Tyrone.

Souffle coupé.

— Qu'est-ce qui est fini ?

Toujours ses yeux absents.

— Toi, moi, Dominik, Tenor, toute cette merde.

Je me suis laissé aller au fond du siège. J'avais oublié ma ceinture de sécurité, je l'ai mise. Je crois que je souriais. Fini. Ça y est. J'allais revivre.

— Et pourquoi c'est toi qui viens m'annoncer ça ? Walder n'est pas là ?

Silence. Le flic a eu un geste du menton.

— Tu sais Tyrone, les Anglais…

— Quoi, les Anglais ?

— Il est rentré à Londres. Sa mission est finie.

— Et Honoré ?

— Retourné à ses études.

Tant mieux. Deux de moins. S'ils partent comme ça les uns après les autres, on a bien fait de poser les fusils.

— Et moi ? Je deviens quoi, moi ?

— Nous avons un marché à te proposer, Tyrone.

— Un marché ?

Nous étions en plein secteur protestant. Partout sur les murs, le drapeau britannique. Des portraits de Guillaume d'Orange, vainqueur des armées catholiques en 1690. Quelques fresques paramilitaires en hommage à leur cri de guerre : « Nous ne nous rendrons pas ! »

Le flic a arrêté sa voiture le long d'un parc.

— On va marcher un peu, Tyrone.

J'avais le cœur en bataille, les jambes molles. Et j'avais soif, tellement. Le palais carton et la langue rêche. Je n'avais plus de voix. J'attendais. Je regardais ses pas

293

lents, sa façon d'allumer une cigarette, de m'en tendre une, de croiser mon regard autour de la flamme.

— Il va falloir t'en aller, Tyrone.

— Qu'est-ce qui se passe ?

Une voix de très vieux.

— D'abord, nous allons te mettre à l'abri quelque part et ensuite, on t'exfiltrera.

— Réponds, merde. Qu'est-ce qui se passe ?

Le flic inspirait la fumée. Il gagnait du temps.

— Nous allons t'établir une nouvelle identité. Tu auras aussi un logement et 150 000 livres, de quoi tenir un peu en attendant.

Je l'ai pris par la manche.

— Je ne veux pas de ton fric ! Je suis irlandais et je reste en Irlande !

— Tu n'as pas le choix, a répondu doucement le flic protestant.

Je l'ai regardé. Jamais je ne l'avais vu aussi calme.

— Je suis grillé ? C'est ça ?

— C'est ça.

J'ai frappé la grille du parc d'un coup de journal.

— Putain ! Mais comment c'est possible ? Qu'est-ce qui s'est passé ?

— Le cessez-le-feu a fait bouger les lignes...

Je l'ai pris par les épaules. Il était plus grand que moi, plus jeune que moi, il aurait pu me jeter à terre d'un simple regard, mais il s'est laissé rudoyer.

— Vous n'avez pas fait ça ? Putain ! Vous ne m'avez pas vendu ?

— Pas nous, non. Pas la police d'Ulster, Tyrone.

— Le MI-5 ? Cette crevure de Walder ?

Le policier s'est dégagé. Il a mis les mains dans ses poches.

— Tu croyais quoi, Tyrone ? Sincèrement ? Comment pensais-tu que cela allait finir ?

— Pourquoi ne m'avez-vous pas foutu la paix ?

— Justement parce que c'est la paix, Tyrone. Tu leur étais utile en temps de guerre, tu vas leur être utile en temps de paix.

— Je ne comprends rien du tout ! Rien !

Je criais. Il m'a calmé d'une main sur le bras.

— Sinn Féin récolte les fruits du processus de paix. Vous marquez des points partout, vous allez devenir le premier parti politique d'Irlande du Nord et ça, ça les fait chier, Tyrone.

— Qu'est-ce que j'ai à faire là-dedans ?

— Londres ne vous aime pas, Dublin non plus. Vous avez déposé les armes, alors ils ne peuvent plus vous tirer dessus, mais ils peuvent encore vous nuire.

— Qu'est-ce que tu racontes ?

— Un traître, ça fout en l'air le moral d'une communauté. C'est comme une grenade à fragmentations. Ça balance des petits éclats dans tous les sens. Tout le monde est blessé avec un traître. Et c'est difficile de s'en remettre.

— Vous êtes des porcs !

— Je suis venu te mettre en garde.

— Ils vont me donner quand ?

— C'est fait.

J'ai eu du mal à respirer.

295

— Ils m'ont vendu à l'IRA ?

— Pas vendu, Tyrone. Cadeau. Et ils ont aussi affirmé qu'ils avaient trois agents à la direction de votre mouvement.

— Ce sont des conneries !

Le flic a souri.

— Peut-être, Tyrone, mais l'IRA ne va pas se contenter de ton appréciation. Tout le monde va suspecter tout le monde, et ça va faire désordre.

— Bande de salauds !

Je lui ai tourné le dos. J'ai marché vers l'avenue.

— Tyrone ?

Il m'a rattrapé en courant.

— Ne déconne pas, Tyrone. Ils vont venir te chercher, tu vas être interrogé. Tu sais très bien ce qu'ils font aux traîtres !

— C'est le processus de paix. Ils ne me toucheront pas.

J'ai continué mon chemin. J'ai espéré qu'il me rattrape une fois encore, qu'il me parle, m'explique comment ça c'était passé pour les autres. Qu'est-ce qu'on fait après la traîtrise ? Qu'est-ce qu'on devient ? Où aller ? Mourir en Angleterre comme apostat ? M'exiler aux Etats-Unis ? En Australie ? Faux papiers, faux logement, faux travail, faux amis, fausse vie. Et puis l'IRA retrouve les traîtres. Partout, elle les retrouve. Longtemps après. Une soixantaine de mouchards avaient été exécutés, des centaines d'autres chassés de nos villes.

296

Non ! Je ne les suivrais plus. J'arrêtais tout. Je restais. J'étais chez moi. J'avais autant droit à cette terre que tous les Irlandais réunis.

J'ai espéré qu'il coure après moi. Qu'il me ceinture, m'emmène de force, me calme, me cache, me protège. Mais il n'a pas bougé. Lorsque j'ai tourné le coin de la rue, il était déjà monté dans sa voiture. Je ne l'ai pas revu. Il disait s'appeler Frank Congreve. Je n'ai jamais su si c'était son vrai nom. Ni comment son œil gauche avait été saccagé.

*

— Tyrone ?

Je dormais. Je me suis assis, bouche ouverte, reprenant bruyamment ma respiration. Un plongeur qui remonte en surface.

— Mike O'Doyle et Eugene Murray sont là. Tu sais, l'Ourson...

Sheila était à mon chevet, robe de chambre serrée à deux mains contre sa poitrine. L'air manquait, mes tempes cognaient, j'avais le front glacé.

— Tu fais de l'apnée. Il faudrait voir un docteur, disait-elle souvent.

Mon regard de nuit. Je revenais de loin, tellement. Un rêve en sueur avec des cris. Je me suis levé. Je tremblais.

— Ça va, Tyrone ?

J'ai passé mes pieds nus dans mes chaussures de ville.

— Je leur dis que tu es malade ? Qu'ils reviennent demain ?

— Où sont-ils ?

— Dans le salon.

— Je descends.

— Ils ont l'air embêté, tu sais, a murmuré ma femme.

Avant même de savoir, elle comprenait. L'instinct de l'animal avant le feu. Quelque chose allait arriver à son homme. Quelqu'un allait lui faire du mal, son cœur le pressentait. Elle avait trop connu la guerre pour croire en cette paix.

Il était 23 heures, le 14 décembre 2006. Deux gars de l'IRA avaient sonné à la porte. Ce n'était pas normal. Ils avaient le visage clos, le regard des mauvaises nouvelles. Ils n'ont pas souri à Sheila et refusé son thé. Elle avait le ventre barbouillé d'inquiétude. Je lui ai demandé de rester à l'étage.

— S'il te plaît, ma femme.

Elle avait hoché la tête. Combien de fois avait-elle préparé le lit pour mon retour, priant la nuit pour que la mort m'ignore ? Elle me connaissait trop. Elle savait mes gestes quand le danger rôdait.

— Qu'as-tu fait, Tyrone ?

J'ai posé un doigt sur ses lèvres, épousant la marque de l'ange. J'ai refermé la porte sur elle et je suis descendu lentement.

L'Ourson regardait les photos sur la cheminée, Mike guettait l'escalier. Quand je suis apparu, le premier a ôté son bonnet de laine. Le second a gardé le sien. J'ai mal

298

souri, une contraction forcée entre tristesse et défi. J'ai
tendu la main, aucun d'eux ne l'a prise.

— Mike, Eugene…

Bref salut de la tête.

L'Ourson regardait O'Doyle. Silence gêné.

— On a un problème, Tyrone.

J'ai souri une nouvelle fois.

— Vous avez un problème ?

— Tu as un problème, a répondu l'Ourson.

J'ai désigné le fauteuil, le canapé. Ils sont restés
debout.

— Des bruits courent sur toi, Tyrone. De sales bruits.

Mike O'Doyle avait les mains dans les poches. Il a
rectifié sa position. Geste de respect. Un point pour
moi.

— Quels bruits, Mike ?

— Tu veux bien nous suivre ?

J'ai regardé par la fenêtre. Mal dissimulée par le
rideau de dentelle, une voiture attendait dans la rue,
avec deux hommes à bord.

— Pas comme ça, non. Pas de nuit. Si vous avez
quelque chose à dire, envoyez-moi quelqu'un du Conseil
de l'Armée.

— Tu sais bien qu'il nous envoie, Tyrone.

— Tu perds ton temps, Mike, je connais la procédure.

— Prends ton manteau.

Ma vie se jouait. J'en étais certain. Cessez-le-feu ou
pas, quitter la maison maintenant, c'était pourrir sur
une décharge du côté de la frontière. Il fallait qu'ils s'en

aillent. Qu'ils reviennent plus tard, avec le jour et sans ces regards-là.

— Dépêche-toi, Tyrone, a dit l'Ourson.

— Bon Dieu mais vous n'avez jamais pris une cuite, vous ?

La phrase est sortie comme ça, assemblée mot à mot comme un mauvais coup puis hurlée en force. Mike a ouvert de grands yeux. Eugene a froncé les sourcils. Je les tenais. La surprise avait changé de camp. Il ne fallait pas leur laisser une seconde. Je devais les prendre au collet, comme un lapin de nos campagnes.

— Vous voulez que je regrette ? C'est ça ? D'accord ! Je regrette. Mais on ne dérange pas quelqu'un pour ça au milieu de la nuit !

Rien en face. Même surprise. Ils cherchaient à comprendre. Et moi, je jouais. Je riais tout au fond. J'avançais mes pions. Je savais tout de leur jeu. J'en avais établi les règles. Walder se croyait le plus fort, Honoré le plus fin. Le flic me regardait toujours avec une peur d'avance et moi, je dansais sur mon fil.

— Faites venir Joe Cahill, tous les autres, et je m'excuserai publiquement.

Mike O'Doyle a enlevé son bonnet à son tour. Il était sous mon toit, il s'en souvenait brutalement. Il se découvrait devant un officier.

L'Ourson était blême.

— Qu'est-ce que tu racontes, Tyrone ?

— Comment, qu'est-ce que je raconte ? Je m'excuse ! Je suis prêt à monter sur la scène du Thomas Ashe pour m'agenouiller et ça ne vous suffit pas ?

300

Je suis allé à la cuisine, prendre une bière. J'ai bu en les regardant. Je gagnais. La mort passait son chemin. Ils étaient minuscules et le salon immense.

J'ai baissé la voix.

— Je n'aurais pas dû boire à l'enterrement de Tom. Ne pas faire de scandale. Je le sais. Ce n'était pas la peine de mobiliser une unité pour ça, quand même !

— On dit que tu es un traître, Tyrone.

L'Ourson s'était jeté le premier. J'ai craché ma bière. Je me suis redressé.

— J'ai mal entendu.

— Un agent britannique, a répété Mike O'Doyle.

La mort venait d'entrer. Elle avait tourné autour du quartier, grimacé à la fenêtre, passé son chemin, renoncé, et voilà qu'elle frappait à la porte.

— Sortez. Tous les deux.

— Tyrone…, a commencé Mike.

— Ta gueule, O'Doyle ! Qu'est-ce que tu sais ? Qu'est-ce qu'on t'a appris depuis que tu as rejoint l'armée ? Les Brits ont deux manières de faire la guerre : la propagande et le fusil !

— Je sais, Tyrone.

Je hurlais.

— Non ! Rien ! Tu ne sais rien ! Nous sommes en train de gagner cette guerre. Ils ont renoncé à nous tuer alors ils veulent nous abattre ! Ils balancent un poison et hop ! Tout le monde l'avale et toi avec !

J'étais en rage, vraiment. Avec du sang dans la bouche et des poings à tuer. Je ne jouais plus. Je gueulais ma colère pour que la rue le sache. A l'étage, j'ai entendu la

301

porte, les pas de Sheila sur les premières marches. Je tremblais. J'étais bouche tordue, mousse en coin de lèvres, les yeux plissés pour éteindre l'éclat. Tout mon corps était aux barricades.

— Et qu'est qu'on raconte encore ? Il y a combien de traîtres avec moi ? Deux ? Dix ? Plein la ville ? Et qui me dit que tu n'es pas un traître, Mike O'Doyle ? Et toi, Eugene Murray, qui passe ton temps à poser des questions ?

Les deux se sont regardés. Sheila descendait lentement.

— Vous vous rendez compte ? Vous faites le sale boulot des Brits ! Allez ! On dénonce Tyrone Meehan ! Et puis Mickey aussi ? Et les frères Sheridan et Déirdre, la petite mariée ? Et Sheila, au fait ?

Je me suis retourné brusquement. Ma femme était blême, pieds nus sur la première marche, les mains jointes comme le faisait maman.

— Bon Dieu ! Mais tu nous espionnais, Sheila Meehan ?

— Non !

Un cri de souris.

Je l'ai prise par le bras. Je l'ai secouée à lui faire perdre l'équilibre.

Elle a éclaté en sanglots. Elle avait peur. Pour la première fois, je lui faisais du mal. Vraiment. Je n'en éprouvais rien.

Elle est tombée. Sa robe de chambre ouverte sur un éclat de sein. L'Ourson a baissé la tête. Mike s'est avancé.

— Tyrone, arrête !

302

J'étais devenu fou. Sheila s'était laissée aller. Elle était couchée sur le côté, au milieu du salon.

Mike m'a ceinturé. L'Ourson a essayé de la relever. Elle a résisté. Elle est retombée lourdement. J'ai croisé son regard. Elle était dévastée. Elle s'est couchée sur le côté, tournée contre le mur, cou cassé, mains sur son visage, genoux contre le ventre, dans la position de l'enfant à naître ou du vieux à mourir.

Patraig Meehan ! Je l'ai vu, dans le miroir du buffet. Un salaud poing levé, prêt à frapper des larmes. Mon père et ses enfants. Petit Tyrone, petite Sheila, frère et sœur d'épouvante. Mike m'a plaqué contre le mur. Je crachais.

— Regardez-la, salauds ! Regardez ce que vous avez fait à ma femme !

La porte d'entrée s'est ouverte. Deux gars sont entrés, des anciens du 3e bataillon.

— Les voisins s'inquiètent, a dit le plus âgé.

J'ai hurlé encore, une dernière fois, pour que la nuit témoigne.

— Je suis Tyrone Meehan, soldat de la République irlandaise ! Et personne ne m'empêchera de lutter pour la liberté de mon pays !

L'un des *óglachs* a fait un geste.

— Lâche-le, Mike.

Le jeune homme m'a libéré. J'étais debout, jambes écartées, bras ouverts, j'ai eu le geste de l'homme qui brise ses chaînes.

L'Ourson est sorti le premier. Sans un mot, il a tourné le dos au champ d'horreur. Mike a remis son bonnet. Il m'a regardé. Je l'ai soutenu. Il a eu cette moue désolée. Il a passé la porte et la mort avec lui. Les deux autres ont quitté le salon. Arrivé sur le trottoir, le plus vieux s'est retourné. Flanagan, je crois. Je l'avais croisé à Long Kesh.

— Tu sais où nous trouver, Meehan. Mais ne tarde pas trop.

Et puis il est sorti.

J'ai attendu. La porte était grande ouverte. Une voisine est apparue, foulard sur la tête. Elle a eu un geste de la main, et puis l'a refermée doucement.

Sheila n'avait pas bougé. Elle était allongée contre le mur, mains protégeant sa nuque. Elle tremblait, la jambe gauche agitée de secousses. Elle gémissait. Je me suis agenouillé à côté d'elle, puis couché sur le côté, dans son dos, en cuillères, comme le dimanche matin, quand nous avions le temps. Je l'ai prise dans mes bras. Je l'ai serrée si fort. J'avais ses cheveux dans le visage, ses doigts entre les miens, son odeur fanée. Mon souffle guettait le sien pour se remettre en marche. J'étais brûlant. Elle était glacée.

Sa voix. Une souffrance de voix.

— Qu'as-tu fait, petit homme ?

22

Au matin, nos bouteilles de lait avaient été brisées. Du verre sur le perron et les marches de pierre. Brady, le laitier, avait appartenu au 2e bataillon de l'IRA. C'était un brave homme. Je ne l'imaginais pas fracasser les pintes au petit jour, contre le mur de la maison.

— Sûrement des gamins, a murmuré Sheila.

Sûrement, oui.

Elle est sortie chercher du pain et nos journaux chez Terry Moore, le petit épicier au coin de la rue. Terry avait été emprisonné avec moi à Crumlin et son fils Billy avait suivi le mien à Long Kesh. Chaque matin, depuis des années, Terry nous mettait quatre quotidiens de côté. L'*Irish News*, tout d'abord, le journal de la communauté catholique d'Irlande du Nord. Le *Newsletter*, son concurrent protestant. Et aussi le *Guardian* et l'*Irish Times*, publiés à Londres et à Dublin. Les habitants du quartier réservaient leurs journaux, c'était l'habitude. Soigneusement, Terry inscrivait les noms de famille au stylo bleu sur la tranche. En fin de semaine, lorsqu'il était en forme, il inscrivait « Ronnie » ou « Wee man » sur notre liasse. Un simple « Meehan » indiquait qu'il y avait un problème entre nous, un mot de trop après le verre en plus. Cela ne durait pas. Le lendemain, il dessinait une petite tête enfantine sur le papier journal avec mon prénom, et quelque chose comme : « Tu m'offres une Guinness et n'en parlons plus. » C'était notre façon de faire la paix.

Ce matin-là, vendredi 15 décembre 2006, Sheila est revenue avec le pain mais sans les journaux.

— Comment ça, il ne les a pas gardés ?

— Il ne les a pas gardés. C'est tout ce qu'il a dit.

— Rien d'autre ? Tu es certaine ?

Bien sûr, qu'elle l'était. Elle m'a raconté le silence de la boutique, le regard d'Éirinn derrière son comptoir, l'embarras de Terry. Il lui a servi son paquet de pain, des œufs, du bacon, des saucisses. Lorsqu'elle a tendu la main vers la pile de journaux, posée sur le comptoir en verre, le commerçant a baissé les yeux.

— Pas aujourd'hui, Sheila.

— Pourquoi ?

— Tu as de quoi déjeuner, ce n'est déjà pas si mal.

Je me suis levé de table. J'étais furieux. Je voulais aller voir Terry l'épicier, Brady le laitier, nos voisins les uns après les autres. Quel était le problème ? Nous avions fait trop de bruit cette nuit ? Mal parlé à quelqu'un ? Causé du tort ? J'allais faire le tour du quartier, des questions plein les poings, lorsque Sheila m'a retenu. Je suis tombé dans mon fauteuil. Elle m'a pris la main, s'est agenouillée face à moi.

— Si tu veux me parler, parle-moi. Si tu ne veux pas, je le comprendrais mais je t'en supplie Tyrone, ne me mens pas.

Et puis elle s'est levée. Elle a rempli une bassine d'eau. Elle a pris la brosse pour nettoyer à genoux le seuil gluant de lait.

J'ai passé mon manteau, noué une écharpe, enfoncé ma casquette jusqu'aux yeux. Il pleuvait. Une pluie de décembre, en bourrasques glacées venues du port. Derrière moi, le crin raclait le ciment. Lorsque le malheur rôdait, Sheila s'étourdissait en tâches ménagères. Elle époussetait, lavait, récurait notre petit monde en bénissant chaque objet d'être là.

J'ai marché dans Falls Road, longé la brique hostile, fait un signe de tête pour arrêter un taxi collectif qui remontait sur Andytown. Je connaissais Brendan, un ancien prisonnier, comme la majorité des chauffeurs du quartier républicain. Le curé de St. Joseph était assis devant, à ses côtés. Sur la banquette arrière, il y avait une jeune femme, son enfant sur les genoux, entre une écolière en uniforme et un homme âgé. Un jeune occupait le strapontin en face. L'autre était vide. L'écolière l'a baissé pour me laisser sa place. Pas un mot. Par la fenêtre de communication ouverte, j'entendais la radio. Il pleut sur Belfast, a annoncé l'animateur sur fond de musique molle.

— Ça, on savait, a souri le curé.

Le chauffeur a éteint le poste. Le silence est retombé. Je manquais d'air, encore et encore. J'ai observé la gamine, le jeune, j'ai dérobé une lueur dans les yeux de la femme. Je me suis demandé s'ils savaient. Si tous savaient. Si la nouvelle s'était répandue de rue en rue jusqu'au port. Si cette nuit, en sortant de chez moi, l'Ourson et O'Doyle n'avaient pas ameuté la ville. J'ai souri au bébé. La jeune mère m'a rendu cette grâce. Ce calme de tombeau était pour moi. Lorsque je suis monté dans la voiture, tout le monde parlait, j'en étais certain. Je crois même avoir vu le père Adam tourné vers l'arrière, riant avec les autres. Maintenant, tous étaient raides. Un transport de gisants.

Nous sommes passés devant le siège de Sinn Féin, Falls Park, l'hôpital Royal Victoria. L'écolière s'est retournée, tapotant légèrement la vitre de séparation avec une pièce de 20 pence. Le taxi s'est arrêté. J'ai croisé le regard de Brendan dans le rétroviseur. Je connaissais ces yeux. Ce mépris que nous réservions à l'ennemi. Je lui ai souri. Comme ça, un clin d'œil en hochant légèrement la tête. Un signe d'habitude, un geste de connivence. Il n'a pas répondu. Il a mal embrayé. Le moteur a violemment protesté.

— Et merde ! a répondu le chauffeur.

Le curé lui a donné une tape sur l'épaule.

— Brendan !

— Pardon mon père, ça m'a échappé.

Il m'a effleuré, du bout des yeux. S'est refermé, le regard écrasé sur la pluie.

Je suis descendu au cimetière de Milltown. En passant devant la fleuriste, j'ai acheté un bouquet de fleurs sèches. J'ai marché à travers tombes, à travers copains. Dans le carré républicain, j'ai offert deux marguerites jaunes aux grévistes de la faim. Et une à Jim O'Leary, le grand « Mallory », notre artificier, mon ami, mort pour l'Irlande le 6 novembre 1981.

Ensuite, j'ai déposé mes fleurs au hasard, comme l'enfant ses cailloux dans la peur de se perdre. Chaque fois, j'ai murmuré un mot. Debout très droit, un vieux soldat au garde-à-vous. Salut, Bobby. Salut, Jim. Je me suis assis un instant sur la tombe de Tom Williams, stèle tragique.

Les nuages enserraient les collines. La pluie griffait de noir le grès des statues. Un instant de soleil, trois rais de lumière. Puis le sombre à nouveau. Le ciel s'est refermé comme un rideau funèbre.

Je suis allé à la grille. Je me suis retourné. J'ai dit adieu à Milltown.

De l'autre côté de Falls Road, il y a le cimetière municipal. Un endroit de repos, sans cette histoire commune. On y meurt de gris, pas de tricolore. Les têtes sont basses, les cœurs ne se soulèvent pas. Là-bas, on enterre ceux qui ne sont pas nous. Et c'est là que j'irai parce que je suis un autre.

*

A la nuit tombée, j'ai décidé de me rendre à l'IRA.

Lorsque je suis passé à la maison, Sheila m'attendait, assise dans mon fauteuil. La télévision était éteinte, son silence m'a frappé. Je suis resté debout, une dernière marguerite à la main. La fleur était comme moi, tête basse. Sheila s'est levée. Je la lui ai tendue. J'allais parler, elle a plaqué le bout de ses doigts sur mes lèvres. Pas de mensonge. Nous étions convenus de la vérité ou du silence. Alors le silence lui irait. J'allais monter dans la chambre, rassembler quelques vêtements pour mon sac. Sheila me l'a tendu. Il était prêt, posé contre le fauteuil. Elle l'avait préparé. Elle ne savait rien, mais se doutait de tout. Sur le dessus, de l'argent, un sandwich d'oignons et d'œufs, une bouteille d'eau.

Et la clef de Killybegs.

Le salon était sombre, et les rideaux tirés. Sheila n'avait allumé que la petite lampe posée sur le buffet, avec « Paris », dessiné sur le socle bleu nuit. Dans la poche de mon manteau, elle a glissé la photo qui était sur le mur de notre chambre, un sourire de nous trois, avec Jack à six ans, coiffé d'un casque en plastique noir de bobby londonien. Puis elle a renoué mon écharpe. M'a tendu les gants de laine que j'avais laissés sur la table de l'entrée. Un instant, j'ai eu peur qu'elle pleure, mais elle n'a pas pleuré. Pas là, pas en face. Elle avait même un sourire pâle, ce cadeau au mourant sur son lit d'hôpital. Je l'ai enlacée. Elle m'a repoussé légèrement, puis elle a pris mes mains. Elle les a embrassées, l'une après l'autre, ses yeux au fond des miens. Elle a soupiré, plongé la main dans la poche de son gilet. Elle m'a tendu le chapelet que ma mère avait usé de ses prières, les grains noirs lustrés comme du plomb de chasse.

Maman est morte à Drogheda, le 29 septembre 1979 dans la nuit, un sourire aux lèvres. Levée le matin à 5 heures, elle avait fait le chemin à pied jusqu'à Phoenix Parc, où Jean-Paul II devait prendre la parole.

Bébé Sarah avait quarante ans, elle était entrée au couvent Sainte-Thérèse, dans le comté Meath. Avec les petites sœurs de la Visitation, elle avait fait le voyage en car et invité maman à partager leur cercle. Le temps était radieux. Elles avaient prié sous le soleil.

Le soir, elle était rentrée fiévreuse. Elle priait à voix basse. Depuis qu'elle vivait seule, des voisines la visitaient avant la nuit. Chacune son tour. Ce soir-là, maman s'était habillée pour partir. Elle avait passé sa robe de messe, noire à col blanc, enfilé des gants de dentelles et mis ses chaussures vernies. Elle s'est couchée sur son couvre-lit, le portrait de la Vierge contre sa poitrine et deux bougies allumées sur le sol. Son chapelet était resté sur la table de nuit, enfoui dans une enveloppe bleue.

« *Pour Sheila Meehan, qui en a bien besoin* » avait écrit maman.

La voisine l'avait retrouvée comme ça. Le médecin a dit qu'elle n'était morte de rien. Elle était morte, et c'était tout.

— Pour mourir, il suffit de le demander, disait souvent ma mère.

Lorsque j'ai ouvert la porte de notre maison pour sortir, Sheila n'a pas bougé.

Ne te retourne pas, Tyrone. Ne regarde plus rien. Referme ta vie sans bruit. La nuit. Ma rue. Mon quartier. Les premières ivresses au loin. Le papier gras plaqué sur ma jambe par la pluie. L'odeur de Belfast, cet écœurement délicieux de pluie, de terre, de charbon, de sombre, de malheur. Tout ce silence gagné sur le tapage des armes. Toute cette paix revenue. J'ai croisé mes pubs, mes traces, mes pas. J'ai poussé la grille du square où avait été érigé le mémorial au 2e bataillon de la brigade de Belfast. Le drapeau prenait le vent comme au mât d'un navire. Sur le marbre noir, la liste de nos martyrs.

Vol. Jim O'Leary
1937-1981
Mort au combat

J'ai prononcé son nom. Et d'autres encore.

Deux silhouettes gravées les entouraient. Deux soldats de l'IRA, tête haute, mains posées sur la crosse de leur fusil et canon sur le sol. Du doigt, j'ai caressé la pierre pour l'entendre. Lorsque j'étais enfant, paume contre leur écorce, j'écoutais le vieil orme et le grand sapin de mon père. J'interrogeais les briques tièdes et noires de la cheminée, le bois de pin gras qui tapissait le Mullin's. Je me croyais sorcier.

J'ai sonné. Mike O'Doyle m'a ouvert. Il a vu mon sac. Il a hoché la tête.

— J'arrive, m'a-t-il dit.

Il ne m'a pas fait entrer.

Par la porte ouverte de son salon, je l'entendais téléphoner. Abbie, ma petite filleule, a entrouvert le rideau de la fenêtre. Elle devait être à genoux sur le canapé. Elle m'a vu, reconnu, m'a fait un petit signe de la main en souriant.

— C'est parrain Tyrone !

J'ai pu lire mon nom sur ses lèvres.

Mike était face au mur, téléphone à l'oreille. Il enfilait son blouson d'une main. La petite a cogné la vitre avec son index. Elle m'a fait signe d'entrer en agitant les doigts. J'ai secoué la tête. Non ma chérie. Il est tard. Je ne peux pas. Je lui ai fait sa grimace favorite, main en longue-vue sur l'œil et bouche de pirate avec mes dents gâtées. Elle a ri, s'est retourné pour le dire à son père. Il a levé une main impatiente. Alors, elle a ouvert le rideau davantage. D'un geste large, elle m'a montré le sapin de Noël, installé dans l'angle de la pièce. Il clignotait lentement. J'ai souri, retenu un sanglot. Quel beau sapin, petite Abbie. J'ai levé le pouce. Elle a applaudi. Mike a rangé son portable. Il s'est approché de sa fille, m'a regardé. Lui dans cette chaleur, ce bonheur si violent. Et moi dans ma nuit glacée, mon hiver. Une vitre nous séparait. Un rideau de dentelle blanche, retenu par une main d'enfant. Mike le sombre, Abbie la lumineuse. Celui qui sait, et celle qui ignore.

— Notre revanche sera la vie de ces enfants.

Je l'avais dit sur la tombe de Danny. Et c'était fait, Abbie.

313

Lorsque Mike a tiré le rideau sur les yeux de sa fille, j'ai fermé les miens. Je garderais cet instant. Cette insouciance, cette innocence, et cet amour pour moi.

*

La première voiture s'est arrêtée sur le trottoir, feux éteints, entre la porte d'entrée des O'Doyle et la rue, comme le faisaient les blindés britannique pour masquer une arrestation. J'ai reconnu Rorry, un gars du quartier de Short Strand. C'est lui qui conduisait. Il avait laissé le contact. A côté de lui, Cormac Malone, membre du Comité central de Sinn Féin et ami de toujours. Sa présence m'a rassuré. J'étais entre les mains du parti, pas livré à l'armée. Aucun des deux n'a tourné la tête. Ils regardaient devant, concentrés comme sur une autoroute par temps de pluie. Peter Bradley était assis à l'arrière. « Pete le tueur », qui avait passé plus de temps dans les cachots anglais que dans son salon.

Pete ne combattait pas les Anglais, il les haïssait. Pour lui, pas de différence entre un soldat et un enfant. Ils tuaient nos gosses ? On devait tuer les leurs. Coup pour coup, douleur pour douleur. Il confondait loyalistes et protestants. Comme les racistes d'en face, pour qui tout catholique porte l'IRA en lui, il disait qu'aucun presbytérien n'était innocent. Bradley était terrorisé par l'idée de paix. La guerre était sa vie. Après le cessez-le-feu, quelques Bradley comme lui sont passés à la dissidence, rejoignant la poignée qui a refusé de déposer les armes. Il a été tenté. Il ne l'a pas fait. Même dissoute, l'IRA restait son armée et nous étions ses chefs. Simplement, il parlait haut dans les pubs, invoquait Bobby Sands en jurant que « ce gars-là » aurait continué le combat.

Le vendredi 17 mai 1974, Peter Bradley et Niamh sa fiancée visitaient Dublin. Pour la première fois de leur vie, ils avaient passé la frontière. Il avait vingt et un ans, elle en avait dix-neuf. Leur mariage était prévu le 14 septembre. Ils avaient visité la Grande Poste sur O'Connell Street, là où Connolly et les siens avaient proclamé le gouvernement provisoire de la République d'Irlande, à Pâques 1916. Ils s'étaient embrassés sur le Ha'penny Bridge, la passerelle des amoureux qui enjambe la Liffey. Ils avaient remonté Grafton Street en se rêvant riches et étudiants. Pete avait acheté une paire de chaussures et Niamh, un chemisier blanc. A 17 h 30, ils marchaient dans Parnell Street lorsque la première bombe a explosé. La deuxième a soufflé Talbot Street. La troisième a dévasté South Leinster Street. Niamh a été déchiquetée, projetée tête la première contre un mur par la violence du souffle. Lorsque les pompiers et la garda síochána sont arrivés, Peter rassurait le corps mort en essayant de recoller son bras.

Une heure plus tard, une bombe explosait à Monaghan, une ville sur la frontière. Vingt-sept morts à Dublin, sept à Monaghan. Parmi eux, une femme enceinte, une Italienne et une Française, juive, fille de survivants des camps.

La milice loyaliste des « Volontaires pour la Défense de l'Ulster » avait décidé de porter la guerre en

République d'Irlande. Ils l'avaient fait à leur manière, sans avertissement. Ils voulaient tuer du papiste. Et les forces de sécurité britanniques furent accusées de les avoir aidés.

Ce jour-là, assis au milieu du sang et des lambeaux, Peter Bradley est devenu « Pete le Tueur ». Ce n'était plus pour la liberté de l'Irlande qu'il combattrait, mais pour venger Niamh, sa propre jeunesse et sa vie lacérée.

A côté de lui, dans la voiture, Eugene Finnegan, l'Ourson. Il a ouvert la portière et s'est effacé pour que je prenne place entre eux, sur la banquette arrière. La chaleur était étouffante, mais le parfum de Cormac Malone m'a souhaité la bienvenue. C'était une eau de toilette que je lui avais rapportée de Paris. Je m'attachais aux petits riens. Aux espoirs minuscules. Pourquoi se parfumer de ce cadeau pour m'escorter ? Que voulait-il me dire ? Je ne craignais rien ? Il était mon ami ? J'ai cherché ses yeux dans le reflet du pare-brise. Il avait le regard vague des passants de trottoir.

Une seconde voiture s'est postée en face. Bref appel de phares. Mike a couru, et pris place à l'avant. L'Ourson est monté à côté de moi. Il m'a bousculé, me collant contre Pete. « Le tueur » a posé une main sur mon genou. Il l'a serré comme une griffe animale. J'étais son prisonnier, et il me le disait.

Nous avons traversé le cœur de nos quartiers, remonté les rues familières. Je les connaissais comme on connaît les hommes. Chaque maison son histoire,

chaque porte son secret. Elles me faisaient un signe. Je
leur disais adieu.

Un soir de 1972, à ce croisement de rues, Cormac
Malone avait failli mourir. Depuis, il fermait les yeux
lorsqu'il passait devant. Cette nuit encore, il a détourné
le regard. Les loyalistes étaient arrivés en voiture de
Shankill. Ils avaient ouvert le feu par la vitre ouverte, à
pleine vitesse, sans se soucier du vieil homme qui discu-
tait avec lui. Cormac les a vus. Il s'est jeté sur le vieillard, l'a poussé à terre, avec sa canne et ses légumes, l'a
couvert de son corps mais il était trop tard. Trois balles
dans le dos, deux mille personnes à l'enterrement.
Cormac a détesté le survivant qu'il était devenu.

En octobre 1974, sous ce lampadaire de Springfield
Road, Denis O'Leary, fils de Cathy et Jim, avait été tué
par une balle en plastique, tirée à travers la meurtrière
d'un blindé. Il allait chercher du lait à l'épicerie. Il est
mort à treize ans, sur le trottoir, un billet de cinq livres
serré dans la main.

A la fin février 1942, dans ce petit jardin, contre cette
porte de Beechmount peinte en rouge, un homme de
l'IRA m'a confié mon premier pistolet.

Nous avons passé la frontière à 6 heures du matin, le
samedi 16 décembre 2006. La main de Pete en serre sur
mon genou. Cormac avait dormi, l'Ourson aussi, qui
ronflait légèrement, le front contre la vitre. Nous étions
en République d'Irlande. Je rentrais chez moi.

Le parti avait réservé le salon d'un hôtel de Dublin et convoqué une conférence de presse. Sinn Féin tenait à démontrer que les Britanniques continuaient leur sale guerre. Après avoir tenté d'écraser notre résistance, ils l'avaient infiltrée, et corrompu certains de ses membres.

Tous avaient mis une cravate en sortant des voitures. J'étais le seul en chemise ouverte, comme un gardé à vue au petit matin. Le salon était plein. J'y suis arrivé à pied, librement, entouré par les hommes. J'ai été pris de vertige. Les caméras, les micros, tous ces journalistes qui parlaient à la fois. Que savaient-ils de moi ? De notre lutte ? Que venaient-ils faire là ? Entendre quoi ? Apprendre quoi ? Rapporter quoi ? Pour eux, la guerre avait été tellement facile à raconter. Les gentils Britanniques, les méchants terroristes. Tout était dit. Ils ne croyaient pas au cessez-le-feu. « Manœuvre », « tactique », ils ont puisé leurs titres dans le grand sac à doutes. Quand il leur a fallu se rendre à l'évidence, ils ont confondu volonté politique et reddition militaire, puis se sont détournés de nous. La paix ? Pas intéressant. L'espoir est plus difficile à vendre que la crainte. Et soudain, sans crier gare, voilà qu'ils avaient un traître à se mettre sous la dent, un espion, un frisson. Un vieux relent de guerre.

Cormac était derrière moi, accompagné par un autre dirigeant du Comité central. Ils étaient graves et sombres. Lorsque les micros se sont tendus, j'ai avoué. Rien de plus. Ainsi, les Britanniques sauraient que je m'étais rendu.

— Je m'appelle Tyrone Meehan. Je suis un agent britannique. J'ai été recruté il y a vingt ans, à un moment délicat de mon existence. On m'a payé pour donner des informations...

J'ai inspiré en grand. L'air me revenait. Voilà. C'était fait. J'avais cette confession en gorge depuis toutes ces années. Je l'avais répétée des nuits et des jours. Je l'avais prononcée à voix basse dans les rues, au comptoir des pubs, au cœur des marches tricolores. Je l'avais murmurée du bout des yeux. A Sheila, à Jack, à mes camarades, à mes amis. J'aurais tellement aimé que quelqu'un l'entende. Et j'ai tellement prié pour que nul ne le sache. Le soir, je voulais la délivrance. Le matin, je me croyais encore un peu le grand Tyrone Meehan.

J'ai avoué. Les hommes m'ont conduit à l'extérieur, poursuivi par des dizaines de questions. J'ai retrouvé ma place, entre Pete et l'Ourson. Mes mains tremblaient légèrement. « Le tueur » n'a pas capturé mon genou. Ils m'emmenaient à la campagne, à quelques kilomètres de Dún Laoghaire, pour être interrogé par l'IRA. Ils n'avaient pas compris que cet aveu sans âme pour la presse s'adressait aussi à mon propre camp. Je garderais le silence. J'avais trop parlé. Il était désormais l'heure de me taire.

*

Je me suis retrouvé dans la rue, le 20 décembre à 9 heures, après quatre jours d'interrogatoire. Ils ne m'ont pas frappé, ni même rudoyé. Ils renonçaient.

— On arrête, Tyrone, m'a dit Mike après avoir éteint la caméra.

— Je suis libre de partir ?

— C'est ça.

Alors j'ai marché. Sur le port, vers la ville. J'avais des lunettes noires, et la casquette enfoncée comme quand j'étais soldat. Ma photo avait traîné dans les journaux. Elle errait encore, en bas de page. Deux visages accolés, le jeune Tyrone et le salaud. Le gamin lumineux, au milieu d'autres combattants, son sourire de contrebande à la prison de Crumlin. Et le vieillard hébété, entre Mike et Eugene, terne, dépeigné, lèvres sèches, regard désert, entouré de micros comme les fusils d'un peloton. Une boule d'angoisse. A cette heure, du nord au sud de l'Irlande, des costauds de comptoir rêvaient de me trouer la peau. Les pubs bruissaient de mon nom, des yeux me recherchaient. D'autres juraient m'avoir connu. Ils étaient interviewés en boucle sur la chaîne nationale.

— Vous ne vous êtes vraiment douté de rien ?

Sheila avait caché 150 euros dans mon sac. Trois billets de 50, pliés dans la serviette en papier de mon sandwich. J'ai pris un bus jusqu'au centre de Dublin. Mal au ventre, à la tête. Je n'avais jamais été rassuré par cette ville, j'y étais devenu une menace. J'ai décidé de rejoindre le Donegal en car. Pas de gare à traverser, moins de passage que dans le train. Une fois assis, on y est à l'abri. Le premier « Bus Éireann » partait à 13 heures. Je me suis installé tout au fond, à gauche, pour éviter le grand rétroviseur du chauffeur. J'ai mangé l'œuf aigre et les oignons, le pain mou de Sheila.

A quelques sièges de moi, j'ai vu ma photo déployée. Je me suis tassé sur le siège. Il fallait que je dorme.

J'ai fermé les yeux à Navan. Quelques minutes seulement. Virginia, Cavan. Mon pays défilait en silence. A chaque arrêt je me tournais contre la vitre, le front dans la main. Ballyconnell, Ballyshannon, le chauffeur s'amusait des moutons sur la route. D'un arbre tombé. De cette touriste américaine montée à Pettigo, qui photographiait l'intérieur du car.

— En Irlande, le droit à l'image, c'est un euro par passager ! a murmuré le chauffeur au micro.

Elle a rougi, s'est excusée comiquement. Avant que les rires ne la rassurent.

Nous avons traversé Donegal. La nuit tombait. Je sentais battre en moi les frontières de l'enfance. Presque cinq heures de route.

— Killybegs ! Upper Road, a crié le chauffeur.

C'était un petit roux, avec de drôle de lunettes bleues. Un paysan, qui les aurait empruntées à un étudiant de Trinity College. J'ai remonté la travée en silence. Mon écharpe relevée sur la bouche. J'étais le seul à descendre. Il n'avait pas ouvert la porte. J'ai été obligé de me retourner, de le regarder. Il a actionné la manette.

— Bonne chance, a dit le chauffeur.

J'étais sur le marchepied, je me suis retourné. Il m'observait. J'ai hoché la tête. On dit au revoir, à son passager. A bientôt. J'espère qu'on ne va pas avoir la pluie. Mais pas « bonne chance ». Je n'ai pas répondu. Il a hoché la tête et refermé la porte derrière moi.

J'ai traversé le village. Marché vers la maison de mon père. J'étais courbé, douloureux des jambes, fatigué de tout. La nuit n'était pas tombée tout à fait quand je suis arrivé dans le chemin de terre. Le grand sapin, le vieux toit d'ardoise. Jeté dans les ronces, il y avait un seau de goudron et un large pinceau.

Traître !

L'inscription barrait la façade.

Rien n'avait été forcé. La clef a actionné la serrure. J'ai laissé les volets clos, j'ai mis le loquet et la chaîne. Il restait une dizaine de bougies sur l'étagère, et une bouteille d'alcool pour la lampe. J'ai allumé un reste de chandelle. Je ne voulais pas qu'on voie la lumière de la route. Je ne me suis pas déshabillé. J'ai gardé mon écharpe, ma casquette, mes gants. La cheminée attendrait demain. Je me suis couché comme ça, avec mes chaussures, enfoui sous nos draps et ceux du lit de Jack. J'ai ouvert ma fiasque de vodka. Moitié vide. J'ai tout bu, d'un trait. Pour allumer mon feu. J'ai écouté le silence. L'hiver de mon enfance, avec Noël au loin. J'ai salué mon retour. Les malheurs de ma mère. Les poings de mon père. J'ai revu mes frères, mes sœurs, entassés dans le grand lit, par terre sur les paillasses. J'ai compté leurs ombres dans l'obscurité. Salut à tous, mes amours. La nuit va être longue. La plus longue nuit qu'un homme ait vécue. Et même s'il se relève, le jour ne viendra plus. Ni le printemps, ni l'été, rien d'autre que la nuit.

22

Killybegs, mercredi 4 avril 2007

L'explosion m'a réveillé cette nuit à 3 heures. Violente, en échos fracassés. La foudre. Un arbre frappé dans la forêt. J'étais en sueur. J'ai rallumé le feu, passé un gilet sur mon pyjama. Et puis j'ai bu une bière en regardant les flammes.

Hier soir, en me couchant, j'ai chantonné. Ma voix m'a surpris. J'étais assis sur le lit, une biographie de James Connolly posée sur la couverture. J'ai tendu l'oreille, comme si quelqu'un d'autre était entré dans la pièce. Bière, vodka, fébrilité, ivresse. J'ai chantonné comme on s'oublie. Je me suis couché. J'ai lu. Une page pour aider le sommeil. Blessé par l'ennemi et soigné par l'ennemi, Connolly ne tenait pas debout le jour de son exécution. Alors il a été fusillé sur une chaise. Le 12 mai 1916, jour du supplice, le chirurgien qui avait sauvé sa jambe lui a demandé s'il voulait bien prier pour lui. Et aussi pour ceux qui allaient le mettre à mort.

— Oui, monsieur, a répondu Connolly, je prierai pour tous les braves qui font leur devoir selon ce qu'ils ont compris de la vie.

J'ai relu cette phrase, en prononçant chaque mot à voix haute.

« Selon ce qu'ils ont compris de la vie. »

Connolly avait prié pour ses bourreaux, parce qu'ils croyaient faire leur devoir. Je me suis levé, j'ai déchiré la page. Je l'ai collée dans le cahier. Ensuite, j'ai bu une bière. La dernière, celle qui précède toujours la suivante. C'était une blonde légère comme de l'eau. Je l'agaçais à la vodka. J'en buvais des pintes, versant l'alcool et la bière à parts égales.

Je me suis couché ivre, puis me suis réveillé terrorisé. Ce n'était pas la foudre. Un cri déchiré, d'acier et de ferraille. Pas loin de la maison, dans le chemin, peut-être. J'ai pris une lampe de poche et la crosse de Séanna, ma main crispée sur sa dragonne. Il faisait nuit. Il n'y avait rien dehors, moi seul. J'ai fait le tour de la maison. Du bruit dans mon dos. Le bruissement de la forêt. Un renard, ou un mulot en chasse.

— Je suis là !

J'ai hurlé.

— Tyrone Meehan est là !

Le vent marin jouait avec mes cheveux.

— Je vous attends, salauds !

J'ai interrogé le ciel. Il ne parlait pas d'orage. La lune caressait les murets de pierre et le haut des collines.

J'avais été réveillé par une explosion de nuit, un fracas de mémoire. Ces remords en cahots qui déchirent les rêves. Je suis rentré. J'ai ouvert la bouteille de vodka. Coule, coule, coule. Voilà, comme ça. La capsule gazeuse d'une boîte de bière. J'ai mélangé jusqu'au bord. Encore ivre d'hier, déjà ivre d'aujourd'hui. Et qui pour me juger ? Ici, je parle avec les rats. J'ai des amis cloportes. Je partage mon pain avec les fourmis soldats. Des unités entières, qui marchent sous mes ordres. Dans la maison de mon père, c'est moi qui commande. J'ai ouvert les rideaux, la fenêtre en grand. Je voulais qu'on me voie du milieu de la nuit. Dans quelques heures, il y aurait une clarté blanche à l'horizon. Les premiers oiseaux. La lumière qui pardonne. Encore un nouveau jour et je serais vivant.

*

Ce n'est pas une explosion qui m'a réveillé, c'est son écho. Son souvenir à jamais. Dix kilos d'un mélange de nitrate d'ammonium, gazole et TNT, conditionné par Jim dans une poubelle en fer remplie de clous, de boulons, de limaille, de bris de verre et de billes d'acier.

Nous étions à la fin du mois d'octobre 1981. La grève de la faim s'était terminée quelques jours plus tôt. Nous étions douloureux de revanche. Jim avait fabriqué trois engins similaires, cachés au premier étage d'une maison en ruine de Divis Flats. Le responsable de la logistique lui avait demandé un engin commandé à distance. La première bombe devait exploser le 11 novembre, pour désorganiser les cérémonies commémoratives de la victoire. L'IRA avait décidé que l'attentat aurait lieu pendant la réception donnée à l'hôtel de ville, dans un parking en plein air, à quelques rues de là.

Je n'ai jamais aimé les bombes. Pour moi, depuis la guerre mondiale et le blitz sur Belfast, ce mot était allemand. Je n'aime pas l'idée de la mort programmée.

— La bombe, c'est l'arme des pauvres, se défendait Jim.

Ivre, il a dit un jour qu'un poseur de bombes était un poseur de questions. Le pub a ri. Moi pas. La bombe ne tue pas, elle profane le corps. Elle le dépèce et le lacère. Je ne suis même pas certain que l'âme lui survive.

J'ai appelé Walder le 5 novembre. Rendez-vous au cimetière, sur la tombe de notre patriote. J'avais quelque chose pour lui, mais je voulais qu'il renouvelle ses engagements. Il me regardait avec intérêt. Pas d'arrestation ? D'accord. Nous en avions déjà parlé. Il s'y engageait ? Il s'y engageait.

— L'IRA prépare quelque chose pour le 11 novembre.

L'agent du MI-5 a blêmi. Machinalement, il a redressé le *red poppy* qui ornait son revers, le coquelicot de papier qui honorait les soldats tombés pendant la Grande Guerre.

— Quoi, quelque chose ?

— Un attentat. Au moment de la cérémonie.

La commémoration devait avoir lieu à 11 heures. La bombe serait commandée à 11 h 30, au moment des discours. Elle n'atteindrait personne, mais son bruit couvrirait l'événement.

— Où sera-t-elle placée ?

— Non. Ce n'est pas l'unité que je vous donne, c'est la bombe.

C'était sans grand risque. Une maison en ruine dans le bas de Falls Road. Trois poubelles cachées sous des gravats. Même si l'IRA avait des guetteurs, elle n'interviendrait pas. On n'engage pas le combat pour sauver du matériel.

— Tu ne risques rien ? m'a demandé Walder.

J'ai été touché. Je n'étais plus seulement victime de son chantage, mais aussi objet de ses soins.

— Vous ne faites pas des raids de routine dans les ruines ?

— Jour et nuit, a souri l'Anglais.

— L'IRA trouvera simplement que vous avez une sacrée chance.

Walder était pressé de prendre congé. Il était fébrile. Il m'a tendu la main, vraiment. Comme on traite un égal.

En le quittant j'ai ressenti quelque chose d'étrange. Jamais je ne me le suis avoué. Mais ce jour-là, et pour quelques heures encore, j'ai eu un sentiment de fierté. Donner trois bombes à l'ennemi ne mettait pas notre avenir en péril. Je combattais la mort, et je rassurais ceux qui se croyaient les maîtres.

Ce soir-là, au pub, j'ai oublié le traître.

— Ça fait plaisir de te voir en forme, Tyrone, m'a dit un vieux compagnon.

En rentrant, Sheila et moi avons fait l'amour en riant.

Le lendemain, 6 novembre, je suis allé lui acheter des fleurs et une bougie à la rose, qu'un camelot ambulant vendait dans Castle Street. En revenant, j'ai vu Jim, avec Manus et Brenda, deux jeunes qui nous avaient rejoints pendant les grèves de la faim. Jim m'a fait un clin d'œil. Manus venait tout juste d'avoir son permis de conduire. L'artificier voulait le tester pour le transport. Brenda m'a souri. Après la mort de Bobby Sands, elle m'avait demandé comment se rendre utile. Les trois se dirigeaient vers la cache. Si les Britanniques avaient opéré dans la nuit, comme c'était prévu, l'IRA ne trouverait plus que leurs traces de brodequins dans la poussière.

J'ai pris un taxi collectif. J'étais léger. Une collégienne m'a demandé si j'avais du feu. Puis si j'avais une cigarette. J'ai ri. Une gamine de chez nous, effrontée, menton haut et les poings sur les hanches.

Je remontais vers la maison. En passant devant sa porte, un pub de quartier m'a chuchoté quelque chose que j'aimais bien. J'allais entrer, la main sur la poignée de cuivre, lorsque tout a explosé. Un fracas immense, plus bas dans Divis. La rue s'est arrêtée. J'étais sidéré. Une fumée noire montait derrière les tours. Des gens se sont mis à courir vers le feu. Des taxis noirs faisaient demi-tour en klaxonnant pour se porter au secours des victimes. A Belfast, on ne fuit pas le malheur, on prête assistance à ceux qu'il frappe

— Une putain de bombe ! a dit le patron du pub en sortant dans la rue.

J'ai chancelé jusqu'au trottoir. J'ai revu les trois. Jim, Manus, Brenda. Le mal qu'ils se donnaient pour paraître innocents.

Pas d'arrestation, avait dit Walder. Et ce salaud avait tenu parole.

Jim O'Leary, Manus Brody et Brenda Conlon sont morts soudés. Il a fallu séparer les chairs réunies par le feu. L'IRA a expliqué que le responsable de son unité avait été victime d'une erreur de manipulation. C'était faux. Notre état-major le savait, mais ne voulait pas reconnaître le revers technologique.

J'étais fou de colère. J'ai interrogé Walder, le flic roux, tous les salauds qui croyaient m'employer. Le policier a parlé. Pour que je me calme, que je reste à ma place, que j'arrête le tapage. Une unité de déminage était entrée de nuit dans la maison, avec quatre agents des SAS. Ils n'avaient pas enlevé les explosifs, mais simplement étudié leur mise à feu. Ils s'attendaient à un système de modulation complexe, répondant à des impulsions codées. Ils sont tombés sur un dispositif non protégé, une télécommande radio pour modéliste. La fréquence de la bombe était ouverte aux signaux parasites.

— Mallory est trop sûr de lui, ça le perdra, a soupiré un soldat.

Ils ont remis le matériel en place, effacé toutes traces. Mis la maison sous surveillance d'un toit de Divis Flats. Puis ils ont attendu que l'unité se remette au travail pour faire circuler leur émetteur, maquillé en camion de glaces. Allié à un hélicoptère, en vol stationnaire au-dessus du quartier, il a balayé un large spectre de fréquences radio, à la recherche de l'interrupteur pour l'actionner. L'opération a pris moins d'une heure. Au-delà, les Britanniques avaient décidé d'abandonner. Trop dangereux. Avec leur carillon triste, les camions de glaces sont pris d'assaut par les enfants. Celui-là tournait comme un maraudeur silencieux. Un type, qui repeignait sa barrière en blanc, l'a vu passer deux fois. La troisième, il s'est avancé pour interpeller le chauffeur.

C'est alors que la bombe a explosé, mise à feu par les Britanniques. Une épaisse fumée noire. Des cris. Et ces projectiles en pluie, écrasés tout autour.

— Ce n'est pas un flic comme moi qui décide ce qu'on fait avec tes informations, m'a dit le roux.

— Vous avez tué trois personnes !

— C'était leur bombe. Pas la nôtre.

Walder m'a dit la même chose. Il était désolé. Les services britanniques avaient découvert que l'IRA n'avait jamais eu l'intention de mettre l'engin dans un parking mais de forcer les portes de l'hôtel de ville avec la voiture piégée.

— C'est faux, putain ! Vous mentez !

— Parole contre parole, Meehan. Si tu le permets, j'accorde plus de crédit à mes services de renseignement qu'aux tiens. On a pris zéro risque, c'est tout.

Je n'ai pas refusé l'enveloppe qu'il m'a donnée. Cent cinquante livres pour mon taxi et le dérangement.

J'ai marché longtemps. J'ai traversé des quartiers hostiles, espérant en finir. J'ai enlevé ma veste, relevé mes manches de chemise. J'ai étalé mes tatouages comme on fait un doigt d'honneur. Le drapeau irlandais, la croix celtique et les chiffres 1916 en lettres noires.

Il ne m'est rien arrivé.

J'avais tué Danny. J'avais tué Jim et deux de nos enfants. Je n'étais plus un traître, j'étais un assassin. C'était fini. Et c'était sans retour.

*

J'ai de la fièvre. Le jour tarde. J'attends toujours ce lambeau de clarté. J'ai froid de mon pays, mal de ma terre. Je ne respire plus, je bois. La bière coule en pleurs sur ma poitrine. Je sais qu'ils attendent. Ils vont venir. Ils sont là. Je ne bougerai pas. Je suis dans la maison de mon père. Je les regarderai en face, leurs yeux dans les miens, le pardon du fusillé offert à ses bourreaux.

Mon Dieu maman, aide-moi.

J'ai tellement peur...

Épilogue

Le corps de Tyrone Meehan a été retrouvé par la garda síochána le jeudi 5 avril 2007, à 15 heures. Il était couché sur le ventre, dans le salon, devant la cheminée. Il revenait certainement de la forêt. Des branchages étaient éparpillés tout autour. Il portait sa veste et son écharpe. Sa casquette était sur le sol.

Ses assassins ont enfoncé la porte à coups de masse. Il a été touché par trois décharges de chevrotine calibre 12/76, une munition utilisée pour la chasse au gros gibier. La première lui a arraché la main gauche à hauteur du poignet, comme s'il avait tenté de se protéger. La deuxième l'a frappé au cou, emportant la joue droite et une partie de l'épaule. La troisième l'a atteint à l'abdomen.

L'IRA a immédiatement nié toute responsabilité dans la mort de Tyrone Meehan. Et c'est quatre ans plus tard, à Pâques 2011, qu'un groupe républicain opposé au processus de paix a revendiqué son « exécution pour cause de trahison ».

« Il n'a pas eu l'air surpris de nous voir, ont raconté les deux tueurs cagoulés. Il n'a pas crié, pas imploré. Il a tenté de s'enfuir vers la chambre, il a glissé et il est tombé. Il était au sol quand nous avons exécuté la sentence. »

Tyrone Meehan a été enterré le 14 avril 2007 au cimetière municipal de Belfast, accompagné de sa seule famille.

Aujourd'hui, Jack a émigré en Nouvelle-Zélande. Il travaille dans un pub irlandais de Christchurch. Et Sheila vit toujours au 16, Harrow Drive, Belfast.

Cet ouvrage a été imprimé en France
par CPI Bussière
à Saint-Amand-Montrond (Cher)
en juillet 2011

Composé par FACOMPO à Lisieux (Calvados)

N° d'Édition : 16806. — N° d'Impression : 112202/4.
Dépôt légal : août 2011.